目次

上巻

主な登場人物

グレイソン（グレイ）・ピアース……米国国防総省の秘密特殊部隊シグマの隊員
ペインター・クロウ……シグマの司令官
モンク・コッカリス……シグマの隊員
キャスリン（キャット）・ブライアント……シグマの隊員。モンクの妻
ジョー・コワルスキ……シグマの隊員
ジェイソン・カーター……シグマの隊員
リサ・カミングズ……米国の医師。ペインターの婚約者
ジェナ・ベック……米国のパークレンジャー
ニッコ……シベリアンハスキー。ジェナの相棒
ケンドール・ヘス……米国の生物学者
サミュエル・ドレイク……米国の海兵隊員
ジョッシュ・カミングズ……米国の登山家。リサの弟
アレックス・ハリントン……イギリスの生物学者
ステラ・ハリントン……アレックスの娘
カッター・エルウェス……イギリスの環境保護論者
ジョリ・エルウェス……カッターの息子
エドムンド・デント……米国のウイルス学者
レイモンド・リンダール……米軍開発試験コマンドの局長

ダーウィンの警告　上

シグマフォース シリーズ

⑨

デヴィッドへ

私をしっかりとつなぎ止めつつ、自由に羽ばたかせてくれる……

これは決して容易なことではない。

絶滅が規則であって、生存は例外である。

——カール・セーガン

The Varieties of Scientific Experience（二〇〇七）

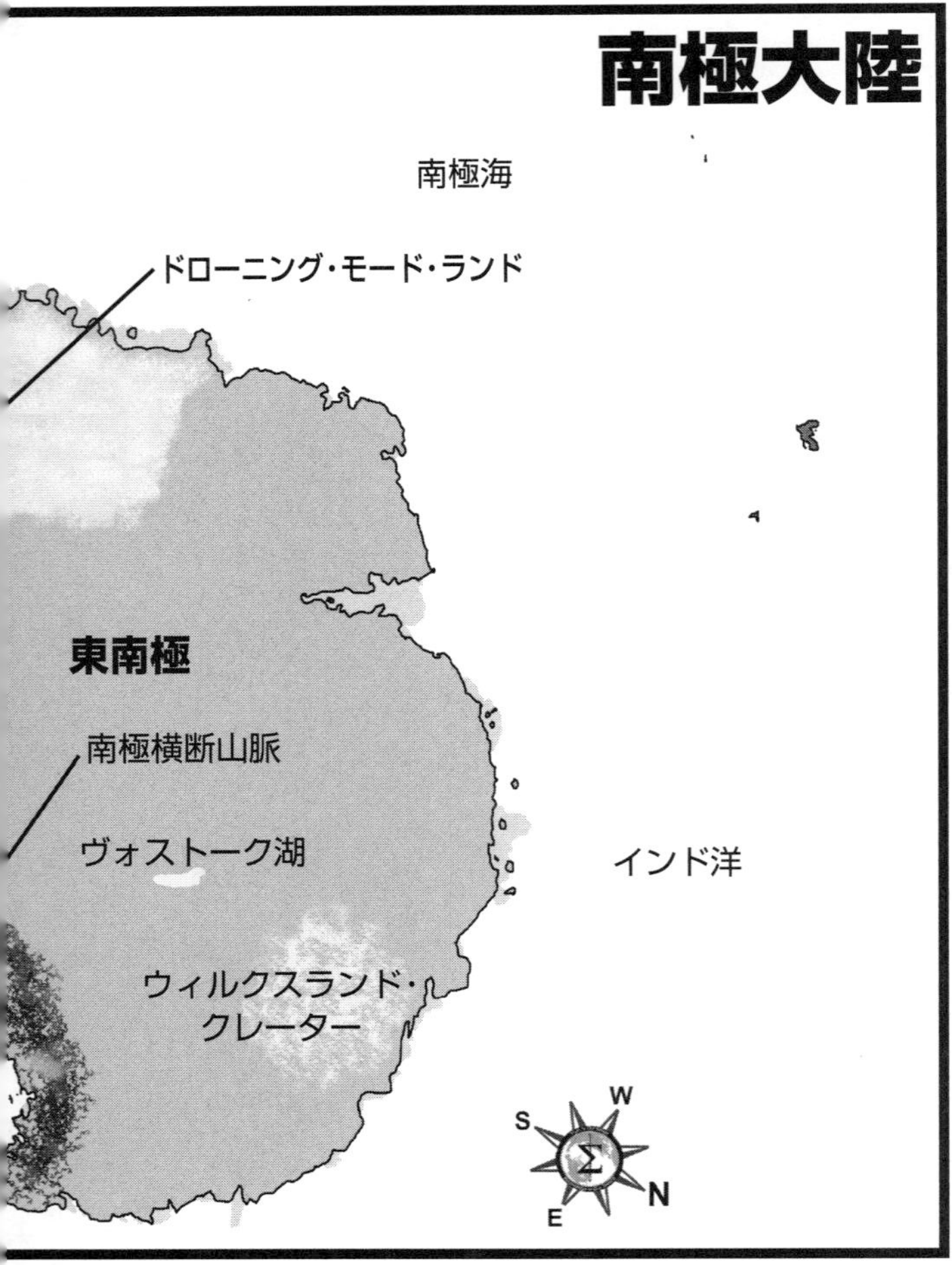
南極大陸
南極海
ドローニング・モード・ランド
東南極
南極横断山脈
ヴォストーク湖
インド洋
ウィルクスランド・
クレーター
W
S
N
E

南大西洋
南アメリカ大陸
ティエラ・
デル・
フエゴ
ウェッデル海
ブラント棚氷
ハリー研究基地
（英）
南極半島
ロゼラ研究基地
（英）
ベリングスハウゼン海
南極点
西南極
南太平洋
アムンゼン海
ロス棚氷
マクマード基地
（米）
ロス海

歴史的事実から

人類の歴史を通じて、知識は増加と減少、隆盛と衰退を繰り返している。かつて知られていたことが、時間の流れの中で忘れ去られ、時には何百年もの長い歳月を経た後に再発見されることもある。

数千年前、古代マヤ人は星の動きを観察し、ほとんど誤差のない二千五百年分の暦を作成した。この天文学上の輝かしい業績が再び成し遂げられるまでには、何百年もの歳月を要している。東ローマ帝国の最盛期、水をかけても消すことのできない焼夷《しょうい》兵器「ギリシア火薬」の発明により、戦争が劇的に変化した。この不思議な可燃混合物の製法は十世紀までに失われ、それに近いものが再び現れるのは一九四〇年代のナパーム弾の開発を待たねばならなかった。

そうした知識はなぜ時の経過とともに失われてしまったのだろうか？　その理由の一つは、一世紀あるいは二世紀にさかのぼることができる。かの有名なアレクサンドリア図書館が灰燼《かいじん》に帰したためである。紀元前三〇〇年頃エジプトに建てられたこの図書館は、百万以上の巻物を所蔵していたと言われており、他に類を見ない巨大な知識の宝庫であった。当時知られていた世界の各地から、学者たちがこぞってこの図書館を訪れたとされる。アレクサンドリア図書館焼失の原因はいまだ謎のままである。アレクサンドリアの港に火を放ったユリウス・カエサルが張本人だとする説もあれば、アラブの征服者たちの略奪によって破壊されたのだとする説もある。原因はどうあれ、炎が膨大な秘密の宝庫を焼き尽くし、はるか昔からの知識が永遠に失われてしまったことは間違いない。

けれども、この世の中から消え去ることを拒む知識も存在する。本書にはそうした闇の謎の一つの物語が、あまりにも危険であるがゆえに決して完全に失われることのない知識の物語が、記されている。

科学的事実から

この惑星上の生命は常に微妙なバランスのもとに成り立っている――それぞれがつながり合った複雑な関係性は、驚くほどもろい存在である。主要な構成要素を取り除けば、あるいはただ変化させただけでも、その複雑な網はほつれ、破れてしまう。

そのような崩壊――すなわち大絶滅は、地球の地質時代を振り返ると、これまでに五度発生している。一度目は約四億年前のことで、この時にはほとんどの海洋生物が絶滅した。三度目はペルム紀末に陸と海の両方で発生し、全生物の九十パーセント以上が死滅したために、地球上から生命が消滅する一歩手前の状態にまで達した。最も新しい五度目の大絶滅では恐竜が死に絶え、哺乳類《ほにゅうるい》の時代の幕開けを告げるとともに、世界が大きく変わることになった。

では、次にそのような出来事が起こるのはいつ頃なのだろうか？　我々はすでにその時を迎えており、六度目の大絶滅がまさに進行中だと考える科学者もいる。現在、一時間ごとに三ないし四つの種が絶滅しており、年間では三万種を超える。そればかりか、絶滅の速度は高まり続けている。今この瞬間にも、両生類の半数近く、哺乳類の四分の一、珊瑚《さんご》の三分の一が、絶滅の危機に瀕《ひん》している。針葉樹の三分の一も、危機的な状況に置かれている。

なぜこのような事態に陥っているのだろうか？　かつてのこれほどまでの大絶滅は、地球規模での気候の急変やプレートの移動が引き金になっており、恐竜の場合には小惑星の衝突が原因ではないかと考えられている。しかし、現在進行中の危機に関して、ほとんどの科学者はもっと簡単な説明が当てはまるとしている。人類が原因だというのだ。環境破壊や汚染の増加を通じて、人類は多くの種の喪失の原動力となっている。二〇一四年五月にデューク大学が発表した報告書によると、人間の活動は現生人類の登場前と比べて千倍の速さで生物種を絶滅させているという。

けれども、地球上の全生命にとっての新たな危険に関しては、あまり知られていない。古代からよみがえったその危険は、現在の絶滅スピードをさらに加速させ、我々をもはや後戻りのできない地点にまで、人類滅亡にまで追いやる可能性を秘めている。

しかも、その脅威は現実に存在しているだけではない——今この瞬間にも、我々の身近で台頭しつつある。

プロローグ

一八三二年十二月二十七日
ビーグル号船上

〈血の警告を聞き入れるべきだった……〉

チャールズ・ダーウィンは日誌の白いページに黒いインクで書き殴った言葉を見つめた。けれども、目に映るのは真っ赤な色だけだ。小さな船室内ではストーブの火が燃えているにもかかわらず、チャールズは骨の髄から湧き上がる寒気に身を震わせた。この冷たさが完全に融けて消え去ることは決してないだろう、そんなことを思う。チャールズは静かに祈りを捧げた。医学の習得から脱落した自分に対して、父が牧師の道に進むように促したことを思い出す。

〈父の言うことを聞いておくべきだったのかもしれない〉

だが、チャールズは異国の地と新たな科学的発見の魅力に抗《あらが》うことができなかった。ちょうど一年前のこの日、チャールズは博物学者としてビーグル号に乗り込み、航海に出発した。まだ二十二歳の若さで、名声を得てやろう、世界を見てやろうとの意欲にあふれていた。それから一年後、チャールズはここにいる。両手は血に染まっている。

チャールズは船室内を見回した。ビーグル号に乗船後、私室として割り当てられたのは船の海図室だ。狭苦しい部屋で、中央に置かれた大きなテーブルが大半を占めているばかりか、テーブルの真ん中を太い後檣《こうしょう》が貫通している。チャールズは狭い室内の空いている場所のすべてを――キャビネットや本棚から洗面台に至るまで、作業空間および収集した標本やサンプルの一時的な保管場所として使用していた。骨や化石、歯や貝のほか、剝製《はくせい》やホルマリン漬けで保存された珍しいヘビ、トカゲ、鳥などもある。肘のすぐ脇にある一枚の板にピンで留められているのは、アフリカのサイのような大きな角を持つ巨大なカブトムシだ。インク壺の隣に並んだ瓶の中には、乾燥した植物や種子が入っている。

チャールズはうつろな目で自分のコレクションを眺めた――夢のないフィッツロイ船長は、これらを見て「何の役にも立たないごみ」と言っていた。

〈ビーグル号がティエラ・デル・フエゴを発つ前に、これらをイギリスに送り返すよう手配しておくべきだったのかも……〉

しかし、今となっては悔やまれるものの、チャールズも船のほかの乗組員たちと同じように、あの島々で暮らす未開のヤーガン族から聞かされた物語にすっかり魅了されてしまった。部族の男たちは、怪物や神々の伝説、想像を絶するような驚異について教えてくれた。その話を聞き、ビーグル号は予定の航路を変更することにしたのだ。船と乗組員は南アメリカ大陸の最南端からさらに南に向かう針路を取り、氷の漂う海を渡り、地球の果てにあるこの凍結した世界にたどり着いた。

「テラ・アウストラリス・インコグニタ」チャールズはつぶやいた。

未知の南方大陸。

チャールズは散らかったテーブルの上から一枚の地図を手に取った。九日前、ティエラ・デル・フエゴに到着した直後にフィッツロイ船長が見せてくれたフランスの地図で、一五八三年に作成されたものだ。

地球の南端に未踏の大陸が描かれている。明らかに不正確な地図で、作成された時期には南アメリカ大陸とこの未知の大陸とを隔てる氷の海がサー・フランシス・ドレイクによってすでに発見されていたにもかかわらず、その事実が反映されていない。けれども、この地図が記されてから二百五十年が経過した今もなお、人を寄せつけないこの大陸は謎のままだ。その海岸線すらいまだにはっきりせず、調査も行なわれていない。

そのため、ティエラ・デル・フエゴに到着して間もないビーグル号の乗組員たちが、ヤーガン族の痩《や》せた長老から驚くべき贈り物を手渡された時、その想像力が止めどなくふくらんでいったのも無理はない。船が停泊したウーリヤ入り江は伝道所のある場所で、そこではリチャード・マシューーズ師が部族の人々の多くをキリスト教に改宗し、彼らに簡単な英語を教えていた。その長老は英語を話せなかったものの、彼が持参した贈り物の意味を伝えるのに言葉は不要だった。

長老が手にしていたのは色あせたアザラシの皮に描かれた粗末な地図で、南にある大陸の海岸線が記されていた。それだけでも十分に興味をひかれるところに、地図とともに伝えられた物語は乗組員たちの好奇心をさらにかき立てることになる。

島の部族の一人――洗礼を受け、ジェミー・バットンという英語名を名乗る男性が、ヤーガン族の歴史を語ってくれた。彼によると、ヤーガン族はティエラ・デル・フエゴの島々に七千年以上も暮らしているとのことだが、この長さはにわかには信じがたかった。

また、ジェミーは部族の人々の高度な航海術について自慢したが、こちらに関しては信憑《しんぴょう》性《せい》が高いと思われた。チャールズ自身、入り江の中にあった部族の大きな帆船を目にしたが、粗末な造りながらも海での航行に十分耐えられそうに見えたものだ。

ジェミーの説明によると、地図は何千年にもわたって南の大いなる大陸を探検してきたヤーガン族の知識を蓄積した結果で、代々引き継がれてきたものだという。その間ずっと、謎の陸地に関して新たな知識が得られるたびに、地図は描き直され、より正確なものとなっていったそうだ。またジェミーは、大きな獣や奇妙な財宝、火を噴く山や果てしない氷の大地など、その失われた大陸にまつわる話も教えてくれた。

その中でも最も驚愕《きょうがく》した話が、チャールズの脳裏によみがえる。記憶の中のジェミーの声に耳を傾けながら、チャールズはその言葉を日誌に書き留めた。

はるか昔の、そのまた昔の話です。我々の祖先の言い伝えによれば、谷や山から氷が消えたというのです。森が成長して木々が生い茂り、狩りをすればたくさんの獲物を得ることができました。けれども、暗い深みには悪魔が潜み、油断している人間の心臓を食らおうと――

上の甲板の方から甲高い悲鳴が響く。はっとしたチャールズは、ペンが滑って日誌のページを汚してしまった。悪態が口をついて出そうになるのをこらえる。だが、静けさを切り裂いたあの悲鳴に込められていた恐怖と苦痛は否定しようがない。チャールズははじかれたように立ち上がった。

最後まで残っていた乗組員たちが、あの恐怖の海岸から戻ってきたに違いない。日誌とペンから手を離すと、チャールズは船室の扉から飛び出し、短い廊下を抜けて混乱の極みにある甲板上に出た。

「注意して持ち上げろ！」フィッツロイが大声を発した。船長は上着のボタンも留めずに右舷側の手すり近くに立っている。黒々とした顎《あご》ひげの上の頬は真っ赤だ。

甲板の中央に歩み出たチャールズは、南半球の真夏の陽光に目をしばたたかせた。夏とはいえ、冷たい空気が鼻をしびれさせ、肺の中を満たしていく。錨《いかり》を下ろした船の周囲の黒い海面近くには、凍《こご》えるように冷たい霧が垂れ込めている。索具《さくぐ》や手すりは霜で厚く覆われていた。船長の指示に従いながら作業を進める乗組員の鼻や口から、激しい息遣いとともに空気が吐き出されたかと思うと、瞬《また》く間に白く変わる。

チャールズも右舷側に駆け寄り、船の中央部につながれた細長いボートから一人の乗組員を引き上げる作業に手を貸した。負傷した男性は頭からつま先まで帆で巻かれ、ロープできつく縛られている。苦しげなうめき声が聞こえる。チャールズはほかの乗組員たちとともに男性を手すりの上に引き上げ、甲板にそっと寝かせた。

負傷者はロバート・レンスフライ、ビーグル号の甲板長だ。

フィッツロイは大声で船医を呼んだ。だが、医師は甲板下の船室で、最初に岸へと向かった乗組員のうちの負傷者二人の手当てをしているところだ。だが、あのひどい傷では、治療を施したところで明日の朝まで持たないだろう。

〈この負傷者はどうだろうか?〉

チャールズは苦しむ乗組員の隣にひざまずいた。ほかの乗組員たちがボートから甲板によじ登ってくる。最後に姿を現したジェミー・バットンの顔は、血の気が引いていると同時に、怒っているかのようにも見える。ヤーガン族の男性はこの地を訪れてはいけないと繰り返し警告したが、乗組員たちは未開の部族の迷信だと笑って相手にしなかったのだ。

「終わったのか?」甲板に戻ろうとするジェミーに手を貸している副船長に向かって、フィッツロイが訊ねた。

「はい、船長。黒色火薬が詰まった三つの樽すべてです。入口に置いてきました」

「よくやった。ボートをしっかりと固定したら、ビーグル号を方向転換させろ。左舷側の砲を準備するように」そう伝えると、フィッツロイはチャールズの近くに横たわる負傷者を気遣った。「バイロンのやつ、いったいどこにいるのだ?」

そのわめき声に合わせたかのように、船医のベンジャミン・バイロンが甲板下から姿を現し、痩せこけた体で走りながら近づいてきた。左右の手は肘まで真っ赤で、白衣も血に染まっている。

チャールズは船長と船医との間で無言の会話が交わされたことに気づいた。船医は首を二回、横に振っていた。

ほかの二人の負傷者は死んだに違いない。

チャールズは立ち上がり、場所を空けた。

「帆をほどきたまえ！」バイロンが指示した。「負傷の程度を調べないと！」

チャールズは手すりまで後ずさりして、フィッツロイの隣に立った。船長は無言のまま、小型望遠鏡を通して陸地の方を見つめている。負傷したレンスフライのうめき声が激しくなると、フィッツロイは小型望遠鏡をチャールズに預けた。

チャールズは望遠鏡を受け取り、少し手間取ったものの、どうにか近くの海岸に焦点を合わせた。ビーグル号が停泊している狭い入り江は、青白い色の氷の壁に囲まれている。かすんで岸まで見通せない箇所があるが、あのもやの正体は海面に張り付くように、あるいは周囲の氷山を包み込むように漂う冷たい霧とは違う。あれは驚異と恐怖の地から噴き出す硫黄臭のある蒸気。冥府《めいふ》の王ハデスが吐き出す息。

一陣の風がもやを吹き払い、ほんの一瞬ながらも視界が晴れる。氷の断崖面を流れ落ちる血の滝が姿を見せた。深紅の糸となって壁面を流れ落ちる様は、凍結した大地の下にある呪われた深みから湧き出ているかのようだ。

チャールズは赤い流れが血ではないことを知っている。あれは地下の洞窟から排出される成分や鉱物が混ざり合っているせいだ。

〈それでも、我々はあの不吉な警告を聞き入れるべきだった〉チャールズは再び思った。〈あの洞窟に足を踏み入れてはいけなかったのだ〉

チャールズは洞窟の入口に小型望遠鏡を向けた。入口には油を満たした三本の樽が置かれている。正気を保っていられるのが不思議なくらいの恐怖に見舞われたばかりである一方で、チャールズは科学者でもあり、知識を追い求める人間でもあった。これから行なわれようとしていることに対して、本来ならば非難の声をあげるべきだということはわかっている。けれども、チャールズは黙っていた。

ジェミーが隣に並んだ。部族の言葉で何かをつぶやいている。異教の祈りにすがっているのだろう。キリスト教に改宗したはずのジェミーは、チャールズの胸くらいまでしか背丈がないが、その小柄な体軀《たいく》からは計り知れないほどの強い意志を持っている。彼は乗組員たちに対して繰り返し警告を発したが、誰一人として耳を傾けようとはしなかった。それなのに、この勇敢な男性は愚かな航海に乗り出すイギリス人に同行してくれたのだ。

ふと気づくと、チャールズの指はすぐ隣で手すりをつかむ濃い色の肌をした手を握り締めていた。乗組員の傲慢《ごうまん》と強欲は、イギリス人の命を奪っただけではない。ジェミーの部族の人間も一人、命を失ったのだ。

〈ここに来るべきではなかった〉

だが、チャールズたちは愚かにもここを訪れてしまった。失われた大陸という不思議な話に魅了され、予定の航路をそれて南に向かうことを決断してしまったのだ。しかし、乗組員たちを何よりも惑わしたのは、ティエラ・デル・フエゴに古くから伝わる例の地図に描かれていた記号だった。この入り江には木立の存在が、生き物の存在が記されていた。氷に閉ざされた海岸にある失われた楽園を発見するために、ビーグル号は針路を南に向けた。国王のために新たな未踏の地を獲得できるかもしれないとの期待を胸に抱いて。

乗組員たちが地図の記号の本当の意味に気づいた時には、すでに手遅れだった。冒険は恐怖と流血で終わりを迎えた。この旅路のことは記録から抹消しなければならない。それに関しては、全員の意見が一致した。

〈何人《なんぴと》たりとも再びここを訪れてはならない〉

仮にそのような人間が現れたとしても、何も発見できないようにしておかなければならない。それが船長の決断だった。ここに隠されているものが、広い世界に解き放たれるようなことがあってはならない。

錨を引き上げ終えると、船はゆっくりと方向転換を開始した。索具にこびりついた氷が大きな音を立てて剝《は》がれ落ち、帆からも霜のかけらが落下する。フィッツロイ船長は大砲の操作を見守ろうとすでに甲板を離れている。イギリス海軍のチェロキー級スループのビーグル号には、もともとは十門の大砲が備え付けられていた。軍艦から調査船に改装された後も、六門の大砲を装備している。

再び悲鳴を耳にして、チャールズは甲板に注意を戻した。負傷した乗組員が、甲板上で身をよじっている。

「彼を押さえてくれ！」船医が叫んだ。

チャールズは船医のもとに駆け寄ってレンスフライの肩をつかみ、ほかの乗組員たちとともに体を押さえつけた。その時、チャールズは甲板長の目を見てしまった。苦しみ悶えながらも、その目は何かを訴えている。

唇が動き、うめき声とともに言葉が漏れる。「……取り出してくれ……」

すでにレンスフライの厚手のコートを脱がし終わっていた船医は、ナイフでシャツを切り裂いた。血で真っ赤に染まった腹部には、拳大の傷口がある。チャールズの見ている目の前で、太い紐状のものが腹部の下を移動した。砂の中でヘビがうごめいているかのような動きだ。

数人がかりで押さえつけられているにもかかわらず、レンスフライは激しくもがき、苦痛に耐えかねて背中を大きくそらした。喉から絞り出すような悲鳴が、さっきと同じ要求を訴える。

「取り出してくれ！」

バイロンは逡巡《しゅんじゅん》しなかった。手を傷口に入れ、レンスフライの腹部の奥深くに突っ込む。手首が隠れ、続いて前腕部も見えなくなる。凍てつくような寒さにもかかわらず、船医の顔面を玉のような汗がいく筋も流れ落ちた。肘まで体内に手を突っ込みながら、船医はなおも獲物を探し続ける。

大きな爆音が船を揺らし、剝がれ落ちた霜が甲板上に降り注いだ。

もう一つ、さらにもう一つ、爆音が続く。

遠くの岸の方角から、はるかに大きな爆発音が返ってくる。

入り江の両側の海岸線沿いにある断崖から巨大な氷の塊がいくつも剝離《はくり》し、海面に落下した。船からの発射音はなおも鳴りやまず、灼熱《しゃくねつ》のぶどう弾と高温の砲弾の雨を降らせる。

フィッツロイ船長は破壊の限りを尽くそうとしている。

「手遅れだ」そうつぶやきながら、バイロンが傷口から腕を引き抜いた。「間に合わなかった」

その時ようやく、チャールズは両手で押さえつけていた甲板長の動きが止まっていることに気づいた。もはや何も見えていない目が、青空に向けられている。

甲板上に座り直したチャールズは、この忌まわしい大陸についてジェミーが語っていた言葉を思い出した。〈暗い深みには悪魔が潜み、油断している人間の心臓を食らおうと――〉

「遺体はどうしますか?」乗組員の一人が訊ねた。

バイロンは手すりの先に、氷に覆われた荒れる海に視線を向けた。「ここを彼の墓としよう。体内にいるやつも一緒に」

チャールズはそれ以上見ている気になれなかった。海が船を揺らし、大砲の音が鳴り響く中、ほかの乗組員たちがレンスフライの遺体を持ち上げるのを横目に、甲板を離れる。甲板長の水葬に立ち会う気力もなく、チャールズは自らの船室に戻った。

甲板下の船室に戻ると、ストーブの小さな炎はほとんど消えかけていた。それでも、外の冷気にさらされた後のため、室内は息苦しいほどの熱気に感じる。チャールズは日誌を手に取ると、書きかけの数ページを引きちぎり、かすかに残る火にくべた。紙が燃えて丸くなり、黒くなり、炭になるのをじっと見守る。

そこまで確認してから、チャールズはテーブルに戻った。テーブルの上には地図が置かれたままだ——ヤーガン族の間に代々伝わるあの地図もある。チャールズは古い地図を手に取り、この入り江を示す呪われた木立を凝視した。まだ残る炎に視線を向ける。

チャールズはストーブに向かって一歩足を踏み出したが、そこで思いとどまった。

冷え切った指で古い地図を丸め、左右の拳できつく握り締める。

〈それでも私は科学者だ〉

沈んだ気持ちのまま、チャールズは炎に背を向け、私物の中に地図を隠した——科学者にふさわしくない思いを抱きながら。
〈神よ、私を助けたまえ〉

第一部　闇の創世記

1

四月二十七日　太平洋夏時間午後六時五十五分
カリフォルニア州モノ湖

「まるで火星の表面みたいだ」

モノ湖を訪れる観光客の誰もが口にする感想を耳にして、ジェナ・ベックは笑みを浮かべた。この日の最後のツアー客が残り少ない時間で写真を撮影する間、白のフォードF－150ピックアップトラックの傍らで待つ。トラックの前部扉にはカリフォルニア州公園管理局を表す星の印が描かれている。

帽子を目深《まぶか》にかぶり直し、ジェナは太陽に目を向けた。日没まであと一時間ほどだが、斜めに照りつける日の光を浴びて、湖面は青と緑を帯びた鏡のようにきらめいている。「トゥファ」と呼ばれるごつごつした石灰岩質の堆積物が湖の南岸に沿って塔のように連なり、湖面からも突き出しているその姿は、石化した森を見ているかのようだ。

確かに、地球上の景色とは思えない。けれども、もちろん火星にいるわけではない。

ジェナは腕に止まった一匹の蚊《か》を手のひらで叩きつぶした。一見したところ不毛の地と思われるこの美しい湖も、多くの命を育んでいる。

その音を聞きつけ、ツアーグループのガイド――ハッティという名前の年配の女性がジェナの方に視線を向けると、気遣うような笑みを浮かべた。説明を早めに終わらせた方がいいという合図だと判断したに違いない。ハッティは北パイユート族に含まれるクケディカディと呼ばれる一族の先住民だ。年齢は七十代半ばで、モノ湖とその歴史に関してはこの地域の誰よりも詳しい。

「この湖は」ハッティは説明を続けた。「七十六万年前にできたと考えられていますが、三百万年前に形成されたという説を唱える科学者もいます。そうだとすれば、アメリカ国内で最古の湖の一つということになります。面積は約百八十平方キロメートル以上ありますが、水深は最も深いところでも四十メートルを少し超えるくらいです。湧き水のほか、数本の小さな川が流れ込んでいますが、この湖から流れ出ている川はなく、夏の暑い日に蒸発していくだけです。そのため、塩分濃度は海水の三倍もあります。pHの値は10なので、家庭で使用される石鹸《せっけん》や洗剤と同じくらいのアルカリ性ということになりますね」

スペイン人の観光客が顔をしかめ、たどたどしい英語で質問した。「この水に……湖に生き物はいるの？」

「魚という意味だったら、答えは『いいえ』ですね。でも、生き物はいますよ」ハッティはジェナを手招きした。そういった内容に関してはジェナが専門だと知っているからだ。

ジェナは咳払《せき》いをしながら、十数人の一団に近づいた。半数はアメリカ人で、残りの半数はヨーロッパからの観光客だ。ヨセミテ国立公園とボディ州立歴史公園のゴーストタウンとの間に位置するこの湖には、ヨーロッパから訪れる観光客の数が思いのほか多い。

「どんな環境においても生命は生きるための道を見つけるのです」ジェナは話し始めた。「モノ湖も例外ではありません。塩化物、硫酸、ヒ素を含む水は生命の維持に適さないように思われますが、実際には豊かで複雑な生態系が存在しています。私たちは保護活動を通じて、そんな生態系の保存に努めているのです」

ジェナは湖岸に両膝を突いた。「ここのライフサイクルは、冬にこの湖特有の耐塩性の藻類が開花することによって始まります。三月にここを訪れたら、豆のスープみたいな緑色をした湖水が見られますよ」

「なぜ今は緑色じゃないんだい？」まだ若い父親が、幼い娘の肩に片手を添えて訊ねた。

「ここに生息する小型の甲殻類アルテミアのせいです。米粒ほどの大きさしかない生物なのですが、藻類を食べ尽くしてしまいます。次にそのアルテミアが、この湖で最もよく目にするハンターの餌となるのです」

湖岸にひざまずいたまま、ジェナは水際に沿って手を一振りした。大量のアルカリミギワバエが黒い絨毯《じゅうたん》のように舞い上がる。ハエの群れは羽音を立てながら渦を巻いた。

「やべえ」それまでつまらなそうな顔で話を聞いていた十代の赤毛の若者が、目を輝かせて身を乗り出した。

「大丈夫よ。吸血性のハエじゃないから」ジェナはまだ八歳か九歳くらいの男の子を手招きした。「とても珍しい餌の取り方をするの。見てごらん」

男の子はおずおずと前に進み出た。その後ろから、両親と数人の観光客も近づいてくる。

ジェナは自分の隣の地面を軽く叩いて男の子にしゃがむよう促してから、湖の浅瀬を指差した。数匹のハエが銀色に輝く小さな気泡の中に入り、水中に潜っていく。

「スキューバダイビングをしているみたいだ！」男の子は満面の笑みを浮かべた。

ジェナも笑顔を返した。この小さな自然の驚異に対する男の子の興奮が伝わってくる。自分の仕事にやりがいを感じるのはこのような瞬間だ。喜びと驚きを多くの人と分かち合うことができる。

「さっきも言ったように、このハエは独創的な方法で狩りをするハンターです」ジェナは立ち上がり、ほかの人たちも見ることができるように場所を空けた。「アルテミアとこのアルカリミギワバエが、今度はここを中継地とする何十万羽ものツバメ、カイツブリ、ツル、カモメなどの渡り鳥の餌になるんです」ジェナは湖岸沿いの少し離れた地点を指差した。「あのあたりの高いトゥファには、ミサゴの巣もあるんですよ」

カメラのシャッター音を聞きながら、ジェナは湖岸から離れた。

モノ湖の生物に見られる独特の関連性についてなら、この調子でいくらでも話ができる。アルカリ度の高いこの湖の不思議な生態系はもっと複雑に絡み合っていて、今の説明はそのほんの一部をなぞったにすぎない。ここにはありとあらゆる奇妙な種が、様々に適応して暮らしている。例えば、湖底の深い泥の中には変わった細菌が生息しているが、毒性が高く酸素のまったく存在していないそのような環境下で生物が存在できるとは、通常ではとても考えられない。

けれども、実際に存在している。

〈生命は生きるための道を見つける〉

これは映画『ジュラシック・パーク』の中の台詞《せりふ》だが、ジェナはカリフォルニア州立工科大学在学中に生物学の教授から同じ教えを繰り返し聞かされた。当時は生態学での博士号取得を目指していたが、やがてパークレンジャーとしての仕事に興味を抱くようになる。年を追うごとにほころびが目立つようになってきている生命のもろい連鎖を保護するために、現場で直接に関わることができる仕事をしたいと考えたからだ。

ジェナはピックアップトラックまで戻り、扉に寄りかかりながらツアーの終了を待った。ツアー客をバスに乗せ、近隣のリーヴァイニングの町まで送り届けるのはハッティの役目だ。ジェナはピックアップトラックでバスの後を追うことになる。ジェナの頭の中には、リーヴァイニングにある食堂ボディ・マイクスのバックリブがすでに浮かんでいた。

扉の窓から車外に伸びた湿った舌が、ジェナのうなじをぺろりとなめる。ジェナは前を向いたまま手を後ろに伸ばし、ニッコの耳の後ろをかいてやった。どうやら空腹を覚えているのは自分だけではないらしい。

「もう少しの辛抱だから」

それに答えて座席を叩くしっぽの音が聞こえる。捜索および救出のための訓練を受けた四歳のオスのシベリアンハスキーは、常にジェナと行動を共にしている。ニッコは窓から頭を突き出し、ジェナの肩に鼻先を載せると、大きくため息をついた。薄い青と茶色という異なる色の瞳を持つ左右の目が、開けた丘陵地帯の方角を物欲しそうに見つめている。以前にハッティから聞いた話によると、北米先住民の言い伝えでは、異なる色の瞳を持つ犬は天と地の両方を見ることができるという。

その真偽のほどはともかくとして、今のニッコの目に映っているのは地上の動きだけだ。ジャックウサギが一匹、乾燥した藪《やぶ》に覆われた斜面を素早く横切った。トラックの車内でニッコが身構える。

だが、ウサギは瞬く間に夕暮れ間近の暗がりに姿を消した。ジェナは笑みを浮かべた。

「今日はあきらめなさい、ニッコ。次回のお楽しみ」

ニッコは使役犬としての訓練を受けているものの、動物としての本能は残っている。

ハッティがツアー客を呼び集め、離れたところにいる人に声をかけながら、バスの方に向かい始めた。

「それでさ、インディアンはあのハエの幼虫を食べていたの？」赤毛の少年が訊ねた。

「私たちの間では『クザヴィ』と呼んでいるのよ。女性と子供が石の間にいる幼虫を籠《かご》に集めて、火であぶるの。今でも特別な機会には珍しいごちそうとして食べることもあるわ」

ハッティは通りすがりにジェナに向かってウインクをした。

少年の表情が歪《ゆが》むのを見て、ジェナは笑いをこらえた。ここでの生命の連鎖のこの部分に関しては、ハッティに説明を任せている。

観光客が町まで戻るバスに乗り込むのを見ながら、ジェナもトラックの扉を引き開け、ニッコの隣に座った。座席に腰を落ち着けた途端、無線が耳障りな音を発した。

〈今頃何が？〉

ジェナは無線を手に取った。「何かあったの、ビル？」

ビル・ハワードは公園管理局の通信指令係で、ジェナの大切な友人でもある。年齢は六十代半ばで、ジェナがここでパークレンジャーとしての活動を始めた時、何かと面倒を見てくれた。あれからもう三年がたつ。ジェナも二十四歳になり、その間に少ない空き時間を利用して環境学の学士号を取得している。公園管理局は少ない人手と多くの仕事という問題を抱えているものの、ここで勤務するうちに、ジェナは湖のことも、動物たちのことも、仲間のパークレンジャーたちのことも、愛するようになっていた。

「何があったのかよくわからないんだよ、ジェナ。ちょっと北に寄ってもらえないかな？　断片的な緊急通報がうちのオフィスに回されてきたんだ」

「詳しく教えて」公園内での説明係のほかに、レンジャーたちは警察関係の任務にも携わる。犯罪調査から緊急を要する医療対応に至るまで、その役割は極めて多岐にわたっている。

「通話の発信地点はボディの郊外だ」ビルが説明した。

ジェナは顔をしかめた。ボディの郊外には何もない。ゴールドラッシュ時代のゴーストタウンが数カ所と、今では閉鎖された古い鉱山が残っているだけだ。例外はあの施設——

「例の軍事研究施設からだ」ビルの答えはジェナの予想と同じだった。

〈うわあ〉

「通話の内容は？」ジェナは訊ねた。

「私も録音された内容を聞いた。だが、聞こえたのは叫び声だけだ。言葉まで聞き取ることはできなかった。しばらくすると、電話は切れてしまったんだ」

「つまり、何でもないかもしれないし、何であってもおかしくない」

「その通り。何かの手違いで電話がかかってしまっただけかもしれないが、誰かがゲートの手前まで行って、様子を見てきた方がいいという話になったんだ」

「その誰かが私というわけね」

「トニーとケイトはヨセミテの近くまで出向いている。酔っ払いが暴れているとの通報に対応しているところだ」

「わかったわ、ビル。私に任せて。施設のゲート前に到着したら無線を入れる。新たな事実が判明した場合には教えて」

指令係が同意し、無線は切れた。

ジェナはニッコの方を見た。「どうやらリブはもうしばらくお預けみたいよ、坊や」

午後七時二十四分

「急げ！」

ドクター・ケンドール・ヘスは地下四階から階段を駆け上がっていた。すぐ後ろをシステムアナリストのアイリーン・マッキンタイヤが追う。階段の踊り場を赤い非常灯が明るく照らしている。緊急事態の発生を告げるサイレンの音が、施設内に絶え間なく鳴り響いている。

「隔離フロア四と五が失われました」アイリーンが息を切らしながら伝えた。下から忍び寄る脅威を、携帯型のバイオリーダーで監視している。

しかし、二人の後を追うように聞こえる悲鳴が、その脅威を何よりも如実に伝えている。

「すでに通気口内に入ってしまったに違いありません」

「どうしてそんなことが？」

ケンドールは「ありえない」との答えが返ってくるとわかっていたし、アイリーンからもその通りの返答があった。

「ありえないはずです。研究所内でとてつもなく大きなミスが発生したのでもない限りは。でも、私が調べたところ――」

「ミスの発生などではない」ケンドールは思わず強い口調で相手の言葉を遮《さえぎ》った。

それよりも可能性が高いのは……

〈破壊工作〉

何重もの防御策が、電子的な側面と生物学的な側面の両面から張り巡らされている。それらが故意に破られない限り、このような事態が起こるはずはない。何者かが意図的に、この非常事態を引き起こしたのだ。

「私たちに何かできることは？」アイリーンが訴えた。

残された手段は一つしかない。最後の安全装置が、炎をもって炎に対抗する方法がある。けれども、効果よりも被害の方が大きいのではないだろうか？　地下から聞こえる苦痛の悲鳴を聞きながら、ケンドールは決断を下した。

二人は地上階に達した。この先に何が待ち構えているかはわからない。破壊工作ではないかという予想が正しければなおさらだ。ケンドールはアイリーンの腕をつかんで制止した。すでに彼女の手の甲には水疱《すいほう》ができていて、首筋も同じような状態だ。

「君は無線室に向かってくれ。緊急事態の発生を伝えるのだ。私の試みが失敗に終わった場合に備えて」

〈あるいは、私が怖気《おじけ》づいた場合に備えて〉

アイリーンはうなずいた。だが、その瞳からは苦悩がはっきりと読み取れる。自分の要請に従えば、彼女はおそらく死ぬことになるだろう。「最善を尽くします」そう答えるアイリーンの表情は、恐怖で歪んでいる。

強い良心の呵責《かしゃく》を覚えつつ、ケンドールは扉を引き開け、アナリストを無線室がある方向に押した。「走れ！」

午後七時四十三分

大きな揺れとともに、ピックアップトラックは舗装道路から砂利道に乗り入れた。アクセルを踏み続けていたため、モノ湖から標高約二千四百メートルのボディ州立歴史公園までは二十分もかからなかった。だが、ジェナは目の前にある公園には向かわない。目的地はさらに標高の高い隔絶された場所にある。

　太陽は地平線上にかろうじて見える程度の高さだ。タイヤの跳ね上げた砂利がホイールウェルに当たって音を立てる中、ジェナは薄暗い道を走り続けた。この軍事施設の存在を知る一般人はほんの一握りしかいない。短期間のうちに建設され、話題にのぼることもほとんどなかった。建築資材や作業人員も軍のヘリコプターによって現地に直接空輸され、工程のすべてを軍需企業が取り仕切った。

　それでも、情報は漏れてしまうものだ。

　施設は米軍開発試験コマンドの一部で、ソルトレイクシティ郊外のダグウェイ実験場と何らかの関係があるらしい。ジェナは実験場についてインターネットで調べたが、不安をあおるような情報しか見つからなかった。ダグウェイは核兵器、化学兵器、生物兵器の実験場だ。一九六〇年代、実験場の近くで数千頭のヒツジが大量死した原因は、致死性の神経ガスの流出とされる。その後も施設は拡張を続けている。現在の敷地面積は約三千二百平方キロメートルに及び、これはロサンゼルス市二つ分以上の広さに相当する。

〈ここみたいな何もないところに、どうしてまた新たな施設を建設したりしたんだろう?〉

　もちろん、それに関しても様々な憶測が飛び交っている。〈ここで見つかった地下深くの鉱山跡が、軍事科学者たちにとって格好の場所だったのだろう〉〈彼らの実験はソルトレイクシティのような大都市の近くで行なうには危険すぎたに違いない〉……中にはもっと突飛な説を述べる者たちもいた。この施設は極秘の地球外生命体研究のために使用されているというのだ。エリア51が観光客の人気を集めすぎたため、その代替地に選ばれた、ということなのだろう。

意外にもこの珍妙な推測は、施設の科学者たちがモノ湖を訪れ、湖底からコアサンプルを採取したことにより、にわかに信憑性を帯びることになる。その科学者たちはＮＡＳＡのアメリカ宇宙科学技術センターから派遣された宇宙生物学者だとの噂が流れたためだ。

しかし、彼らが探していたのは地球外生命体ではなく、地中内生命体だった。科学者の一人で人当たりのいい銀髪の生物学者ドクター・ケンドール・ヘスがボディ・マイクスで食事をしていた時、ジェナは短時間ながら話をする機会があった。モノ湖を訪れた人は誰もが一度は必ず、あの店で食事をする。食後のコーヒーを飲みながら、ドクターは自分のチームが極限環境生物に関心を抱いていると話してくれた。彼らの目当ては毒性の強い厳しい環境下で生息しているあの珍しい細菌だったのだ。

〈こうした研究は、異なる世界で生命が存在する可能性に対する我々の理解を深めてくれる〉ドクターからはそんな説明があった。

けれども、あの時ジェナは、ドクターが何かを隠しているのではないかと察した。それは表情からすぐにわかった。用心深さと抑え切れない興奮がにじみ出ていたのだ。

その一方で、モノ湖の近くに秘密軍事施設が設けられたのは、これが初めてではなかった。冷戦時代、アメリカ政府は兵器システムの試験や様々な研究プロジェクトの推進を目的として、この人里離れた一帯に複数の施設を建設した。モノ湖で最も有名なビーチ――ネイビー・ビーチの名前は、湖の南岸沿いにかつて存在していた海軍の施設に由来する。

〈秘密の研究所が一つ増えただけだわ〉

激しく揺れる車体に歯を食いしばりながらハンドルを握り続けてさらに数分間が経過した後、ジェナは前方の丘陵地帯を横切るフェンスの存在に気づいた。その直後、ヘッドライトの光が道路脇の標識を照らし出した。色あせた標識には銃弾の跡がある。

この先行き止まり
不法侵入禁止
政府所有地

ここから先は、いつもならゲートが行く手をふさいでいるはずだ。しかし、今日は大きく開け放たれている。不審に思いながら、ジェナはピックアップトラックの速度を落とし、ゲートの手前で停止した。すでに太陽は丘の向こう側に姿を消し、起伏に富んだ草地には夜の帳《とばり》が下りつつある。

「ねえ、どう思う、ニッコ？　扉が開いているんだから、不法侵入には当たらないわよね？」

ニッコは戸惑ったように耳を立て、小首をかしげた。

ジェナは無線を手に取り、公園管理局の通信指令係に連絡を入れた。「ビル、施設のゲート前に到着したわ」

「何か問題はありそうか？」

「ここから見る限りは特になさそうね。誰かがゲートを開けっ放しにしたことを除けば、だけど。どうしたらいいと思う？」

「君がそこに向かっている間に、軍の関係者に問い合わせを入れてみた。今のところ、まだ返事はない」

「つまり、私が決めていいというわけね」

「我々にそこまでの権限は――」

「変ね」ジェナは無線機をわざと揺すった。「そっちの声がよく聞こえないわ、ビル」

ジェナは通話を終え、無線機を元の位置に戻した。

「私が言いたいのは……わざわざここまで来たんだから。そうよね、ニッコ？」

〈いったい何の騒ぎか、この目で確認しなくちゃ〉

ジェナは再びアクセルを踏んでゆっくりとゲートを通過し、夕闇の迫る前方の丘の頂上に見える明かりのともった建物群を目指した。かまぼこ型兵舎のような建物と、コンクリートブロックを積み上げただけの四角い構造物がいくつか固まっているのみの、規模の小さな施設だ。だが、地上から見える建物群は地下に埋まった巨大な施設のほんの一部が突き出ているだけなのではないか、ジェナはそんな思いを抱いた。建物の屋根にはパラボラアンテナなどの通信機器が何本も林立している。

ニッコがうなり声をあげると同時に、ジェナの耳にもパタパタという低い音が聞こえてきた。

ジェナはとっさにブレーキを踏み、ヘッドライトを消した。ニッコの直感を信じたからだけではない。自分も嫌な予感がしたからだ。

かまぼこ型をした建物の一棟の裏側から、黒い小型ヘリコプターが飛び立った。高度を上げていくうちに、沈みかけた太陽の光に機体が照らし出される。ジェナは固唾《かたず》をのみながら、赤い陽光と地上を包み込んだ影がトラックの姿を隠してくれるように祈った。何よりもジェナをぞっとさせたのは、ヘリコプターの機体に何の記号も描かれていなかったことだ。猛禽《もうきん》類を思わせるような艶《つや》のある黒い形状は、明らかに軍の所有物とは異なる。

ヘリコプターがトラックの停まった位置から離れ、丘をかすめるように飛び去り、姿が見えなくなると、ジェナはゆっくりと息を吐き出した。

突然、無線が大声でがなるような音を発したため、ジェナはびくっと身を震わせた。無線機を手でつかむ。

「ジェナ！」取り乱した様子のビルの声が聞こえる。「こっちに戻っている途中なのか？」

ジェナはため息をついた。「まだよ。中から人が出てくるかもしれないから、ゲートのところでしばらく待っていようかと思って」

嘘をつくのは気がひけるが、事実を伝えるよりはいい。

「だったらすぐにそこから逃げろ！」

「どうして？」

「軍のお偉いさん経由で新たな通話がこちらに回されてきた。施設内の誰かが発信した無線連絡だ。聞いてくれ」一瞬の間を置いて、女性の声が聞こえてきた。かすかな声だが、焦燥《しょうそう》と切迫感ははっきりと聞き取れる。「こちらシエラ、ビクター、ウイスキー。緊急事態発生。安全装置作動。その成否にかかわらず、殺して……私たちを全員、殺して」

ジェナは施設の建物群に目を向けた――次の瞬間、丘の頂上が爆発し、炎と煙に包まれた。地面が大きく震動し、トラックを激しく上下に揺さぶる。

〈いったい何？〉

大きく息を吸い込んでから、ジェナはピックアップトラックのギアをバックに入れ、アクセルを力いっぱいに踏み込み、トラックを後方に急発進させた。

前方から煙の壁が迫る。

まったく事態をのみ込めないながらも、ジェナはあの煙に追いつかれたらまずいと直感的に悟った。ダグウェイ実験場の近くで死んだヒツジの話が脳裏によみがえる。その直後、悪い予感は的中した。渦巻く煙の中から勢いよく飛び出してきたジャックウサギが、数歩飛び跳ねた後にばったりと横向きに倒れ、身をよじって苦しみ始めたのだ。

「しっかりつかまっているのよ、ニッコ！」

後ろ向きのままでは十分な速度が出ないため、ジェナはハンドルを切り、砂利を四方に飛び散らせながら、ピックアップトラックを百八十度方向転換させた。再びアクセルを踏み込み、猛スピードでゲートを通過する。バックミラーをのぞくと、煙の壁がなおも後を追ってくる。

黒い物体がボンネットにぶつかり、ジェナは息をのんだ。

〈カラス〉

漆黒《しっこく》の翼をはためかせながら、カラスはボンネットから落下した。

道路脇の茂みに、息絶えた鳥が次々と空から落ちてくる。

ニッコが泣きべそをかくような声をあげた。

ジェナも泣きたい気持ちだった。気の毒な女性の最後の言葉が耳から離れない。

〈殺して……私たちを全員、殺して〉

2

四月二十七日　太平洋夏時間午後八時五分
カリフォルニア州サンタバーバラ

〈私は幸運な男だ……〉

ペインター・クロウは太平洋に沈む真っ赤な夕日に照らされた婚約者のシルエットを見つめていた。海岸線に沿って延びる砂浜を見下ろす断崖上に立つ彼女は、リンコン・ポイントの方に視線を向けている。海上にはこの日の最後の波に挑もうとするサーファーたちの姿がある。真下のビーチからはゼニガタアザラシの鳴き声がかすかに聞こえる。繁殖期になると、観光客はアザラシの営巣地に立ち入ることができない。

婚約者のリサ・カミングズは、双眼鏡を目に当てて一帯の景色を楽しんでいる。その背後に立つペインターは、彼女の体つきを楽しんでいた。リサは黄色のビキニ姿で、腰には薄いコットンの布地を巻いている。布地が透けているため、ペインターはリサの腰の曲線、尻の角度、すらりと伸びた脚を存分に味わうことができる。

ペインターはある一つの確信に達した。

〈私は世界一幸運な男だ〉

下を指差しながらリサが発した声に、ペインターは我に返った。「この砂浜は博士論文の調査で訪れたところなの。ゼニガタアザラシが潜水する際の生理機能を検査していたのよ。子供のアザラシを見たことがある？　本当に可愛いのよ。あの時は大人のアザラシにパルスオキシメーターを装着して何週間も観察しながら、深海に潜る際の適応力を調査していたわ。その結果から、人間の呼吸、酸素飽和度、耐久力、スタミナなどが――」

ペインターはリサの隣に歩み寄り、片方の腕を優しく腰に回した。「耐久力とスタミナに関しては、ホテルの部屋で独自の調査を行なうことも可能じゃないかな」

リサは双眼鏡を下ろし、ペインターに笑顔を向けると、風で乱れたブロンドの髪を小指でさっとかき上げながら、片方の眉を吊り上げた。「その調査ならもう十分にやったと思うんだけど」

「徹底的に行なったとは言えないな」

リサはペインターの方に向き直り、体を預けた。「そうかもしれないわね」唇を重ね、そのまましばらくとどまっていたが、やがて体を離す。「でも、時間がないわ。一時間後にはケータリング業者の人と打ち合わせをして、リハーサルディナーのメニューを決めないといけないし」

ペインターは太陽が水平線の下に完全に没するのを見ながら、大きなため息をついた。結婚式は四日後の予定だ。式はここのビーチでささやかに挙げることになっていて、親しい友人や家族が出席する。その後、モンテシトのフォーシーズンズ・リゾート・ザ・ビルトモアで披露宴が行なわれる。けれども、当日が近づくにつれて、詰めなければならない細かい決め事のリストは長くなる一方だ。そのあわただしさから数時間だけでも逃れるために、二人は夕方になってからホテルの外に出て、太平洋を臨むカーピンテリア・ブラフスの草地と背の高いユーカリの木々の間を散策していたのだった。

そんな二人きりの時間は、ペインターにとってアメリカの西海岸で生まれたリサの子供時代の話を詳しく聞くための格好の機会だった。リサがカリフォルニア州南部で育ち、UCLAを卒業したことは、ペインターもすでに知っている。しかし、生まれ故郷に戻った彼女を前にすると——昔を懐かしんだり、いろいろな話を聞かせてくれたり、あるいはカリフォルニアの陽光を浴びたりする姿を目にすると、ペインターはリサへの愛がいっそう深まるのを感じた。

誰だってそうだろう。

長いブロンドの髪から弱い太陽の光でも日に焼けてしまうきめの細かい肌まで、リサは「ゴールデンステート」の化身のような存在だ。けれども、外見から彼女の中身を侮《あなど》ったりすると痛い目に遭う。その美しさの下にあるのは人並み外れた知性だ。リサはUCLA

の医学部を首席で卒業したばかりか、人間生理学でも博士号を取得している。

そのような西海岸とのつながりがあるため、二人はサンタバーバラで結婚式を挙げることに決めた。ペインターもリサも、今では東海岸のワシントンDCで生活しているが、リサの友人や家族、親戚のほとんどは今もこの近くにいる。そのため、カリフォルニアを会場に決めるうえで何も不都合はなかった。ペインターには家族と呼べる存在がいないのでなおさらだ。彼は子供の頃に両親を亡くしており、父方の北米先住民の親族とは疎遠になっていた。唯一、姪《めい》のような存在の女性がいるが、彼女もユタ州のブリガムヤング大学に在籍している。

そのため、大陸を横断して式に出席しなければならない招待客は、ほんの一握りの人数になる。シグマフォース内のペインターの側近とも言うべき部下たちだ。だが、そうした旅行が難しい者たちもいる。部下の中でも最も頼りになるグレイソン・ピアースは、アルツハイマー病が進行中の父親を抱えているし、ほかにも――

「今朝、キャットから電話があったという話はしたかしら？」ペインターの心の内を読み取ったかのように、リサが訊ねた。

ペインターは首を横に振った。

「娘たちの面倒を見てくれる人が何とか見つかったみたい。あんなにも安心した様子のキャットの声は聞いたことがなかったわ。幼い子供を二人連れての長時間の空の旅なんて、誰だってあまり経験したくないもの」

日が落ちた断崖の上を歩いて戻りながら、ペインターは意味ありげな笑みを浮かべた。

「キャットもモンクも、おむつや真夜中の授乳からたまには解放されないとな」

キャットことキャスリン・ブライアントはシグマの首席情報分析官で、ペインターの副官として組織になくてはならない存在だ。夫のモンク・コッカリスも同じくシグマの隊員で、法医学とバイオテクノロジーを専門としている。

「おむつと真夜中の授乳の話だけど……」リサがペインターに体を寄せ、指を絡ませた。「近いうちに私たちもその問題に悩まされることになるかも」

「かもな」

リサが小さなため息を漏らした。今の返事からためらいを感じ取ったに違いない。もちろん、子供を作り、家族を作ろうという話は何度もしている。けれども、夢を思い描くことと、現実を目の前に突きつけられることとは別の問題だ。

リサの指が彼の手から離れた。「ペインター——」

携帯電話の甲高い着信音がリサの言葉を遮ったため、説明を免れることができた——ペインターがそのことに安堵《あんど》したのは、気が進まない理由が自分でもよくわからないからだ。その一方で、特別な着信音に対しては思わず背筋がこわばる。ペインターがすぐに電話を手に取ったことに対して、リサも不満を漏らさない。緊急事態が起きた時の着信音だと知っているからだ。

　ペインターは携帯電話を耳に当てた。「クロウだ」

「司令官」キャット・ブライアントの声が聞こえる。「問題が発生しました」

　副官がこの時間に直接電話をかけてくるからには、大きな問題に違いない。もっとも、シグマがこれまでに小さな問題を扱ったことなどあっただろうか？　シグマフォースは国防高等研究計画局（DARPA）傘下《さんか》の秘密特殊部隊で、科学分野や技術分野における世界規模の脅威に対処する任務を負う。その司令官として、ペインターは米軍の各組織からシグマフォースの隊員にふさわしい優秀な人材をスカウトし、DARPAの実戦部隊として活動するために様々な科学分野の再訓練を施した。そんなシグマのもとに届いたからには、些細《ささい》な問題のはずがない。

　通常ならばこのような緊急の連絡に対して不安を覚えるものだが、ペインターはどこかほっとしている自分を否定することができなかった。状況の変化を歓迎している自分がいる。〈何度もウエディングケーキの味見をしたり、披露宴のどのテーブルにどんな飾りを置くかを決めたりするのは……〉

「何があったんだ？」ペインターは身構えながらキャットに訊ねた。

午後八時九分
カリフォルニア州モノ湖

「ちょっと、嘘でしょ！」

ピックアップトラックのブレーキを踏むと、シートベルトがジェナの肩に食い込んだ。隣にいたニッコが座席から転がり落ちる。ハスキーがあわてて立ち上がる中、ジェナはバックミラーを凝視した。

トラックの後方には、標高の高い地点から執拗《しつよう》に追ってくる黒煙の壁が立ちはだかっている。何とかしてその進路から逃れなければならないが、目の前の道はヘアピンカーブになっていて、その先もはるか下に見えるモノ湖に向かって急カーブが連続している。このままジグザグの道を下っていくと、有毒な煙の方へと戻ってしまうことにならないだろうか？　運転席で身をよじりながらカーブした道を目で追うと、危惧《きぐ》した通り、ヘアピンカーブの先は渦巻く煙がある方に通じている。

夜になって気温が下がっているにもかかわらず、ジェナは額から流れ落ちる汗を手でぬぐった。

ニッコがじっと視線を向けている。安全な場所に連れていってくれると信じている。

でも、いったいどこが安全なのか？

ジェナはヘッドライトをハイビームにし、前方のスイッチバックに目を凝らした。かすかなタイヤの跡が砂利道から外れ、ヤマヨモギとピニョンマツの茂る開けた地形の方に延びている。あの轍《わだち》がどこに通じているのかはわからない。観光客や地元の若者たちが進入禁止の場所に車を乗り入れ、近くの峡谷でキャンプをしたり、小川の岸辺で焚《た》き火をしたりしているのは知っている。ジェナ自身、パークレンジャーの仕事の一環として、そうした不法侵入者を追いかけた経験が何度もある。

ほかに選択肢はない。ジェナはアクセルを踏み込み、ヘアピンカーブの方を目指した。その手前で路肩を乗り越え、わずかに残るタイヤの跡を追う。轍の上を高速で飛ばすと、車体のあちこちがガタガタと音を立てる。隣ではニッコがはあはあと息をしながら、両耳をぴんと立て、落ち着きなく目を動かしている。

「いいこと、しっかりつかまっていてね」

よりでこぼこした地形になったため、ジェナは速度を落とす必要に迫られた。気持ちははやるものの、車軸が折れたり、鋭くとがった岩でタイヤがパンクしたりするような危険を冒すわけにはいかない。その間も、目で絶えずバックミラーを確認する。煙の渦は夜空の月を覆い隠してしまっている。

ふと気づくと、ジェナは息を殺していた。これから何が起こるのかと思うと、怖くてたまらない。

タイヤの跡は上り坂に差しかかり、別の丘の頂上に向かっている。足場が不安定なため、もどかしいまでのゆっくりとしたスピードしか出せない。ジェナは悪態をつきながら、この道をあきらめようかと考えた。だが、周囲を見回しても大きな岩がごろごろしているばかりだ。これよりもましな通り道は見当たらない。

覚悟を決めると、ジェナはアクセルを踏み込み、ピックアップトラックの四輪駆動の限界に挑んだ。しばらく進むと、道が再び平坦になる。その機を逃さずに、ジェナは曲がりくねった道を無謀なまでのスピードで飛ばした。急斜面を迂回《うかい》して抜ける――だが、その先にヘッドライトが照らし出したのは古い土砂崩れの跡で、道を完全にふさいでしまっていた。

ジェナは急ブレーキを踏んだが、緩い砂と石の上でトラックのタイヤがスリップした。フロントバンパーがいちばん手前の大きな岩に激突する。エアバッグが作動し、セメントの詰まった袋で殴られたかのような衝撃が顔面に走る。ジェナは息が詰まった。頭ががんがんと鳴る一方で、エンジンが咳《せ》き込むような音とともに停止するのがはっきりと聞こえた。

痛みで目に涙がにじむ。唇が裂けたのか、血の味がする。「ニッコ……」

ハスキーは座席の上に乗ったままだ。衝突のショックはほとんど受けていないように見える。

「さあ、来て」

ジェナは扉を押し開け、転がり落ちるように車外に出た。立ち上がったものの、両脚が震える。空気は熱と油のにおいがする。

〈もう手遅れなのかもしれない〉

煙の壁の方に目を向けたジェナの頭の中に、有毒な渦から飛び出して苦しみ悶えながら死んでいったジャックウサギの姿が浮かぶ。ジェナは数歩足を踏み出した――ふらふらするが、毒のせいではない。〈ぶつかった衝撃のせいよ〉そうであってほしいと祈る。

「とにかく動き続けないと」ジェナは自分に言い聞かせた。

隣に並んだニッコは軽やかな足取りで、太いしっぽを振る様子からは強い決意がうかがえる。

背後に見える煙の厚い壁が崩れ始め、端の部分も徐々に薄くなりつつある。それでも、あたかも大波が砕けるかのように、ジェナの方に向かって斜面を下ってくる。歩いて逃げ切るなんてできっこない。

ジェナは丘の頂上を見上げた。

唯一の希望はあそこだ。

ジェナはトラックに戻って懐中電灯を手に取り、急いで斜面を登り始めた。ニッコに口笛を吹いて離れないようにとの合図を送りながら、土砂崩れがあった場所をよじ登る。そこを越えると、その先にはヤマヨモギとシバザクラの茂る草地があった。開けた地形のおかげで移動速度が速まる。ジェナは激しく揺れる懐中電灯の光を頼りに、標高の高い丘の頂上を目指して斜面を駆け上がった。

けれども、あの高さで十分なのだろうか？

ジェナは息を切らしながらも必死で足を動かし続けた。その隣をニッコが音を立てずに走る。コクテンシトドモドキが巣から飛び立っても、黒い尾のジャックウサギが飛び跳ねても、ニッコは脇目も振らない。

ようやくニッコとともに丘の頂上付近に達すると、ジェナは初めて後ろを振り返った。津波のような煙が小高い丘の麓《ふもと》にぶつかって砕け、周囲の盆地を埋め尽くしていく。丘の頂上一帯は有毒な海に浮かぶ孤島のようだ。

しかし、この島もいつまで安全なのだろうか？

ジェナは死の波に近い危険な岸から離れ、丘の最高地点を目指した。そのあたりには星空を背景にして、とがったシルエットがいくつも見える。朽ちかけたゴーストタウンの残骸だ。十以上の小屋や建物が確認できる。このようなゴールドラッシュ時代の居住地跡が周辺の丘陵地帯の間に点在しているが、そのほとんどは今では忘れ去られており、地図にすら載っていない。例外はこの近くにあるボディの町で、大規模なゴーストタウンがボディ州立歴史公園の目玉として公開されている。

　ジェナは見たところ頼りない避難所に向かって急いだ。壁と屋根がしっかりと残っているだけでもありがたい。いちばん手前の建物に近づきながら、ジェナはポケットから携帯電話を取り出した。周囲の開けた標高の高い地点ならば、電波が届くかもしれない。トラックの無線はあの有毒な雲の中にあるため、この携帯電話が唯一の通信手段だ。

　電波の強さを示すバーが一本だけ光っているのを見て、ジェナはほっとした。

〈電波が届いているだけでもよしとしないと〉

　ジェナは通信指令室に電話を入れた。呼び出し音が鳴る間もなく、息を切らしたビル・ハワードの声が聞こえる。

　電波の状態はあまり良好ではないが、友人の声からはほっとしている様子がうかがえる。

「ジェナ……そっちは大丈……なのか？」

「あちこち痛むけど、大丈夫よ」

「痛むって……ったのか？」

　受信状態の悪さにわめきたくなる気持ちを抑えながら、ジェナはもっと大きな声で伝えようとした。「聞いて、ビル。そっちにとんでもないものが向かっているの」

　ジェナは爆発についての説明を試みたが、途切れ途切れにしか電波がつながらないので、なかなか相手に伝わらない。

「リーヴァイニングの住民を避難させて」ジェナは半ば叫びながら訴えた。「周辺のキャンプ場にいる人たちも」

「よく聞こえな……避難がどうしたって？」

焦りばかりが募る中、ジェナは目を閉じた。深呼吸を繰り返す。

〈小屋の屋根に登ったら、もう少し電波がよく入るかもしれない〉

しかし、どの小屋がいいかと考えを巡らせる間もなく、パタパタという低い音が聞こえてきた。一瞬、ジェナは自分の心臓の鼓動が鳴り響いているのかと思った。だが、すぐにニッコが不安げな鳴き声をあげた。ニッコの耳にも聞こえているのだ。音が次第に大きくなる中、夜空を探すと航空灯の光が見える。

ヘリコプターだ。

ビルが捜索と救援のためのチームを派遣したにしては、あまりにも早すぎる。警戒を呼びかける脳からの指令に応じて、ジェナは懐中電灯のスイッチを切り、ゴーストタウンの建物に向かって走った。町の外れに達して古い小屋の陰に身を隠すと同時に、ヘリコプターが頂上の上空に姿を現した。

艶のある黒い機体には見覚えがある。爆発の直前に軍事施設から飛び立ったのと同じヘリコプターだ。

〈爆発地点から逃げるトラックを目撃して、引き返してきたのかしら？　でも、どうして？〉

確かなことはわからないため、ジェナは上空から姿を見られないようにした。開いたままの扉のところまでたどり着くと、ニッコを連れて中に飛び込む。暗い屋内を横切りながら、ジェナは一瞬だけ立ち止まって携帯電話を確認した。

ビルとの通話は切れてしまっている。電波の状態を示すバーは一本も表示されていない。連絡手段が絶たれてしまったからには、自分で何とかするしかない。

小屋の反対側に達すると、ジェナは割れた窓ガラスから慎重に外の様子をうかがった。ヘリコプターは頂上のこちら側にある草地に向かって降下している。スキッドがまだ地面に触れないうちに、黒ずくめの男たちが機体の両側から飛び降りた。ヘリコプターのローターが巻き起こす風で、周囲の藪がなぎ倒される。

男たちがライフルを携帯していることに気づき、ジェナは心臓が止まりそうになった。

これは捜索隊なんかじゃない。

ジェナは腰のホルスターに収められた唯一の武器――テーザーに手を触れた。カリフォルニア州のパークレンジャーは、法律によって小火器の携帯が認められているが、今日のような観光客を案内するだけの仕事の時には携帯しないことの方が多い。

外の動きに反応して、ニッコがうなり声をあげた。

ジェナは静かにするよう手で合図した。生き延びたいと思うなら、見つからないように隠れているしかない。

ジェナが姿勢を低くしようとした時、最後の男――巨人のような大男がヘリコプターから飛び降り、機体から大股で数歩離れた。銃口の部分が長い武器を手にしている。ジェナが今までに見たことのない武器だ――その時、先端から勢いよく炎が噴き出し、草地が燃え上がり始めた。

あれは火炎放射器だ。

一瞬の間を置いて、ジェナは火炎放射器が必要な理由を理解した。小屋の窓枠を握り締める指先に力が入る。太陽の光にさらされたここの木材は乾き切っている。自分が隠れているのはあのような武器で攻撃されたらひとたまりもない場所だ。

外では武装した男たちが広く展開し、古い建物群を取り囲もうとしている。

〈私がここにいることを知っているんだわ。ゴーストタウンのどこかに隠れていることを〉

敵が何を目論《もくろ》んでいるかは言うまでもない。建物の中から彼女をあぶりだそうとしているのだ。

男たちの向こうに目を移すと、丘の頂上を取り囲む有毒な雲海が見える。この孤島から逃れる術《すべ》はない。ジェナは小屋の中でしゃがみこんだ。いくつもの選択肢が目まぐるしく頭の中を駆け巡る。断言できることはただ一つ。

〈ここから生きて戻ることはできない〉

だからと言って、パークレンジャーの教えを忘れていいというわけではない。たとえ生き延びられないとしても、自分の運命に関する情報を、ここで何が起きたのかに関する手がかりを、残すことならできる。

ニッコが体をにじり寄せてきた。

ジェナはニッコをきつく抱き締めた。たぶんこれが最後になるだろう。「あと一つだけ、私の頼みを聞いてほしいの」ジェナはニッコの耳に小声で語りかけた。

ニッコはしっぽをひと振りした。

「そうよ、いい子ね」

3

四月二十七日　東部夏時間午後十一時十分
メリーランド州タコマパーク

〈悪い時には悪いことが重なる……〉

グレイ・ピアースは雨に濡れる住宅街の道路をバイクで飛ばしていた。この一週間はずっと、荒れ模様の天気が続いている。排水溝からあふれた水が道路脇に水たまりを作っているので、注意しなければならない。ヘッドライトの光が大粒の雨を照らし出す中、グレイは父の家に向かっているところだった。

次のブロックの中ほどに、クラフツマン様式の小ぢんまりとした建物が見える。まだ距離があるにもかかわらず、グレイはすべての窓から明かりが漏れていて、建物の周囲を取り囲むポーチや木製のブランコを照らしていることに気づいた。ブランコはどこか物憂げに映る。あの家の中ではいつものように、嵐がグレイのことを待ち受けている。

私道の手前に達すると、グレイは百八十センチの体を傾けながらバイクを乗り入れ、建物の裏手にある離れのガレージに向かった。家の奥から険しい調子のがなり声が聞こえる。ヤマハ・VMAXのエンジン音をかき消さんばかりの勢いだ。

どうやら状況はさらに悪化しているらしい。

グレイがバイクのエンジンを切ると、家の裏庭から人影が姿を現し、雨の降る中をバイクに近づいてきた。弟のケニーだ。ウエールズ系の赤みを帯びた顔色や濃い黒髪など、二人の間には血のつながりを示す共通点がある。

けれども、兄弟が似ているのはそこまでだ。

グレイは弟の怒りを受け止めようと、ヘルメットを脱いでバイクから降りた。二人はほぼ同じくらいの背丈だが、ケニーの方は腹回りにかなり贅肉《ぜいにく》が付いている。カリフォルニアでソフトウェア技術者として働きながら、十年間にわたって体を動かす機会の少ない生活を送り、飲酒にふけっていたためだ。最近、弟は長期休暇を取得し、父の介護を手伝うため東海岸に戻ってきた。だが、ほとんど毎週のように、カリフォルニアに戻ると言ってグレイを悩ませている。

「もうこれ以上は耐えられない」ケニーは拳を握りながらぶちまけた。顔面はいらだちのせいで紅潮している。「兄さんが話をして何とかしてくれよ」

「どこにいる?」

ケニーは裏庭の方を手で示した。その表情からは立腹と気まずさの両方がうかがえる。

「雨なのに外で何をしているんだ？」グレイは家の裏手に向かって歩き始めた。

「自分で聞いたら」

グレイは裏庭に出た。キッチンの裏口の上に設置された明かりはわずかな光を投げかけているだけだが、フェンス沿いのセイヨウキョウチクトウの植込みの近くに背の高い男性が立っているのはすぐにわかった。その姿を目にしたグレイは、何がどうなっているのかを理解しようと、思わず立ち止まった。

父は裸足で、ボクサーパンツ以外は何も身に着けていない。雨に濡れたボクサーパンツは、骨ばった体にかろうじて引っかかっているだけだ。細い両腕を高く伸ばし、空の方に向けた顔で雨を受け止めている姿は、まるで嵐の神に祈りを捧げているかのように見える。やがて二本の腕が、植込みの前で交差した。

「キョウチクトウを剪定《せんてい》しているつもりらしい」ケニーがさっきよりも落ち着いた口調で説明した。「キッチンでうろうろしているのに気づいたんだ。今週二度目だよ。だけど、今日はベッドに戻すことができなかった。言い出したら聞かないからね。頑固だったじゃないか、この……こうなる前から」

〈アルツハイマー病になる前から〉

ケニーがその病名を口にすることはほとんどない。声に出しただけで感染してしまうのではないかと恐れているかのように。

「だから兄さんに電話をしたんだ」ケニーは言った。「兄さんの言うことなら聞いてくれるから」

「いつそんなことがあったんだよ」グレイはつぶやいた。

少年時代のグレイと父との間の親子関係は、激しいぶつかり合いの連続だった。かつてテキサス州の油田労働者だった父は、厳しく頑《かたく》なな人間で、自立心と根性を人生の信条にしていた。だが、それも掘削装置を扱っていた時の事故で片脚の膝から下を失うまでの話だ。その後、父の人生観は不満と怒りが表に出るようになる。その矛先《ほこさき》の大部分は長男のグレイに向けられた。結局、グレイは家を出て、軍に入隊し、今ではシグマに所属している。

裏庭に立つグレイは、目の前の痩せ衰えた男性の中に、かつては憎しみすら覚えた厳格な父の姿を探した。だが、浮き出た肋骨《ろっこつ》と背骨、たるんだ皮膚を目の当たりにして言葉を失う。昔の父のかけらすらも、うかがうことができない。そこにあるのは高齢と病気で何もかも失った抜け殻だけだ。

グレイは父に歩み寄り、そっと肩に手を置いた。「父さん、もうそれくらいでいいよ」

振り返った父の目は、意外にもうつろではなかった。そこに輝いていたのは見慣れた怒りだ。「この植込みはもっと短くしないといかん。隣からも文句を言われておる。母さんは――」

〈母さんは死んだよ〉

グレイは胸の内から湧き上がる罪悪感をのみ込み、肩に置いた手に力を込めた。「僕がやっておくよ、父さん」

「学校はどうするつもりだ？」

グレイは父の頭の中の時間軸に戸惑いながらも、何とか話を合わせた。「学校が終わってからやるよ。それでいいだろ？」

父の血走った青い瞳の炎が治まっていく。「ちゃんとやるんだぞ。約束を守ってこそ、本当の男だからな」

「わかった。約束するよ」

グレイは父の手を取って裏口からキッチンに入った。その動きと、暖かさと、明るい光のおかげで、父の正気が戻ってくる。

「グ……グレイ、ここで何をしているんだ？」グレイの存在に初めて気づいたかのように、かすれた声で父が訊ねた。

「父さんの様子を見に、ちょっと寄っただけだよ」

細い手がグレイの腕をぽんと叩いた。「だったら、ビールでも飲んでいくか？」

「またにするよ。シグマに戻らないといけない。仕事が入ったからね」

これは嘘ではない。自宅からここに向かう途中でキャットから連絡が入り、ワシントン

DCのシグマの司令部に来てほしいとの要請が入っていたのだ。グレイが父の状況を説明すると、キャットは用件を片付けてからでいいと言ってくれた。だが、キャットの声の調子から察するに、緊急の用件が持ち上がっているのはここだけではないらしい。

　グレイはケニーの方を見た。

「僕が寝室に連れていくよ」ケニーが申し出た。「こんな騒ぎを起こした後は、たいてい朝まで目を覚まさないから」

〈やれやれ〉

「でも、兄さん、これで解決したわけじゃないからね」ケニーは声を落とした。「毎晩のようにこんなことを続けるのは無理だ。実はちょうど今日、メリーと話をしたところなんだ」

　グレイは自分がその話し合いから外されたことに、軽いいらだちを覚えた。メリー・ベニングは正看護師で、日中の父の面倒を見てくれている。夜間の担当は主にケニーで、グレイもできる限り代わってやるようにしている。

「彼女の考えは？」

「二十四時間態勢のケアと、安全対策が必要だという意見だった。ドアアラームを取り付けるとか、階段の上にゲートを設置するとか、あるいは……」

「あるいは、施設を探すか」

　ケニーはうなずいた。

〈だが、父の家はここだ〉

ケニーはグレイが浮かべた苦渋の表情に気づいたに違いない。「今すぐに決める必要はない。差し当たって、夜間に世話をしてくれる何人かの看護師の連絡先をメリーが教えてくれた。僕たち二人とも、少し息抜きをしないと」

「そうだな」

「僕が手配しておくよ」ケニーは締めくくった。

グレイの心をかすかな疑念がよぎった。弟が急に積極的な行動を取り始めたのは、早く父の世話から解放され、カリフォルニアに戻りたいという思いに突き動かされたものなのではないだろうか？　けれども、グレイは弟の言うことがおそらく正しいともわかっていた。何らかの手を打つ必要があるのは確かだ。

ケニーが父を連れて階段から二階の寝室に向かうのを見ながら、グレイは携帯電話を取り出し、シグマの司令部に連絡を入れた。すぐにキャットが電話に出る。

「これからそっちに向かう」

「なるべく急いで。状況は悪化の一途をたどっているわ」

グレイは階段の方を一瞥《いちべつ》した。

〈どうやらそうみたいだな〉

午後十一時三十三分
ワシントンＤＣ

グレイは車の往来のほとんどない通りをバイクの限界いっぱいのスピードで飛ばし、十五分でシグマの司令部に到着した。緊急の呼び出しを受けたことよりも、何かに追われているかのような思いが強かったせいもある。父の状態を理由に要請を断ることも可能だったが、自宅アパートに戻ったところであれこれ気をもむばかりだということはわかっている。しかも、冷たいベッドに一人で眠ることになる。セイチャンはまだ香港にいて、母親とともに、貧困に苦しむ東南アジアの少女たちのための資金を集めるプロジェクトに携わっている。

今のグレイにとって何よりも必要なのは、動き続けることだ。

エレベーターがシグマ司令部の地下に到着して扉が開き始めると、グレイはすぐさま廊下に出た。施設が入っているのはスミソニアン・キャッスルの地下で、第二次世界大戦中には掩蔽壕《えんぺいごう》として、その後は核シェルターとして使用されていた場所だ。ごく一部の人間しかその存在を知らない秘密の施設は、ナショナルモールの端という立地にあるため、シグマの隊員たちは政治権力の中枢にも、スミソニアン協会の数多くの研究所や調査資料にも、容易にアクセスすることができる。

グレイは司令部の心臓部に向かった――顔を合わせる相手は、シグマの情報通信網を一手に操る人物。

足音を聞きつけたのか、キャットが廊下に現れてグレイを出迎えた。すでに日付が変わろうとする時間帯で、朝から働き詰めのはずなのに、海軍の制服にはしわ一つない。短い鳶《とび》色の髪だけはどことなくボーイッシュな印象を与えるが、それ以外のキャットにはボーイッシュなところなどまったく見当たらない。グレイに向かってうなずいたキャットの鋭い眼差《まなざ》しからは、すでに任務に集中していることがうかがえる。

「何があったんだ？」グレイはキャットに近づきながら訊ねた。

キャットは即座に踵《きびす》を返し、シグマの通信室内に戻った。グレイもその後を追い、全面がコンピューターのモニターやワークステーションに埋め尽くされた円形の部屋に足を踏み入れた。この部屋には二、三人の技師が常駐しており、規模の大きな任務の遂行中にはその二倍のスタッフが作業を行なっている。しかし、すでに遅い時間のため、中で待っていたのは一人――キャットの部下の主任分析官、ジェイソン・カーターだけだ。

若い分析官はワークステーションの前に座り、目にも留まらぬ速さでキーボードを叩いていた。黒のジーンズにボストン・レッドソックスのTシャツという格好だ。亜麻色の髪はぼさぼさで何本も毛が逆立っており、まだ寝ぐせが取れていないようにも見えるが、顔に疲労がたまっていることから推測するに、しばらく睡眠を取っていないのだろう。まだ二十二歳の若さだが、ジェイソンは頭の回転が速く、特にコンピューター関係では右に出る者がいない。ペインターから聞いた話によると、ジェイソンはブラックベリーと改造したｉＰａｄだけで国防省のサーバーに侵入し、それが原因で海軍を除隊になったということだ。その出来事の後、キャットがジェイソンを直接スカウトし、分析の任務に当たらせている。

キャットが口を開いた。「一時間少し前、カリフォルニア州の軍事研究施設で何らかの惨事が起きたみたい。緊急事態の発生を伝える無線があったの」

キャットがジェイソンの肩に触れた。

それに合わせてジェイソンがキーを叩くと、すぐに音声が再生された。女性の声で、口調はしっかりとしているが、息遣いが荒い。必死に平静を保とうとしている様子がうかがえる。

「こちらシエラ、ビクター、ウイスキー。緊急事態発生。安全装置作動。その成否にかかわらず、殺して……私たちを全員、殺して」

キャットは説明を続けた。「発信者の身元はドクター・アイリーン・マッキンタイヤ。施設の主任システムアナリストよ」

コンピューターの画面上に、カメラに向かって笑みを浮かべる白衣姿の中年女性の写真が表示された。その目は喜びで輝いている。グレイは頭の中で、目の前の顔写真と耳にしたばかりの必死の要請とを重ね合わせようとした。

「ここでは何の研究を進めていたんだ？」グレイは訊ねた。

ブルートゥースのヘッドホンを両手でしっかり押さえながら、ジェイソンが言葉を挟んだ。「到着されたようです。ここに向かっています」

「それをこれから突き止めたいと思っているところ」キャットはグレイの問いかけに答えた。「現時点でわかっているのは、この研究施設が何らかの危険物を、その流出を食い止めるためには大がかりな手段を要する何かを扱っていたに違いないということだけ。衛星からの画像だと、爆発と大量の煙が確認できるわ」

ジェイソンが写真を画面上に表示し、次々と切り替えた。画質のよくない白黒の写真だが、爆発の閃光《せんこう》と噴き上がる黒煙は容易に見て取れる。

「いまだに煙が濃く立ちこめているため、その下の施設の現状を評価できていない」キャットは説明した。「でも、その後は何の連絡もないわ」

「施設を完全に破壊したようだな」

「今のところは、そう見るのが妥当ね。西海岸にいるペインターも、現地の関係者と連絡を取りながら事態の把握に努めている。司令官からは施設で何が行なわれていたのか、詳しく調べるようにとの指示を受けたところ」グレイの方を見たキャットの目には、不安が浮かんでいた。「施設がＤＡＲＰＡの管轄《かんかつ》下にあったということは、すでに判明しているんだけど」

グレイは驚きが顔に出るのを抑えることができなかった。ＤＡＲＰＡは国防総省の部局で、シグマの任務も統括している――ただし、シグマの存在はごく一握りの人間だけしか、最高度の機密情報に触れることのできる人間だけしか知らない。もっとも、この施設がＤＡＲＰＡとつながっていたことに関しては、それほど驚くまでもなかったかもしれない。アメリカ軍の研究開発部門に位置づけられるＤＡＲＰＡは、複数の組織に分かれていて、アメリカ国内の各地に数百もの施設を有している。その大部分はほとんど規制を受けることなく独自に活動を行なっており、特異な才能を持つ優秀なスタッフたちが研究に励んでいる。各研究の詳細に関しては、必要最小限の人間だけにしか知らされていない。

〈どうやらシグマはこの件に関して知る必要がないと見なされていたようだな〉

「何らかの異常が発生した時点で、施設内には三十人以上のスタッフがいたと見られているわ」キャットが伝えた。両肩に不自然な力が入り、唇をきっと結んでいることから察するに、激しい怒りを覚えているようだ。

画面上を覆う黒煙を見つめるグレイも、その気持ちが理解できた。「この施設を管轄していたのがＤＡＲＰＡのどの研究室なのか、わかっているのか？」

「ＢＴＯ。生物工学研究室よ。比較的新しい組織ね。研究対象は生物学と自然科学の融合の探求」

グレイは顔をしかめた。これはシグマにおける自らの専門と重なっている。遺伝子工学から合成生物学に至るまで多岐にわたる、危険な領域だ。

エレベーターの方角から廊下を伝って声が聞こえてきた。グレイは肩越しに振り返った。

「ペインターの許可を得た後」キャットは説明した。「ＢＴＯの室長のドクター・ルシウス・ラフェに、問題解決のためここに来てもらうように要請したの」

話し声が近づくにつれて、真夜中の急な呼び出しにぴりぴりしている様子が聞き取れる。

通信室の入口に二人の男性が姿を現した。一人はグレイが初めて見る顔で、アルマーニのスーツの上に膝丈のコートを着用した威厳のある顔つきの黒人男性だ。年齢はおそらく五十代半ば、髪の毛は白髪交じりで、顎ひげはきれいに整えられている。

「ドクター・ラフェ」キャットが声をかけながら近づき、握手をした。「わざわざお越しいただき、ありがとうございます」

「わざわざも何も、君のところの人間は有無を言わさぬ雰囲気だったぞ。『ラ・ボエーム』の公演が終わってケネディ・センターを出たところで、いきなり拉致《らち》されたのだから」

ドクターの付き添いを務めたモンク・コッカリスが室内に入ってきた。きれいに剃《そ》り上げた頭とアメフトのラインバッカーのような筋肉質の体型は、ブルドッグを思わせる。モンクはグレイの方を見ると、「こいつを連れてくるのは一苦労だったよ」とでも言うかのように片方の眉を吊り上げた。続いてキャットに歩み寄り、妻の頬に軽くキスをする。

モンクは小声でキャットの耳元にささやいた。「戻ってきたよ、ハニー」

ドクター・ラフェはモンクとキャットの顔を交互に見ながら、二人が親しい関係だという事実を把握しようと努めている。グレイはドクターの困惑が理解できた。モンクとキャットは「意外な」という意味で人目を引くカップルだからだ。

「夫からカリフォルニアの状況のあらましはお聞きかと思いますが」キャットが切り出した。

「ああ、聞いたよ」ドクターは大きくため息をついた。「しかし、何がどうなったのかに関して、私から君たちに提供できる具体的な情報はほとんどない……あるいは、施設であれほどまでの大規模な安全対策を作動せざるをえなかった研究の詳細に関してもだ。ここに来る途中で、主だった部下に電話を入れて最新の情報を探るように依頼してある。間もなく返事があることを期待するしかないな。現時点で私がつかんでいるのは、主任研究者がドクター・ケンドール・ヘスで、専門は宇宙生物学、特に影の生物圏の調査に力を入れているということだけだ」

キャットが眉をひそめた。「影の生物圏？」

ドクター・ラフェはその質問をかき消すかのように手を振った。「彼はまったく異なる形態の生命体を探していた。中でも生命を維持するために特異な生化学的あるいは分子的作用を採用している生物だ」

　グレイはその分野に馴染《なじ》みがあった。「例えば、DNAの代わりにRNAを使用する生物ですね」

「その通りだ。しかし、影の生物圏はそれよりもさらに難解な存在かもしれない。ヘスが提唱していたのは、一般的に知られているものとはまったく異なるアミノ酸配列を使用する生命体が、人知れず存在しているのではないかとする説だ。そのため、彼はモノ湖の近くに研究所を設立した」

「どうしてですか？」グレイは訊ねた。

「二〇一〇年のことだが、NASAの研究チームがあの高アルカリ性の湖に特有の微生物を採取し、必須元素のリンの代わりにヒ素を使って生命を維持させることに成功したのだ」

「そのことがどうして重要なんですか？」モンクが質問した。

「宇宙生物学者のヘスは、NASAのチームの研究に精通していた。この発見は地球上の最初期の生命がヒ素を必須としていたことの証明になる、そう彼は考えたのだ。同時に、ヒ素を必須とする生命体の生物圏が、地球上のどこかに存在しているはずだとの仮説も唱えている」

　グレイはヘスの興奮を理解できた。そのような発見は生物学の根底を覆し、地球上の生命に関して新たな一章を書き加えることになる可能性がある。

ラフェは顔をしかめた。「だが、ヘスはそれ以外にも数多くの影の生物圏の可能性を調査していた。例えば、砂漠ワニスだ」グレイたちのぽかんとした表情に気づいたのか、ドクターは詳しい説明を始めた。「砂漠ワニスというのは露出した岩の表面に見られる錆《さび》に似た褐色の物質のことだ。古代の人々はこびりついたその物質を削って岩絵を描いていた」

グレイは世界各地に見られる線を使って描いた人や動物の絵を思い浮かべた。

「しかし、砂漠ワニスが不思議なのは」ラフェの説明は続いている。「どのようにして形成されたのか、いまだに解明されていない点だ。化学反応によるものなのか、それとも未知の微生物の活動の副産物なのか？　答えはわからない。実際のところ、ワニスが生物なのか、それとも非生物なのかに関する議論も、さかのぼることダーウィンの時代から現在に至るまで続いているのだ」

モンクがいらだちを抑え切れない様子で訊ねた。「でも、岩にこびりついた汚れの研究が、どうして非常事態を告げる連絡と大爆発につながるわけですか？」

「わからん。少なくとも、今の段階では。ヘスの研究が民間企業の注目を集め、最新の研究の一部が企業と手を組んだ合同事業になったことは聞き及んでいる。技術移転プログラムの一環だ」ラフェは肩をすくめた。「研究開発関係の予算が大幅に削られると、そういうことになるのさ」

「その事業は何を支援していたのですか？」キャットが訊ねた。

「長年にわたって影の生物圏を調査するうちに、ヘスは新たな極限環境生物を数多く発見した。通常では考えられない厳しい環境下で生息している生物のことだ。そのような微生物は独特の化学物質や化合物の発見に大いに貢献している。それと成長著しい合成生物学――遺伝子工学の限界に挑戦している研究を組み合わせれば、莫大《ばくだい》な利益をもたらす可能性のある事業が見えてくるわけだ」

モンサント、エクソン、デュポン、ＢＰなどの大企業は、すでにこうした事業に対して何十億ドルもの資金をつぎ込んでいる。しかも、それほどまでの大金がかかっている場合、企業はしばしば安全よりも利益を優先する。

「民間企業がドクター・ヘスの研究に資金を提供しているというあなたの話が正しければ」グレイは口を開いた。「今回の出来事は企業側によるある種の破壊工作という可能性はありませんか？」

「何とも言えんが、その可能性は低いのではないかな。企業から資金提供を受けた彼の研究は、営利目的ではなかった。『プロジェクト・ネオジェネシス』と呼ばれていたものだ」

「その目的は？」キャットが訊ねた。

「壮大な目標を掲げていた。この地球上では絶滅する種の数が増加の一途をたどっているが、ドクター・ヘスは人間の活動が原因で滅びつつある種に関して、その速度を緩やかにする、あるいは絶滅そのものを食い止めることができると信じている。以前に彼がＴＥＤ

の講演で、今の地球は六度目の大絶滅の真っ只中にあり、その規模は恐竜を絶滅させた小惑星の衝突に匹敵すると述べているのを聞いたことがある。地球の気温が二度上昇しただけで、何百万もの種がたちまちのうちに死に絶えると話していたよ」

キャットが眉間《みけん》にしわを寄せた。「それを食い止めるためのドクター・ヘスの計画というのは？」

答えは自明だと言わんばかりに、ラフェは三人の顔を見回した。「遺伝子操作の力でこの破滅を回避する道筋を発見した、そう彼は信じている」

「それがプロジェクト・ネオジェネシスなのですね？」キャットが訊ねた。

グレイは計画の名称が持つ意味を悟った。

ネオジェネシス……新たな創世記。

グレイはコンピューターの画面上に映し出されたままの煙の画像に目を移した。確かに壮大な計画だが、その不遜《ふそん》な考えのせいで三十人もの命が奪われたのも事実だ。

グレイは寒気を覚えた。これは始まりにすぎない。

あと何人の命が失われるのだろうか？

4

四月二十七日　太平洋夏時間午後八時三十五分
カリフォルニア州モノ湖

〈そろそろ限界だわ〉

ジェナは錆《さ》びついた古いトラクターの車体の下で腹這《はらば》いになっていた。ゴーストタウンの先の草地でエンジンをかけたまま着陸しているヘリコプターの機体をはっきりと見通すことができる。すでに携帯電話で何枚もの写真を撮影済みだ。地上に降り立った襲撃部隊に見つかるおそれがあるので、フラッシュを使用しての撮影はできない。小屋からこの隠れ場所までは、できるだけ音を立てずに、じっと歯を食いしばりながら、這って移動しなければならなかった。

ジェナは首を横に曲げ、丘の頂上に固まる乾き切った建物群の周囲を歩く肩幅の広い男を目で追った。火炎放射器がうなりをあげ、長さ三メートルはあろうかという炎を噴き出す。男が草や薮や手近にある建物に火をつけたため、丘の頂上はまさに地獄のような光景になっていた。空に向かって高く渦巻く煙を目にすると、自分をこの身動きできない状況に追い込んだ有毒な煙の海を思い出す。

ここから生きて脱出することはできないかもしれないが、だからと言って何もできないわけではない。自分の運命に関する情報を、ここで何が起きたのかに関する手がかりを、残すことはできる。

ジェナは手の甲で額の汗をぬぐった。すでにヘリコプターと武装した男たちの写真は十分な枚数を撮影した。あとは誰かがデジタルデータに記録されたヘリコプターの所有者を突き止めるか、男たちの顔を認識してくれるかを祈るしかない。火炎放射器を使用する大男の顔は、ズーム機能を使ってアップで撮影してある。肌の色が濃いので、おそらくヒスパニック系だろう。軍隊風の帽子の下の髪は黒く、紫色のあざになった顎の傷跡がかなり目立つ。

〈いかにも悪人風の顔だから、きっとどこかの捜査当局のデータベースに入っているはずだわ〉

やれることは手を尽くしたと判断したジェナが体を横に向けると、自分を見つめる二つの目が炎を反射して輝いていた。ニッコは舌を垂らし、静かにはあはあと息をしている。ジェナはニッコの頭のてっぺんから体の脇まで手のひらでさすった。アドレナリンの影響か、ニッコの筋肉は小刻みに震えていて、いつでも走り出す準備ができている。けれども、ジェナにはまだ頼まなければならないことがあった。

ジェナは手を伸ばし、携帯電話ケースのストラップをニッコの革製の首輪に固定した。左右の手のひらでハスキーの鼻先をそっと包み、決意の込められた相手の視線をしっかりとらえる。

「ニッコ、待て。動いてはだめ」

指示をはっきりと伝えるために、ジェナはニッコに手のひらを向けてから、拳を作った。

はあはあというニッコの息遣いがやみ、悲しげな鳴き声がかすかに漏れる。

「気持ちはわかるけど、あなたはここに残るの」

ジェナはニッコを安心させるために左右の頰をなでてやった。ニッコが手のひらに顔を押しつけてくる。行かないでと訴えるかのように。

〈いつもの勇敢なところを見せてちょうだい。あと一回だけでいいから〉

ジェナが顔から手を離すと、ニッコは寂しげに頭を垂れた。顎の先が地面に着きそうだ。それでも、目はじっとジェナのことを見つめている。ニッコはジェナがパークレンジャーとしての仕事を始めた時からの仲間だ。彼女は大学を卒業したばかりで、ニッコも捜索と救出の訓練を終えてすぐの時だった。一人と一頭はともに成長し、ともに経験を積んできた。相棒でもあり、友人でもある存在。二年半前にジェナが母を乳癌で亡くした時も、ニッコはそばにいてくれた。

ジェナは母の長く苦しい闘病生活の記憶を頭から消し去ろうとした。母の死は父を打ちのめした。悲嘆に暮れ、自分だけが生き残ったという罪悪感に苦しむその姿に、かつての父の面影はない。母の死は父と娘の間に大きな溝を、どちらも手を差し伸べることのできない溝を残した。父に内緒でＢＲＣＡ遺伝子の検査を受けたところ、ジェナには乳癌の発症リスクが高くなる二つの遺伝マーカーのうちの一つがあると判明した。今もまだ、ジェナはその検査結果をきちんと受け止め切れていないし、父に伝えてもいない。

その後、ジェナは仕事にのめり込み、ありのままの自然の美しさに慰めを見出し、四季の移り変わりの中に、絶え間ない死と再生のサイクルの中に、心の安らぎを覚えてきた。同時に、同僚のパークレンジャーたちが、同じ志を抱く仲間たちとの交流が、彼女にとっての新しい家族となった。けれども、何よりも大きかったのはニッコの存在だ。

ニッコが再び悲しげな鳴き声をあげた。ジェナがこれから何をするつもりなのか、わかっているのかもしれない。

ジェナは顔を近づけ、鼻と鼻をくっつけた。

〈私も愛しているわよ〉

このままここでニッコと一緒にいたいという気持ちがないと言ったら嘘になる。けれども、避けられない運命に敢然と立ち向かった母の姿は目に焼き付いている。今度は自分の番だ。

ここで起きた出来事の記録はニッコに託した。自分が何をしなければならないかはわかっている。最後にもう一度ニッコをさすってやった後、ジェナはトラクターの下から転がり出た。ニッコが隠れている場所からできるだけ遠くまで、敵をおびき寄せなければならない。自分を追う男たちは犬の存在に気づいていないはずだし、たとえ気づいていたとしても目もくれないだろう。ハンターたちの最終目標は、証言のできる目撃者の口を封じることにある。その目的を達成すれば、攻撃部隊はこの場を離れるはずだ。その後で誰かが探しにきてくれれば――ニッコと自分が残した証拠を発見してくれればいい。

自分にできるのはそれが精いっぱいだ。

あと、ハンターたちにたっぷり追跡させること。

ジェナは低い姿勢で走り出し、燃えさかる炎から離れ、丘の頂上の光が届かない地点を目指した。五十メートルほど走った時、左手の方向から叫び声があがる。獲物を発見したハンターの、勝ち誇ったかのような雄叫《おたけ》び。

ジェナはさらに加速した。頭の中にある思いはただ一つ。

〈さよなら、ニッコ〉

午後八時三十五分

ドクター・ケンドール・ヘスは立て続けに鳴り響いたライフルの発砲音に身を震わせた。座席で背筋を伸ばし、身をよじりながらヘリコプターの機体側面の窓から外の様子をうかがおうとする。両手首を縛るプラスチック製の紐が、皮膚にきつく食い込んだ。

いったい何が起きているんだ？

薬のせいで朦朧《もうろう》とした頭で、ケンドールは必死に考えた。〈ケタミンとバリウムだろうか〉そう推測するものの、施設内で身柄を拘束された後、太腿にどんな鎮静剤を打たれたのか、確かなことはわからない。

それでも、ヘリコプターが研究施設から離陸した後の出来事は、この目で確認することができた。爆発の記憶が、最後の手段として自ら作動させた安全装置の記憶が、全身を締め付ける。あの決死の対応策は、レベル４の研究室から流出したものを封じ込めるのが目的だったが、成功したかどうかは定かではない。自分が部下たちとともに地下の研究室で作製したのは、まだ試作品とでも言うべき段階で、現実の世界に解き放つにはあまりにも危険な存在だった。けれども、何者かが解き放った。意図的に。

〈しかし、なぜだ？〉

ケンドールは仲間の研究者たちの顔を思い浮かべた。

〈死んでしまった。全員、死んでしまった〉

炎上する丘の頂上のどこかから、再び銃声がとどろいた。

ヘリコプターの中にいるケンドールには、一人の見張りが付き添っていた。男は反対側の窓から外を眺めている。自分も狩りに加わりたいと思っているに違いない。操縦士が逃げるトラックを——パークレンジャーの車両を示すロゴの付いたトラックを発見しなければ、まだ期待を抱くことができたのだが。自分のためにも、かつての研究施設から半径八十キロ圏内にいる人々のためにも。

ケンドールは封じ込め策が功を奏することを再び祈った。煙にはケンドールのチームが製造した有毒な物質が含まれている。致死性のある有機リン化合物ＶＸガスと麻痺《まひ》性毒物サキシトキシンの混合物は、兵器としても十分に通用する強さがある。微量を浴びただけでも、すべての生物は死滅する。

〈私が作製したあれを除いて〉

ケンドールのチームはあの人工微生物を殺す方法をどうしても発見できずにいた。特製の神経ガスの目的は、その拡散速度を抑えるために、微生物を遠隔地にばらまく可能性があるすべての生物を抹殺《まっさつ》することにある。

外では絶え間なく銃声が聞こえている。ケンドールは名も知らぬパークレンジャーが懸命に戦っている姿を想像した。人数でも武器の数でも、圧倒的に不利な状況下にあるのに、戦い続けている。

〈自分は何もしなくていいのか？〉

ケンドールは薬の影響でまだぼんやりとしたままの頭で必死に考えた。プラスチック製の紐できつく縛られた手首を無理やり動かし、その痛みで集中力を高めようとする。ある一つの謎が頭の中を占める。敵は施設内の全員を射殺するか、爆発の中に放置して死ぬに任せるかした。

〈それなのに、なぜ私はまだ生きているのだ？　連中は私から何を必要としているのだ？〉

ケンドールは決して協力するまいと決意したものの、いずれは屈してしまうだろうということもわかっていた。時間がたてば、誰だって屈してしまう。そうなると、絶対に協力しないための方法は一つしかない。

再び銃声がとどろいたのを合図に、ケンドールは両腕をひねり、シートベルトのリリースボタンを押した。座席から自由になると、ハッチを押し開け、機体の外に転がり出る。どうにか片足を伸ばして着地することができた。その足を軸に体を反転させ、ヘリコプターから離れる。

機内から驚きのわめき声が聞こえた。見張りの男の声だ――続いて、大きな発砲音。

左足の近くの土が飛び散る。

敵は自分を生かしておきたいはずだと信じ、ケンドールは銃弾の脅威を無視した。両腕を後ろで縛られた状態のまま、つまずきそうになりながらも一目散に逃げる。両足が丈の低い草に引っかかり、藪のとげでズボンが破れる。それでも、丘の斜面の向こうで渦巻く黒い煙を目指す。

あそこに向かえば、確実に死を迎えられる。

ケンドールは煙を目指して必死に走った。

〈こうする方がいいのだ〉

敵は全員がパークレンジャーの捜索に意識を集中している。ケンドールは確信を強めた。

〈間に合うはずだ……自分にふさわしい最期を――〉

その時、人影がケンドールに追いついた。丘の頂上で燃えさかる炎が照らす景色の中を、あたかも飛ぶように、信じられない速さで走ってくる。腰に強い一撃を受け、ケンドールは藪の中にうつ伏せに倒れた。仰向《あおむ》けの姿勢になって上半身を起こし、必死で後ずさりしようとする。

炎に照らされた大きな人影が目の前にある。

顎の傷を見るまでもなく、ケンドールは相手が襲撃チームのリーダーだとわかった。大男はケンドールに近づき、片腕を上げ、ライフルの鋼鉄製の銃尻を振り下ろした。

両手は背中側で縛られたままなので、攻撃をよける術がない。鼻と額に激しい痛みが走る。ケンドールは仰向けに倒れ込んだ。両手足はまるでゴムのようで、力が入らない。目の前が暗くなり、痛みとともに視界が狭まっていく。

身動きする間もなく、力強い指が足首をつかみ、ケンドールの体をヘリコプターに向かって引きずり戻し始めた。とげやとがった石が背中に食い込む。生かしておくつもりなのは間違いなさそうだが、どんな状態でも生きてさえいればかまわないということらしい。

ケンドールは数秒間ほど気を失ったが、ヘリコプターの機内に放り込まれたところで意識が戻った。スペイン語らしき言葉で命令する怒鳴り声が聞こえる。ケンドールは「アプラテ」と「ペリグロ」という単語を聞き取ることができた。

朦朧とした意識の中、二つの単語を翻訳する。

「急げ」と「危険」

低い轟音《ごうおん》が耳に飛び込んでくると同時に、周囲の世界が大きく揺れる。ケンドールはヘリコプターが離陸を開始したことに気づいた。

体を横に向けて窓の外をのぞく。スキッドの下では、燃え上がるゴーストタウンという地獄のような光景の中を、いくつもの黒い人影が走っている。どうやらヘリコプターは襲撃チームのほかの男たちを見捨てようとしているらしい。

しかし、なぜだ？

操縦士は必死の形相で地面の方を指差している。

ケンドールは目を凝らした。不意に脅威の存在に気づく。丘の周囲の窪地にたまった神経ガスの雲が上昇を始めている。離陸するヘリコプターのローターが巻き起こす風で、煙が攪拌《かくはん》されているのだろうか？　その時、ケンドールは理解した。

〈上昇気流だ！〉

燃えさかる炎が高温の空気の柱を押し上げている。頂上付近のその気流の動きに引っ張られた致死性のガスが、炎上する丘の頂上をベールのようにすっぽりと包み込もうとしているのだ。

突然の退避命令が出されたのも無理はない。ケンドールはライフルを膝の上に置いて向かい側に座るリーダーの大きな体を見つめた。窓の外を眺めているが、大男の視線は上空に向けられている。地上に置き去りにされたチームメイトの存在など、すでに眼中にないかのようだ。

だが、ケンドールはそこまで冷酷ではない。

地上に目を向け、取り残されたパークレンジャーの姿を探す。生き延びることはできないだろうが、せめて最期を見届けてやりたい、最後の祈りくらいは捧げてやりたいと思う。ケンドールが祈りの言葉をささやいた時、ヘリコプターが旋回した。有毒ガスの黒い海が渦巻くのを見下ろしながら、最後に一つだけ、懇願《こんがん》する。

〈ガスの効果が期待通りであらんことを〉

何よりも大切なのは——何一つとして、生き延びてはならないこと。

5

四月二十七日　太平洋夏時間午後八時四十九分
カリフォルニア州モノ湖

ジェナは朽ちかけた古い雑貨屋の店内にうずくまっていた。建物の奥にある落書きだらけのカウンターに寄りかかり、身を隠している。頭上にはクモの巣の張った木製の棚があり、ラベルの剝がれかけた古い瓶が何本か置かれていた。ほこりっぽい建物内でくしゃみをこらえながら、ジェナは上腕部の痛みを意識しないように努めた。銃弾のかすめた二頭筋が焼けつくように痛む。

〈しっかりしないと〉ジェナは自分に言い聞かせた。

武装した男たちの近づく気配がないか耳を澄ましたものの、聞こえるのは喉元までせり上がってきたかのような心臓の鼓動だけだ。まだ火が燃え広がっていない数少ない建物を利用しながら、こんなにも長く逃げ回ることができたのは運がよかったとしか思えない。

今、こうして安全に身を隠していられるのも、ヘリコプターが飛び立ってくれたおかげだ。突然の離陸にハンターたちが混乱した隙に乗じて、何とかこの店内に駆け込むことができた。けれども、追っ手の男たちと同じように、ジェナも状況の変化に困惑していた。なぜヘリコプターは地上にいる仲間を見捨てたのだろうか？　それとも、自分が見つかって始末されるまでの間、一時的に離れただけなのだろうか？

離陸の直前、ジェナは白衣姿の男性がヘリコプターの機内に連れ戻されるのを目撃していた。どう見てもあれは人質で、たぶん軍事施設の研究者の一人だろう。距離があったため、人質の顔つきまでは確認することができなかった。ヘリコプターが離陸したのは、人質が再び逃亡を図らないようにするためだったのだろうか？

いや、そんなはずはない。

ヘリは何かに怯《おび》えて飛び立ったのだ。

でも、いったい何に？

外の様子をうかがい、新しい危険の正体を知りたいという思いは強いものの、武装した男たちが任務の完遂をあきらめたという保証はない。外にいるのはおそらく軍隊で訓練を受けた非情な男たちだ。どんな危険に直面しようとも、彼らは任務を遂行し続ける——その目的は、目撃者を抹殺すること。

ガラスを踏む音を耳にして、ジェナは左後方に注意を向けた。あそこには開け放たれた窓がある。何者かが正面の扉を使わずに、あの窓から入り込んだに違いない。さっきヘリコプターが離陸した時の轟音に紛れて、ジェナは頭上の棚に置かれていた古い瓶のうちの一本を割り、破片を三カ所の進入口にばらまいておいた。正面の扉と、二カ所の窓だ。

音を頼りにジェナは勢いよく立ち上がり、唯一の武器を構えた。外で燃えさかる炎に照らされて、三メートルほど離れたところにうずくまる人影が浮かび上がる。ジェナは引き金を引いた。銃口から青い閃光が飛び出し、男に命中する。テーザーの針が突き刺さると同時に、体の動きを封じられた男が甲高い悲鳴をあげる。

ジェナはカウンターを飛び越えた。襲撃者は床の上に倒れ、苦悶《くもん》の表情を浮かべている。ジェナはテーザーX3の狙いを定め、二発目を打ち込んで相手を黙らせた。念には念を入れないといけない。テーザーにはあと一発、弾が残っている。けれども、それだけでは足りない。店内で敵を待ち伏せていたのはそのためだ。

ジェナは男に近づいた。男は意識を失っている。死んでいるかもしれない。ジェナは男の手からライフルを奪い取った。テーザーをホルスターにしまってから、素早くアサルトライフルを調べる。この手の武器を携帯したことはほとんどないが、銃の扱いに関する訓練は義務付けられているので受けたことがある。ライフルはヘッケラー&コッホの、416か417だろう。どちらにしても、射撃場での練習に使用したAR-15と大差はない。

ジェナは小走りに正面の扉へと向かい、片膝を突き、ライフルを構えた。周囲の様子をうかがう。兵士の悲鳴は仲間のハンターの耳にも届いたようだ。煙にかすんだ炎に照らされて、燃えさかるゴーストタウンの中を低い姿勢で走り抜ける男たちの姿が見える。左右から挟み撃ちにしようという作戦のようだ。ジェナはいちばん手前の男に狙いを定め、銃弾を浴びせた。男のつま先付近の土が飛び散り、一発が左の脛《すね》に命中する。男は地面に倒れた。

仲間の男たちが素早く身を隠した。敵の動きを完全に食い止めることはできないものの、いくらかは時間を稼げる。雑貨店の正面に向かって相手が応戦した。熱せられた石炭が紙を突き破るかのように、銃弾が古い木製の壁を貫通する。だが、ジェナはすでに移動を開始していた。太い木材を使用したカウンターの陰に急いで隠れる。ここで最後の抵抗を試み、できるだけ多くの敵を倒すつもりだ。

ジェナはカウンターの上にライフルを載せ、暗視スコープで次の標的を探した。二つの窓と正面の扉の監視を続ける。焦点を合わせるのに少し手間取っていた時、ジェナは遠くの草地にいる男の姿を一瞬とらえた。距離があるので差し迫った脅威ではないが、ジェナの注意を引いたのはその男の取り乱した様子だった。

頂上のゴーストタウンを目指して走る男の手から、ライフルが落ちる。次の瞬間、男が膝から崩れ落ちた。背中をそらせて体を震わせたかと思うと、激しく痙攣《けいれん》しながら横向きになって地面に倒れる。同じように苦しむジャックウサギの姿を思い出したジェナは、ヘリコプターが飛び去った理由を悟った。

有毒な煙が上昇し、頂上をのみ込もうとしているのだ。

ライフルの引き金にかかるジェナの指先が震え始めた。ここで最後の抵抗をしようと意気込んだところで、何の意味があるのだろうか？　どれほど多くの敵を殺したところで、結局はここにいる全員が命を落とすことになるのだから。

ジェナはトラクターの下に隠れているニッコのことを思った。最後に与えた指示に従って、ジェナの言いつけを守って、ニッコはまだあそこにいるはずだ。ジェナは自分が犠牲になることで、ニッコの身が守られればと期待していた。ビル・ハワードの派遣した捜索隊がいずれ到着すれば、見つけてもらえるはずだと思っていた。

〈ニッコ……ごめんね〉

右側の窓の向こうに人影が映った。はらわたが煮えくり返るような怒りにまかせて、ジェナは影の中心に狙いを定め、銃弾の雨を浴びせた。男の体が吹き飛んで消える様に、満足感を覚える。同時に、敵の反撃の銃弾が店内に飛び込んできた。千台のチェーンソーでいっせいに森の木を切り倒しているかのような大音響だ。乾燥した木材の破片がジェナの周囲に降り注ぐ。

ジェナは思わず首をすくめたが、ライフルはカウンターの上から動かさなかった。動く影が見えるたびに、引き金を引く。いつの間にか、ジェナの目から涙があふれていた。視界がかすんで初めて、自分が泣いていることに気づき、手で涙をぬぐう。

ジェナは床に両膝を突き、カウンターの陰に身を隠した。涙の意味を理解しようとする。恐怖のせいなのか、絶望のせいなのか、怒りのせいなのか、あるいは悲しみのせいなのか？

たぶん、そのすべてが混じった涙だろう。

〈できるだけのことはやったじゃないの〉そう言い聞かせながら、ジェナは自分を慰めようとした。けれども、その思いが心に安らぎをもたらすことはなかった。

午後八時五十二分

再びシートベルトで体を固定されたケンドールは、ヘリコプターの機内でぼんやりと座っていた。地上の景色を眺めながら、どこに連れていかれようとしているのかを推し量ろうとする。すでに神経ガスの雲の上を通過し、山々は後方に遠ざかっている。どうやらネヴァダ砂漠上空を東に向かって飛行しているらしい。だが、眼下に広がる暗い地形にはこれといった特徴がなく、手がかりになるような目印も見えない。

向かい側に座る大男は飛行中ずっと、操縦士と不機嫌そうな声で話をしている。ケンドールは無関心を装いながら二人の話し声に聞き耳を立てていたが、スペイン語の方言と思《おぼ》しき言葉で会話をしているらしい。ケンドールが聞き取れる語句もあったが、ほとんどは何を言っているのかちんぷんかんぷんだった。

このチームの出身地に関して、ケンドールは南アメリカ大陸のどこかではないかと当たりをつけた。コロンビア、あるいはパラグアイだろうか。その結論を導き出すうえでは、攻撃部隊の外見が影響を与えていたかもしれない。男たちは明らかにゲリラ風で、おそらく全員が同じ国籍だ。男性にしては体格が小柄で、丸顔に窪んだ目、濃いコーヒー色の肌にはあばたとしみがある。唯一の例外はリーダー格の男だ。身長は優に二メートルを超えていて、どこの国の人間だとしてもかなりの大男の部類に入る。

会話の内容から、リーダーの名前はマテオ、操縦士はホルヘで間違いないだろう。

そんな考えを読み取ったかのように、顎に傷のある男がケンドールの顔を見た。手にはナイフが握られている。何をされるのかと思ってケンドールはひるんだが、大男は乱暴にケンドールの肩をつかんで体をひねり、手首を縛っていたプラスチック製の紐を切断した。

両手が自由になると、ケンドールは赤くなった皮膚をさすった。痛みに思わず顔をしかめる。向かい側の座席に置かれているライフルを奪おうかとも思ったが、相手の敏捷《びんしょう》な動きにはとてもかないそうにない。試みたところでまた頭を殴られるだけだろうし、さっきライフルの銃尻を叩きつけられた部分はまだ痛む。何度も殴られるのはごめんだ。

操縦士が後ろに手を伸ばし、マテオに携帯電話を手渡した。リーダーがそれをケンドールの方に差し出す。「話を聞け。言われた通りにしろ」

電話はすでに通話中になっている。発信者の名前は表示されていない。

ケンドールは電話を耳に当てた。「もしもし？」自分の声のおどおどした調子が嫌になる。

「やあ、ドクター・ヘス、ようやくまた話をすることができたな」

ケンドールは全身から血の気が引いていくのを感じた。

〈そんな馬鹿な……〉

声の相手には心当たりがある。豊かな太い声とイギリス訛《なま》りは間違えようがない。電話の相手の男がこの襲撃を画策した人物であることに疑いの余地はない。

ケンドールは息をのんだ。これは今まで想像していたよりもはるかにまずい事態だ。ありえないことだと思いつつも、ケンドールは真実に目をつぶることができなかった。

〈私は死者に誘拐されたのだ〉

午後八時五十五分

勢いを増しつつある火災旋風の中心にいるジェナは、雑貨店のカウンターの陰でうずくまっていた。壁面にはいくつもの穴が開いている。音が鳴り響き、細かい木の破片が宙を舞う。激しくなる一方の銃声以外は、ほとんど音が聞こえない。ジェナが無事でいられるのは、厚い板を張り合わせて造られたカウンターのおかげだ。けれども、その盾《たて》でさえも、これほどの猛攻撃にいつまでも耐えられるとは思えない。

その時、新しい音が割り込んできた。

パタパタという低い音。

ジェナは攻撃部隊のヘリコプターが戻ってくる姿を想像した。ここに取り残された仲間たちを回収しようとしているのだろう。だが、その直後、最も激しく銃声が聞こえていたあたりから、大きな爆発音がとどろいた。ジェナのところにも胸を拳で殴られたかのような衝撃が伝わる。

続いて、今度は右手の方角からも爆発音が。

軽いめまいを覚えながら、ジェナは体を起こした。建物の正面に浴びせられていた集中砲火はぴたりとやんでいるが、銃声は依然として聞こえる。むしろ、外での銃撃戦は激しさを増しているようだ。ただし、攻撃の対象はジェナのいる位置ではない。

困惑しつつ、ジェナはライフルを構えたまま立ち上がった。

〈いったい何が――〉

いきなり黒い人影が目の前に現れた。一本の手が伸びてライフルの銃身をつかみ、不意を突かれたジェナから武器を奪い取る。さっきテーザーで倒した男だ。どうやら意識を失っていただけで、死んではいなかったらしい。男があの後どうなったか、確認しているだけの余裕がなかったのだ。

男はジェナに向かってダガーナイフを突き出した。

ジェナはとっさに体をひねって攻撃をかわしたが、鋭い刃先が触れた鎖骨付近に激しい痛みが走った。勢い余った男の上半身がカウンターに乗り上げる。ジェナはホルスターからX3を取り出し、男の目に銃口を押し当て、引き金を引いた。残った最後のテーザー弾の衝撃で、男の頭が後方に激しく振られる。

カウンターに乗り上げたまま、男は動かなくなった。

体の奥からあふれるアドレナリンに押されるように、ジェナは転がりながらカウンターを乗り越え、ライフルを回収した。息も絶え絶えにおぼつかない足取りで扉に向かう。外の銃声はすでに散発的にしか聞こえなくなっていたが、ジェナが入口まで到達した頃には、その音も途絶えていた。

聞こえてくるのはヘリコプターのローターの回転音だけだ。

ジェナは煙にかすんだ空を探した。

夜空からいくつもの人影が下りてくる。

落下傘部隊だ。

地上の炎を目がけて降下している。暗視ゴーグルを装着しているため、顔は確認できない。手にはアサルトライフルが握られている。ジェナの見ている目の前で、落下傘で降下する人影がゴーストタウンに向かって発砲した。銃声に続いて、地上から悲鳴があがる。降下する人影の先に軍用ヘリコプターが姿を現し、草地への着陸態勢に入った。

ジェナはこの救援部隊がどこから派遣されたのか、推測することができた。アメリカ海兵隊の山岳戦訓練センターは、モノ湖から五十キロも離れていないところにある。研究施設からの急を告げる無線を受けて、即座に出動命令が下ったのだろう。背筋も凍るようなあの最後の言葉が、迅速な対応を促したのだ。

〈殺して……私たちを全員、殺して〉

けれども、海兵隊はどうやってこんなにも早く私を見つけてくれたのだろうか？　火災のおかげだろうか？

ジェナはそれよりも可能性の高い理由に思い当たった。乗り捨てたピックアップトラックと、作動したエアバッグが頭に浮かぶ。衝突により、自動的にGPSアラートが発信されたのだろう。最後の通話が途中で切れてしまった後、ビル・ハワードがその信号に気づいたに違いない。彼のことだからすぐに救助要請を送り、確認できる限りでの彼女の最後の所在地を伝えてくれたのだ。

ジェナの全身が安堵感に包まれる。その一方で、襲撃者の一人の悶え苦しむ姿も頭から離れない。落下傘部隊は忍び寄る毒素の真っ只中に降下しようとしている。彼らに危険を知らせなければならない。

地上にまだ敵が残っているかもしれないという可能性も顧みずに、ジェナは隠れていた店内から外に走り出た。いちばん近くにいる降下中の落下傘兵に向かって腕を大きく振る。ライフルの銃口が向けられる。ジェナはひるんだ。

「私はパークレンジャーよ！」ジェナは大声で叫んだ。

落下傘兵が着地しても、ライフルはジェナに向けられたままだ。兵士が片手でフックを外すと、風にあおられたパラシュートが飛んでいく。ほかの落下傘兵も次々に丘の頂上やゴーストタウンの周辺に着地し、生き残った敵の掃討に移ろうとしている。

「ジェナ・ベックさん？」近づきながら海兵隊員が声をかけた。暗視ゴーグルを装着したままなので、その姿はどことなく威圧感がある。

ジェナは体を震わせた。相手に恐怖を覚えたからではない。「ここは安全じゃないわ」

「わかっています」兵士はジェナの前腕部をつかんだ。「これからあなたをヘリコプターに乗せ、安全な場所までお連れします。でも、迅速に行動する必要があります。ヘリコプターのローターの巻き起こす風でガスを食い止められるのは、わずかな時間にすぎません」

「でも――」

別の海兵隊員が駆け寄り、ジェナのもう片方の腕をつかんだ。銃弾がかすめたあたりを握られ、激しい痛みが走る。二人は地上で待機しているヘリコプターに向かって、半ば引きずるようにジェナを連れていく。ほかの海兵隊員たちは両側に展開している。

「待って」ジェナは腕を振りほどこうとした。

だが、訴えは無視された。

左手の方角から叫び声があがる。建物の中から姿を現した敵の手には、拳銃が握られている。ジェナがさっき脚を撃ち抜いた男だ。海兵隊員たちがライフルを構えたが、すぐには発砲しない。一人の隊員が死角になっている側から敵に駆け寄った。身柄を拘束しようとしているのだろう。

しかし、男は拳銃の銃口を自分の頭に押し当て、引き金を引いた。

ジェナはうめきながら顔をそむけた。

捕虜になったり尋問を受けたりするようなことがあってはならない——そのような指令を攻撃部隊が受けていたのは明らかだ。またしてもジェナは、任務に対する彼らの揺るぎない忠実さに衝撃を受けた。何者なのかはわからないが、目的のための強い信念に突き動かされている人間たちだ。

開けた草地に入ると、ジェナは二人の海兵隊員に体を持ち上げられた。つま先が地面に届かない。海兵隊員に抱えられたまま、ジェナは大型の輸送ヘリコプターのもとにたどり着いた。ローターの巻き起こす強風が土やほこりを舞い上げるため、ほとんど前が見えない。

〈まだだめ〉

ジェナはかかとを地面に食い込ませて踏みとどまろうとした。それが無理だとわかると、今度は左側にいる落下傘兵を蹴飛ばそうとする。ジェナのキックは膝をかすめただけだったが、不意の攻撃を受けた兵士がよろめき、その拍子に手が離れた。

ジェナはゴーストタウンの方に向き直り、自由になった手の二本の指を口にくわえた。大きな鋭い口笛の音が周囲に響き渡る。

「もう時間がない」もう一人の海兵隊員はしがみついたままだ。

再び両腕をつかまれたジェナは、ヘリコプターのキャビンの開いた扉へと押しやられた。ほかの八人の海兵隊員たちも、ヘリコプターに急いで戻ってくる。ジェナは扉の手前で抵抗した。

「まだよ！　待って！　あとほんの少しでいいから」

「ほんの少しの時間もない」

ジェナの体が浮き上がり、機内に押し込まれる。ほかの隊員たちもジェナの後から次々とヘリコプターに乗り込んでくる。騒然とした雰囲気の中、ジェナは機体側面の入口脇にある握りをしっかりとつかみ、煙にかすんだ草地を、ゴーストタウンの外れを探した。

〈早く来て、ニッコ〉

相棒に対して隠れるように指示したトラクターをはっきりと見通すことができない。まだ生きているのだろうか？　海兵隊が到着する直前に聞こえた、雷鳴のような爆音が頭によみがえる。敵の反撃意欲をそぐために、ロケット弾を撃ち込んだのだろう。着弾地点を示す煙の帯の一つは、あの錆びついたトラクターの近くから立ち昇っていた。

ニッコの命を救おうとしたのに、逆に殺すことになってしまったのだろうか？

全員が乗り込んだのを合図に、ヘリコプターのエンジン音が一段と高くなった。車輪が草地から離れる。

その時、ジェナの目が動きをとらえた。ゴーストタウンの外れから、茂みを駆け抜けて近づいてくる黒い影。

ニッコだ。

ジェナは再び口笛を吹いた。離陸しかけたヘリコプターを目がけて、ニッコは一心不乱に走ってくるが、機体はすでに地上から一メートルほどの高さに達している。でも、絶対に見捨てることはできない。ジェナは開いたままの扉から飛び降り、細かい砂の混じった地面に着地した。

上から叫び声が聞こえる。

次の瞬間、ニッコが腕の中に飛び込んできた。そのはずみで、ジェナは尻もちをついてしまった。顔の前には激しく息をするニッコの舌があり、全身からは喜びがあふれている。

ジェナはニッコをきつく抱き締めた。これから何が起ころうとも、逃げずに立ち向かうつもりだ——ニッコと一緒ならば怖くなんかない。

何本もの手が後ろからジェナの体をつかんで引き上げた。ヘリコプターは地上すれすれにまで高度を下げ、ジェナとニッコを再び救出してくれたのだ。

ジェナはニッコにしがみついたまま、機内に引っ張り込まれた。仰向けにひっくり返ったジェナの上に、ニッコが乗っかった格好になる。

足もとで扉が勢いよく閉まった。

最初に腕をつかんだ海兵隊員が身を乗り出した。暗視ゴーグルを外すと、黒い無精ひげの生えた若くて精悍《せいかん》な顔があらわになる。ジェナは怒鳴られるだろうと、無鉄砲な行動を叱責《しっせき》されるだろうと覚悟した。

ところが、海兵隊員はジェナの肩をしっかりとつかみ、体を起こしてくれた。「ドレイクと言います。犬のことは知らされていませんでした」申し訳なさそうな口調だ。「海兵隊は仲間を決して置き去りにはしません。たとえその仲間が四本足だったとしても」

「ありがとう」ジェナは返した。

海兵隊員は肩をすくめると、ジェナに手を貸して座席に座らせてから、ニッコの首のまわりをかいてやった。「ハンサムな犬だなあ」

笑みを浮かべたジェナは、この男性に対してすでに好感を抱き始めている自分に気づいた。目の前の海兵隊員にも、同じ言葉が当てはまる。

〈ハンサムな人だわ〉

ニッコは足先をせわしなく動かしながら、周囲をきょろきょろと見回している。けれども、尻の片側をジェナの腔にぴったりとくっつけたまま、決して離れようとしない。

〈私も二度と離さないからね〉

機体を傾けながら旋回するヘリコプターの窓から、ジェナは外の景色を眺めた。月明かりを反射して銀色に輝くモノ湖が遠くに見える。拡散しつつある有毒な雲はまだそこまで届いていない。海兵隊がガスの危険性を知っているということは、すでにビル・ハワードにも情報が伝わっているはずだから、周辺地域に避難命令が出されていることだろう。

ヘリコプターはなおも旋回を続け、モノ湖から離れていく。

ジェナは眉をひそめてドレイクに質問した。「どこに向かっているの？」

「ＭＷＴＣに戻ります」

ジェナは再び窓の外に視線を移した。どうやらＭＷＴＣ――山岳戦訓練センターに帰還するらしい。研究施設が軍の管理下にあったことを考えると、驚くには値しない。それでも、ジェナの頭の中では疑念が高まった。

ドレイクの次の説明が、ジェナの不安をさらにあおった。「ワシントンの関係者であなたとぜひ話をしたいという男性がいるようです。我々と同じ頃に、その人もセンターに到着する予定です」

ジェナは嫌な予感がした。体をかがめてニッコをさすってやりながら、首輪に取り付けた携帯電話をこっそりと外す。海兵隊員たちに背を向けたまま、ジェナは携帯電話をポケットにしまった。もっと状況をしっかり把握できるまで、こちらの手の内は明かさないつもりだ。あれだけの目に遭ったのだから。あれだけの危険にさらされたのだから。

「彼の事情聴取がすんだら」ドレイクは締めくくった。「家に帰れますから」

ジェナは返事をしなかった。隠した携帯電話をきつく握り締めながら、ワシントンの関係者とやらに思いを馳《は》せる。

〈誰だか知らないけれど、私が簡単に協力すると思ったら大間違いよ〉

6

四月二十七日　太平洋夏時間午後九時四十五分
カリフォルニア州ハンボルト＝トワヤブ国立森林公園

「着陸態勢に入ります」操縦士が無線を通して伝えた。「十分後に着陸予定です」

ペインターは軍用機の翼の下に目を向けた。シエラネヴァダ山脈内の標高の高い地点に開けた草地が視界に入ってくる。眼下に見えるビルや家屋の明かりは、数ある米軍基地の中で最も隔絶された場所の一つにある施設だ。山岳戦訓練センターはハンボルト＝トワヤブ国立森林公園内にあり、面積は約百八十五平方キロメートル。標高約二千二百メートルの文字通り「何もないところ」にあり、兵士が山岳地帯や寒冷地での戦闘活動の訓練を行なうにはうってつけの地形だ。その訓練内容は米軍で最も厳しくつらいと言われている。

「何か新しい知らせはあったの？」

隣の席に座るリサが顔を向けた。膝の上には調査用の書類の束が置かれている。眼鏡の奥のリサの目が、ペインターの顔をのぞき込む。近頃、リサは資料や本を読む時に眼鏡をかけることが多い。ペインターは眼鏡姿のリサも気に入っていた。

「グレイたちはシグマの司令部でまだドクター・ラフェと作業中だ。あの軍事研究施設で実際には何が行なわれていたのかに関する情報を収集している。どうやらドクター・ヘスの秘密の研究に関しては、ほんの一握りの人間だけしか詳しいことを知らなかったようだ」

「プロジェクト・ネオジェネシスね」

ペインターはうなずきながらため息をついた。「プロジェクトのリーダーだったヘスは、詳細に関して少人数の同僚たちだけにしか伝えていなかった。そのほとんどが、何らかの緊急事態が持ち上がった時に現場にいた。施設内にいた人たちの状況は今もって不明だ。あの有毒な雲が薄まるか、あるいは中和されるまでは、誰一人として現場に立ち入ることはできない」

「防護服を手配してほしいという私の要求はどうなったの？　十分な装備が整えば、歩いてあの一帯を調査することは可能だと思うけど」

リサが自らその調査の先頭に立ちたいと考えていることは、ペインターにも察しがついていた。危険な深海に挑む潜水士のように、自給式呼吸器付きの防護服に身を包んで有毒な霧の中に踏み込んでいくリサの姿を思い浮かべただけでもぞっとする。「現時点では、より詳しいことがわかるまで、施設の周辺に近づくことはできないとの判断だ。地元の自治体や軍の協力により、今も避難が進められている。施設を中心に半径四十キロ圏内が立ち入り禁止だ」

リサはため息を漏らしながら、座席の隣の小さな窓に目を向けた。「こんなことが現実に起きるなんて、まだ信じられないわ。しかも、その施設の地下深くで何が行なわれていたのか、誰も知らないだなんて」

「それがさほど珍しくもないことだと知ったら驚くだろうな。９・11以降、生物テロ対策費が急増し、国内の各地にバイオセーフティーレベル４の新たな研究施設が続々と建設されている。企業が資金を提供しているもの、政府が支援しているもの、さらには大学が運営しているものもある。そうした施設は最恐の相手を研究材料としている。ワクチンや治療法の存在しない病原菌だ」

「エボラ出血熱、マールブルグ病、ラッサ熱の類《たぐ》いね」

「その通りだ。それ以外に、遺伝子操作により兵器化された病原菌も扱っている。避けられない事態に備えるため、敵より一歩も二歩も先んじるため、というのがその理由だ」

「どんな監視体制が取られているの？」

「ゼロに等しいな。それぞれの施設が互いに連携も取らずに、独自の方針で行なっているだけだ。現在のところ、約一万五千人の科学者たちが致死性の病原菌で研究を行なう認可を得ているが、そうした全研究施設のリスク評価を担当する連邦機関は存在していない。それればかりか、施設数の把握すらままならないのが現状だ。その結果として、感染力の強い病原菌の扱いを誤った、容器を紛失した、まともな記録が残っていない、といった報告が無数に上がっている。つまり、今回のような事故に関しては、『起きるかもしれない』の問題ではなく、『いつ起きるか』の問題だったのさ」

ペインターは窓の外を眺めた。南の方角には有毒な煙が渦巻いている。施設で作動した安全対策に関しては、すでに情報が伝わっていた。麻痺成分と神経ガスから成る特製の混合物の目的は、施設内から漏れたかもしれない何かを食い止めること。それを伝染させたり拡散させたりする可能性があるすべての媒介生物を殺すこと。

「すでに取り返しのつかない状況にあるのかもしれない」ペインターのつぶやきは、ここでの出来事だけを指しているのではない。アメリカ国内各地で進められている生物工学関連のプロジェクトの件数は、急激な増加を示している。

ペインターは再びリサに視線を戻した。「しかも、我々が憂慮《ゆうりょ》しなければならないのは、そうした曲がりなりにも認可を受けた施設だけではない。ガレージや屋根裏部屋やコミュニティーセンターなど、ありとあらゆる場所で小さな遺伝子研究所が次々に誕生している。少額の資金さえあれば遺伝子の実験を行なうことができるし、自分の合成物で特許を取得することだって可能だ」

「起業家にとっては夢のような話ね。一昔前はサイバー関連がもてはやされたけど、今ではバイオ関連というわけだわ」

「ハッキングの相手がコンピューターコードではなく、遺伝コードに代わっただけだ。ここもまた同じく、監視の目がほとんど、あるいはまったく行き届いていない。こうした草の根研究所に対しては、政府もそれぞれの自己管理に任せざるをえないのが実情だ」

「研究施設の数が急増したのもうなずけるわね」

「どういうことだ？」ペインターは訊ねた。

「研究所の設備や資材の価格がもう何年間も急落を続けているのよ。以前は何万ドルもかかっていたことが、今では何十分の一や何百分の一の費用でできる。しかも、それに合わせてスピードが速くなっている。今やＤＮＡを解析して書き換える速度は、毎年十倍ずつ速くなっているもの」

　ペインターは頭の中で計算した。そのペースで進むと、わずか十年の間に遺伝子工学の速度は百億倍になる。

　リサの話は続いている。「何もかもが危険なまでの速さで進行しつつあるのよ。すでにある研究所では、初めての人工的な細胞の合成に成功している。つい最近のことだけど、生物学者は人工の染色体を製造したわ。何もない状態から、正常に機能する生きた酵素を作り出したのよ。そのＤＮＡにはあらかじめ隙間があって、近い将来そこに特別な機能を埋め込む計画らしいという話よ」

「デザイナーブランドならぬ、デザイナー酵素か。すごい話だな」

リサは肩をすくめた。「もう一つ、取り返しのつかない状況には、別の気がかりな側面もあるわ。私たちが心配しなければならないのは、事故による流出だけではないということ。ちょうどこのキックスターターでのクラウドファンディングについて読んでいたところなんだけど——四十ドルを支払えば、光る遺伝子を組み込んだ草の種子を百個、若いバイオパンクのグループが送ってくれるということなの」

「暗闇で光る草？　なぜそんなものを？」

「ほとんどはおふざけ目的。彼らは資金提供者に対して、種子を自然界に拡散するように求めている。すでに五千人の支援者を得ているから、近い将来アメリカ国内の各地に五十万粒の人工の種子がばらまかれる計算になるわ」

ペインターはこうした行動が極めて危険な氷山の一角にすぎないことを知っていた。DARPAの長官で直属の上司に当たるメトカーフ大将から聞いた話では、国土安全保障省が抱えている最大の懸念の一つに、アメリカ国内の研究所が外国の工作員の標的になりやすいとの問題があるという。テロ組織は大学院生や研究員を生物兵器の研究施設にいとも簡単に送り込むことができる。致死性の病原菌を入手したり、自国で研究所を運営するために必要な訓練を受けさせたりすることが目的だ。

ペインターははるか彼方《かなた》に見える霧に覆われた山々をじっと見つめた。

〈ここでもそのようなことが起きたのだろうか？　テロリストの仕業なのだろうか？〉

その疑問の答えを探るために、および現地を間近から調査するために、メトカーフ大将からペインターに対して山間部の海兵隊基地に飛ぶようにとの指示が下った。ＭＷＴＣは今回の災害対策のための拠点として正式に任命されている。ペインターはセンター長でもある大佐と協力して任務に当たることになっており、すでに人員や物資が集結しつつあるという。

ペインターはリサをサンタバーバラに残すことも考えたが、彼女の知識と鋭い洞察力にはこれまで何度も助けられている。それ以上に、リサ本人が自分も同行したいと強く主張した。彼女の瞳は難問に立ち向かおうという強い意欲に燃えている。ペインターは自分の手のひらをリサの手に重ねた。二人の指が永遠の絆を表しているかのように絡み合う。未来の妻の願いを聞き入れないことなど、できるはずがない。

こうした二人の絆の強さは、機内にいる三人目の乗客からも見て取ることができる。リサの弟のジョッシュ・カミングズは、コックピットで操縦士を相手に身振りを交えながら話をしているところだ。ジョッシュは下に見える滑走路を指差している。この海兵隊基地が主に使用している飛行場だ。ジョッシュはこれまで幾度となくこの基地を訪れた経験があり、そのことは彼がこの飛行機に同乗しているもう一つの大きな理由とも関わっていた。

姉と同じく、ジョッシュも痩身《そうしん》でブロンドの髪をしている。一見したところ、典型的なカリフォルニアのサーファーと思われがちだが、ジョッシュの情熱の対象は海や太陽ではなく、高い場所と岩の絶壁だ。ジョッシュは有名な登山家で、二十五歳の若さにして世界の主な高峰のほとんどを制覇しており、その登山技術は関係者の間で高く評価されている。また、装備のデザインで特許を取得し、小さいながらも会社を経営している。

そうした経歴から、ジョッシュは民間人のコンサルタントとしてこの基地と業務契約を結ぶことになった。また、山岳戦インストラクターの赤いニット帽、通称「レッドハット」の着用も認められている。この帽子をかぶることは、兵士に対して山地での活動のノウハウを教える資格があることを意味する。これまでにそのような権利を与えられた民間人が数少ないという事実も、ジョッシュの技術の高さを証明していた。

けれども、その帽子を除けば、ジョッシュが海兵隊員に見間違えられることはまずない。髪は肩まで伸ばしているし、権威というものに対して敬意を払うこともない。服装も軍服からはほど遠かった。シープスキンのジャケットは、K2登頂中に吹雪に見舞われたテントの中で、シェルパを相手に一晩中ポーカーをプレイして勝ち取ったものだ。その下に着ているグレーの寒冷地用サーマルシャツには、自社のロゴが入っている。ロゴは連なる山のシルエットで、真ん中の山がいちばん高い。中指を立てた拳を意図しているのは明らかだ。

どう見ても軍隊にはふさわしくない。

一年のほとんどはバックパックを背負って生活しているジョッシュだが、ちょうど結婚式のために都会に下りてきていたため、姉とともに基地に同行すると申し出てくれた。ペインターは一も二もなく受け入れた。ジョッシュはこの基地の隊員のほとんどと知り合いなので、シグマに縄張りを侵されたとして気分を害する隊員がいた場合には、橋渡し役を務めてくれることも期待できる。それに加えて、過去に実地訓練を行なった経験のあるジョッシュはこのあたりの地形にも詳しい。彼の知識は役に立つはずだ。

今もジョッシュはエンジン音に負けじと大声を張り上げながら、その知識を披露しているところだ。「飛行場の北の外れに着陸するといい。砂をあまり巻き上げずにすむ。海兵隊がV／STOL《ブイエストール》の訓練を実施しているのもそのあたりなんだ」

リサが片方の眉を動かしながら、ペインターに問いかけの眼差しを向けた。

「垂直／短距離離着陸機の意味だ」ペインターは説明した。軍隊に武器と同じくらい好きなものがあるとすれば、単語の頭文字をつなげた略語だ。

そう説明したペインターも、自分たちの乗る飛行機が着陸に備え始めると、かすかに興奮が高まるのを否定できなかった。搭乗しているMV‐22オスプレイは、ロサンゼルス郊外のトゥエンティナイン・パームズにある海兵隊空陸戦闘センターが提供してくれたものだ。この一風変わった乗り物は「ティルトローター」と呼ばれ、左右の翼の先端に付いているエンジンのナセルを回転させることにより、一般的なターボプロップエンジン機からヘリコプターに似た仕組みに変えることができる。

座席に座ったまま体をひねったペインターは、プロペラ角度がゆっくりと垂直から水平に変わるのを見守った。機体の前進速度が急速に低下し、飛行場の上空でホバリングの態勢に入る。続いて大きな機体が地上に向かって降下を開始する。その直後、車輪が滑走路に接地した。

固唾をのんでいたリサが大きく息を吐き出した。「すごかったわね」

ペインターはほかにも二機のオスプレイが飛行場に駐機していることに気づいた。機体の周囲で乗組員たちが作業をしていることから、おそらくどちらも到着したばかりで、ここで進行中の動員作戦の一環だろう。ほかにも何機もの海兵隊のヘリコプターの姿を確認できる。

「みんながあなたの招きに応じたみたいね」リサが口にした。

サンタバーバラを発つ前に、ペインターは今回の任務に必要とされる作戦の概略を策定した。捜索と救出、避難、現地の隔離、調査、そして最後に除染。最初の三つの作戦はすでに進行中のため、ペインターのチームはすぐに調査の任務に取りかかれる。

調査をどこから始めるかに関して、ペインターにはすでに考えがあった。初動対応に当たった海兵隊の捜索・救出チームが、目撃者の命を救っていた。研究施設が爆発した際、偶然にも現場に居合わせた地元のパークレンジャーの女性だ。ペインターは施設近くの丘の頂上で銃撃戦が発生したとの情報も得ていたが、そのことから別の大きな疑問が生まれ

た。〈敵の正体は？　研究施設で起きた出来事との関連は？〉
その答えを知っている可能性のある人物が一人だけいる。
ただし、ここまでの移動中に聞いた話によると、女性は口を開こうとしないらしい。

午後十時十九分

ジェナはいちいちドアノブをチェックしたりしなかった。鍵がかかっているに決まっているからだ。室内を歩き回る。部屋の前に黒板があり、それと向かい合わせに机と椅子が並んでいることから推測するに、小さな教室のような場所なのだろう。三階にあるこの部屋の窓からは、遠方に明かりのついていないスキーリフトが見える。厩舎《きゅうしゃ》のような建物も並んでいる。窓の真下に目を移すと、建物の入口から一台の救急車がゆっくりと離れていくところだった。

救急隊員たちはジェナの傷の手当てを終えて帰還するところだ。腕に包帯を巻き、鎖骨の小さな裂傷を縫合《ほうごう》し、抗生物質を注射してもらった。鎮痛剤も注射した方がいいと勧められたが、ジェナは断り、代わりにイブプロフェンを飲んだ。

〈頭がさえた状態にしておかないと〉

しかし、募る一方の怒りがその妨げになるかもしれない。

床の上に寝そべっているニッコの視線が、教室の端から端まで何度も往復するジェナの動きに合わせて移動する。ニッコの傍らには水の入ったボウルと、すでに空になった餌用の皿がある。机の上には、ラップを巻いたハムサンドイッチと、一パックの牛乳の乗ったトレイが置かれていた。ジェナは自分用の食事を無視した。とてもじゃないが、食欲が湧くような気分ではない。

ジェナは腕時計を確認した。

〈いつまでここで待たせるつもりなの？〉

助けてくれた海兵隊員——サミュエル・ドレイク一等軍曹によれば、ワシントンの関係者が詳しい事情を聞きたがっているという話だった。けれども、ジェナがここに到着してからすでに一時間以上が経過している。

〈その関係者とやらはどこにいるわけ？〉

その間に基地の司令官が様子を見に訪れ、いくつか質問をしたが、ジェナは返答を拒否した。自分が話をするのは一度きり、それもこちらの質問に対する答えをもらってからだと決めている。

足音と物音を耳にして、ジェナは扉に注意を戻した。

〈やっとだわ……〉

ジェナは扉から数歩後ずさりしながら両腕を組み、戦いに備えた。扉が開く。だが、現れたのは待ち続けていた相手ではなかった。ドレイク一等軍曹が室内に入ってきた。シャワーを浴びた後らしく、濃い茶色の髪は濡れていて、櫛《くし》でなでつけてある。ゆったりとしたカーキのズボンをはいていて、厚い胸板にぴったりと貼り付いた同じ色のTシャツの袖からは、鍛え上げた太い腕が突き出している。

予想と違う人間にいきなり入ってこられたら、迷惑だと感じるべきだろう。そう思いつつも、ジェナは組んでいた腕を元に戻し、さりげない風を装った。だが、不自然に映ってしまっただろうことは否めない。

ドレイクの浮かべた笑みが、気まずさをいっそう高める。

「友人からのプレゼントを持ってきてあげただけだよ」太く低い声からは、さっきと比べて温かみが感じられる。任務遂行中のそっけなく厳しい口調とは違う。「もしかしたら、僕もおこぼれに預かれるかと思って」

ドレイクが掲げた手には、大きな茶色の紙袋が握られていて、袋の底がかすかに湿っている。

「それは何？」ジェナは足を一歩前に踏み出した。その瞬間、馴染みのある香りが鼻に飛び込んでくる。

〈まさか〉

「ボディ・マイクス・バーベキューのバックリブさ」そのまさかだった。「あと、コールスローとフライドポテトも」

「どうして……?」困惑のあまり、言葉が続かない。

ドレイクは白いきれいな歯を見せながら、顔いっぱいに笑みを浮かべた。「避難支援のために、隊員たちがここと モノ湖との間を何度も往復している。君の友人の一人が、一斉避難が始まる前のリーヴァイニングの町から差し入れを提供してくれたみたいだよ。大活躍した君がおなかを空かせているに違いないと思ったんじゃないかな」

ジェナがここにいることを知っているのは一人しかいない。

ジェナの顔に笑みが広がる。久し振りに笑った気がする。「ビル、キスしてあげたい気分よ」

ドレイクの黒い瞳がいたずらっぽく輝いた。「何だったら、今の言葉を彼に伝えておこうか?」

「それより、フライドポテトを一緒にどう?」ジェナは近くの机に向かった。

「リブの方は?」

「だめ。リブは全部私のもの」

ドレイクは別の机を引き寄せ、椅子をまたぎながらジェナの隣に座った。ドレイクが紙袋を開いた途端、ジェナの食欲が戻ってきた。足もとにぴったりとくっついたニッコが期待を込めた表情を浮かべる中、ジェナがリブの塊を半分ほど食べたところで、再び部屋の扉が開いた。

見知らぬ人たちが室内に入ってきた。ワシントンの関係者の一団に違いない。ついさっきまでは待ちくたびれていたにもかかわらず、もう少したってから出直してくれればいいのにと思う。

ジェナは指をぬぐった。

ほかの人たちと一緒に基地の司令官が入室すると、ドレイクが体をこわばらせながら静かに立ち上がった。「ボズマン大佐殿」

「楽にしたまえ、ドレイク」大佐の年齢は六十代前半だろうか。銀色の髪はカーキのシャツの左胸にある鷲の階級章と同じ色で、その下には色鮮やかな略綬《りゃくじゅ》が並んでいる。大佐の視線が食べかけのリブに留まる。「食事中だったようで失礼をした、ミズ・ベック。こちらはペインター・クロウ司令官で、ＤＡＲＰＡに所属している。君が仲間のレンジャーのもとに戻る前に、いくつか質問をしたいそうだ」

それに続いて、男性に付き添う二人が紹介された。顔立ちが似ているから、二人は血がつながっているのだろう。きょうだい、あるいは双子かもしれない。だが、ジェナは二人の前にいる男性の方に意識を集中させた。漆黒の髪をしているが、耳のあたりに一房だけ雪のように白くなっている部分がある。顔つきから北米先住民の血を引いていることは明らかだが、鋭い青い瞳はヨーロッパ系の血が混じっていることを示している。ジェナは男性に向かってわめき散らしたかったが、相手の物腰に怒りが薄れていく。かすかに浮かぶ偽りのない微笑みのせいか、あるいは瞳の奥にきらめく知性のせいか。この男性は詮索《せんさく》好きな官僚とも、尊大な態度をした情報機関の工作員とも違う。

そう思いつつも、ジェナの手はいつの間にかポケットの中の携帯電話に添えられていた。

〈まずは答えを知りたい〉

クロウ司令官が大佐の顔を見た。「ちょっと席を外してもらえませんか?」

「かまわないよ」ボズマン大佐がドレイクに合図した。「彼らだけで話をさせてやりたまえ」

大佐に続いてドレイクも部屋から出たが、扉の脇に立っているもう一人の男性とすれ違いざまに拳を突き合わせた。「久し振りだな、ジョッシュ」

「もっとましな状況で会いたかったよ」

「まったくだ」ドレイクはにやりと笑った。「だが、こういう時のために高い給料をもらっている、そうだろ?」

二人の海兵隊員が外に出て扉が閉まると、クロウはジェナに射るような眼差しを向けた。

「ミズ・ベック、大変な目に遭ったばかりだとは思うが、今夜の出来事に関して補足的な情報を提供してもらえればと思っている。起きたことをできるだけ詳しく振り返ってもらえないだろうか。私が特に関心を抱いているのは、丘の上で君を襲撃した男たちについてだ」

ジェナは自分の考えを主張した。「その前に、あの研究施設の中で何が行なわれていたのか、本当の話を教えてくれないかしら。そのせいでこの付近一帯が危機に瀕しているのよ。長い年月をかけて築かれた繊細な生態系だけでなく、私の友人や同僚たちも危険にさらされているんだから」

「教えたいところなんだが」

「教える意思があるの？　それとも、教えるつもりがないの？」

「正直なところ、我々も研究の具体的な内容に関しては知らない。研究を指揮していたドクター・ケンドール・ヘスが、いろいろと秘密にしていたものでね」

ジェナは顔をしかめた。調査でモノ湖を訪れた宇宙生物学者の名前だ。ボディ・マイクスでコーヒー片手に会話したことを思い出す。あの時、ジェナはドクターの用心深い態度が、慎重に言葉を選びながら話をする様子が、強く印象に残った。

「彼には会ったことがあるわ」ジェナは認めた。「湖底の泥からコアのサンプルを収集していた時に」

クロウは連れの女性のリサ・カミングズの方を振り返った。無言のまま、彼女に何かを伝えている。今の情報が重要なのかどうか、二人の間で判断を下しているかのようだ。

ジェナは眉間にしわを寄せながら、二人の様子を交互に観察した。「ドクター・ヘスは何を研究していたの？」

クロウが再びジェナの顔を見た。「はっきりとわかっているのは、彼が珍しい生命体の研究と実験に取り組んでいたということだけだ」

「極限環境生物のことね」ジェナはドクター・ヘスとの短い会話の内容を思い返しながらうなずいた。「風変わりな生物――細菌とか、原生動物とか、厳しい環境で生き抜くために独特の手段を持つようになった生物を探し求めていると言っていたわ」

リサが近づいた。「より具体的に言うと、彼が探し求めていたのは影の生物圏、すなわち通常とは異なる生命が密かに存在している環境なの。彼がこの地域に関心を抱くようになったのは、ＮＡＳＡの科学者たちがヒ素を用いて増殖できる可能性のある細菌をモノ湖で発見して以降のこと」

ジェナは理解した。「だからドクター・ヘスはこの場所を選んだのね」

クロウもうなずいた。「その方面の研究を継続するため、あるいは一歩先に進めるためかもしれない。ドクター・ヘスは新しい何かの、この惑星には存在していない何かの合成を試みていたのではないか、我々はそのように見ている」

「そして、その何かが解き放たれた」

「我々もそう考えている。だが、作業中の事故が原因なのか、研究所の管理ミスなのか、あるいは悪意によるものなのか、そこまでは判明していない」

ジェナはニッコの体をさすった。ずっと落ち着いた様子のままで、緊張感のようなものはうかがえない。この見知らぬ人たちを前にしても、まったく警戒心を見せない。一緒の時間を過ごすうちに、ジェナはニッコの判断能力を信用するようになっていた。ジェナ自身も、三人から嘘やごまかしの意図を感じないし、情報を積極的に共有しようという態度にはむしろ好感を覚える。

その直感を信じて、ジェナは手の内を少し明かした。「事故ということはありえないと思います、クロウ司令官」

「ペインターと呼んでくれてかまわないよ。だが、なぜそう思うんだ？」

「最初の通報があってから事態が急変するまでの間に、ヘリコプターが一機、施設から離陸するのを目撃しました。丘の頂上に襲撃部隊の兵士たちを降ろしたのと同じヘリコプターです。有毒な煙から逃げようとする私を発見したに違いありません」

「そして、唯一の目撃者である君の後を追い、消そうとした」

ジェナはうなずいた。「危うくその目的が達成されるところだったけど」

「どんなヘリコプターだったのか、説明してもらえないか？　記号とか数字のようなものを見かけなかったか？」

ジェナは首を横に振った。「でも、写真を撮影しました」

相手が浮かべた驚きの表情に、ジェナは小さな満足感を覚えた。携帯電話を取り出しながら、ゴーストタウンでの一連の経緯を覚えている限り詳細に説明する。また、携帯電話のカメラ機能を呼び出し、撮影した写真を次々に見せた。火炎放射器を手にした大男の画像が表示されると、そこで手を止める。

「この男が襲撃部隊のリーダーだったみたい」

ペインターが携帯電話を手に取り、男の顔を拡大した。「はっきりと写っている。よく撮影してくれた」

ジェナはほめられて素直に喜びを感じた。「どこかのデータベースに登録されていればいいんですけど」

「それを期待しよう。顔認識ソフトにかけてみる必要があるな。アメリカだけでなく、国外のデータベースにも当たらないと。ヘリコプターの写真も南西部一帯の捜査機関に公表しないといけない。連中はまだそれほど遠くまで行っていないはずだ」

「彼らは人質を取っています」ジェナは注意を促した。「科学者の一人です。白衣を着ていたので、そうだと思うんですけど。彼は逃げようとしましたが、火炎放射器を持っていた大男に捕まり、ヘリコプターに連れ戻されてしまいました」

ペインターは携帯電話の画面から顔を上げた。「人質の写真は撮影したのか？」

「残念ながら、できませんでした。すでに携帯電話をニッコの首輪に隠した後だったので」ジェナはハスキーの脇腹をぽんと叩いた。

ペインターはジェナの顔をしばらく観察していたが、やがて彼女の思いを読み取ったかのように話し始めた。「つまり、こういうことだな。自分を殺せば、敵がその場から立ち去るだろうと君は考えた。その後、誰かが探しにきて、ニッコと携帯電話を見つけてくれるだろうと」

ジェナは呆気《あっけ》にとられた。そんなことは一言も口にしていないのに、見事に言い当てられてしまった。

リサが口を開いた。「彼らが誰かを誘拐したのなら、その人物はドクター・ヘスと考えてまず間違いないわ。あの研究施設内で最も価値のある人間だもの」

ペインターがジェナに視線を戻した。

ジェナは肩をすくめた。「そこまでは何とも言えません。あっと言う間の出来事でしたし、顔まではよく見えませんでしたから。でも、ドクター・ヘスだという可能性はあると思います。あと、もう一つ気になることがあります。その人質は再びとらえられる前、例の有毒な雲を目指して走っていました。拉致されるくらいなら死んだ方がましだと考えていたみたいでした」

「そうなると、人質は敵に知られたくない秘密を抱えていたという可能性が高いな」ペインターの言葉からは不安がにじみ出ている。

「何に関する秘密ですか？」ジェナは訊ねた。

「我々はそれを突き止めようとしている」

「私にも協力させてください」

ペインターはしばらくジェナの顔を凝視した。「この手始めの調査において、君の情報が役に立つであろうことは否定できない。忘れていることや、その時は重要だと思わなかった何かが残されているかもしれない。しかし、一つだけ伝えておく。これは危険な作業だ」

「もう危険な目に遭っています」

「だが、おそらくますます危険が高まるはずだ。ここで始まったことは、より大きな何かの、はるかに危険な何かの、ほんの入口にすぎない」

「でも、私にも助けがいますから」ジェナは手のひらでニッコの頭をなでた。ニッコがしっぽを振った。何でも来いという合図だ。「それで、手始めに何をするんですか？」

ペインターはリサを一瞥した。「明日の朝一番で、毒素に覆われた一帯に向かう。何が起きたのかの手がかりを探す予定だ」

「あと、何が解き放たれたのかの手がかりも」リサが付け加えた。

脱出したばかりの罠《わな》に再び突入する自分を想像して、ジェナは胃の奥深くに冷たいものがたまっていくように感じた。

〈これから先、いったい何が起きるのだろう〉

7

四月二十八日　東部夏時間午前三時三十九分
ヴァージニア州アーリントン

「どうして俺たちはいつも地下でごそごそしているんだ?」モンクの声がする。

グレイは親友でもあり同僚でもある相手の方を見た。今いる場所は、ヴァージニア州アーリントンのファウンダーズ・スクエアに新設されたDARPA本部の地下だ。グレイたちはドクター・ルシウス・ラフェに付き添ってここにやってきた。生物工学研究室はこの建物の七階の大部分を占めている。BTOの室長は七階でひっきりなしに電話をかけ、カリフォルニアの施設で進められていた研究に関して少しでも知っている人間を、未明の時間にもかかわらず叩き起こしているところだ。

その間、グレイたちにはこの地下で行なう作業がある。

「おまえの場合は」コンピューターの前に座って首の凝りをほぐしながら、グレイはモンクの愚痴の相手をした。「いずれは地下牢《ろう》に閉じ込められるか、どこかの鐘楼《しょうろう》に吊り下げられるかの運命だろうな」

「おいおい、俺をカジモド扱いする気か?」隣のコンピューターの画面を眺めていたモンクが顔をしかめた。

「だって、実際に背中が曲がっているじゃないか」

「一日中、二人の娘を抱っこしているせいだよ。同じことをしてみろ、誰だって少しは背中に影響が出るぜ」

もう一人のメンバーがあきれたような声を漏らしたかと思うと、キーボードにいっそう顔を近づけ、高速でキーを叩き始めた。ジェイソン・カーターがキャットから課された任務は、例の研究施設のファイルやログのデジタル解析だ。大量のデータ、資産情報、膨大な数のメールの中から、カリフォルニアで何が進められていたのかに関する手がかりを探し出さなければならない。

三人がいるのはDARPAの中央データセンター内だ。小さな部屋には窓があり、その向こう側には冷蔵庫ほどの大きさをした黒いメインフレーム・コンピューターが並んでいる。地下部分の壁は厚さが一メートル近くもあり、いかなる電子的な侵入や物理的な攻撃にも耐えられる造りになっている。

「何か見つけたと思います」顔を上げて真っ赤に充血した目を向けながら、ジェイソンが言った。肘の脇には空になったスターバックスのカップが置いてある。「ドクター・ヘスの名前と社会保障番号を使ってデータに検索をかけました。その結果から、『ネオジェネシス』の単語が含まれるものを抽出してみました」

「何が見つかったんだ？」

「それでもまだ数テラバイトに及ぶ情報が残ったんです。全部の中身を確認していたら、一日や二日では終わりません。そこで、その中から『ＶＸガス』を含むデータを抽出しました」

「施設の安全対策に使用されていた有毒成分の一つだな？」

ジェイソンはうなずいた。「それらのファイルの中には、毒が殺そうとしていた何かの正体に関する記述が含まれているかもしれないと思ったからです。でも、結果として表示された最初のフォルダーを見てください」

グレイとモンクは並んでジェイソンのコンピューターの画面をのぞき込んだ。フォルダー名が表示されている。

D・A・R・W・I・N

「何だこりゃ？」モンクがつぶやいた。

「かなり大容量のフォルダーです」ジェイソンは説明した。「最初の数ファイルに目を通したんですが、ほとんどの記述は英国南極観測局に関するものでした。南極大陸の調査に携わっているイギリスの大きな組織のことです。最初の文書は観測局が千五百年前の南極の苔《こけ》をよみがえらせたことについて、事細かく書いてあります」

風変わりな生命体に関心を抱いていたヘスのような科学者が、そのことに興味をひかれたであろうことは想像に難くない。

「でも、『歴史』というタイトルが付けられたこのサブフォルダーを見てください」ジェイソンは続けた。「このイギリスの科学調査団とカリフォルニアでのドクター・ヘスの研究との関係について、何らかの事情がつかめるかもしれないと思ってクリックしてみたのですが、こんなものが出てきました」

ジェイソンがフォルダーのアイコンをクリックすると、何枚もの地図がサムネイル表示された。ジェイソンは「Ｐｉｒｉ　Ｒｅｉｓ　１５１３」と記された一枚目の地図をクリックした。

「この地図の話は聞いたことがある」そう言いながら、グレイは画面に顔を近づけた。「いろいろといわくつきの地図だ。トルコ人の探検家ピリ・レイス提督が、一五一三年にガゼルの羊皮紙にこの地図を描いた。アフリカ大陸や南アメリカ大陸の沿岸のほか、南極大陸の北端も記されている」

グレイは画面の下の方に表示されている沿岸部分を指でなぞった。

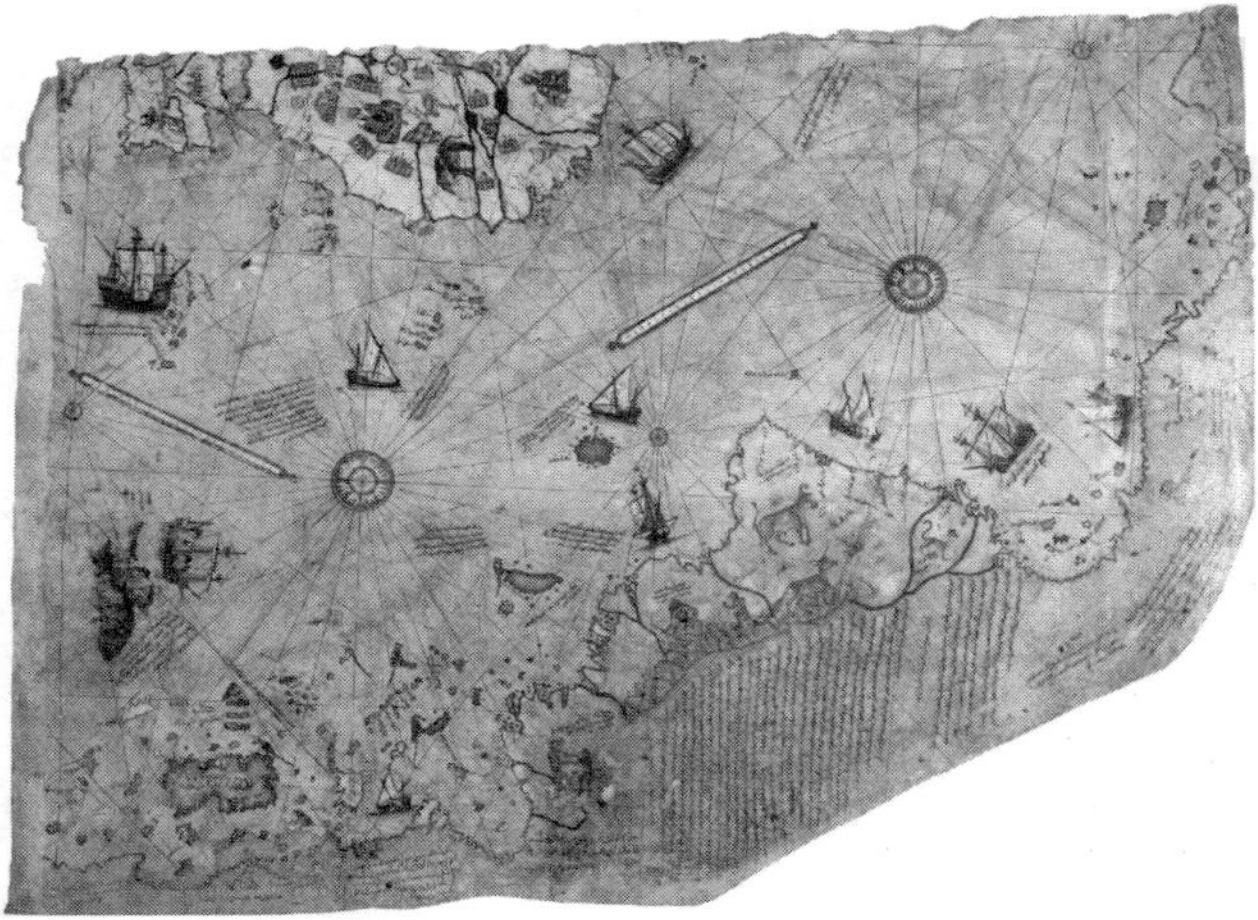

「その何が問題なんだ？」モンクが訊ねた。

「南極大陸が発見されたのは――少なくとも、その発見が公式に発表されたのは、それから三百年後のことだ。だが、それよりも不思議なのは、ピリ・レイスの地図には南極大陸の真の海岸線が、つまり氷に覆われていない海岸線が記されているという説が存在することだ」グレイは画面から顔を上げた。「氷に覆われていない南極の沿岸部を見ることができたのは、今から六千年前だと考えられている」

「でも、それに関しては異論もあります」ジェイソンが付け加えた。「ここに記されている陸地は、そもそも南極大陸ではないという可能性が高いんです」

「どういう意味だ?」モンクが訊ねた。「地図は偽物だというのか?」

「そうじゃない」グレイは答えた。「ピリ・レイスが作成したのは間違いないが、トルコ人の提督自らが余白に記したメモの中で、これはもっと古い時代に作られた別の何枚もの地図を参考にして描いたものだということを認めている。この南極の海岸線のように見える部分は、地図を作成する際の誤りと偶然の一致にすぎないのではないかと考えられている」

モンクは顎をさすった。「それなら、どうしてこの地図がドクター・ヘスのファイルのフォルダーの中にあるんだ?」

その疑問に対する答えまではグレイにもわからない。だが、ジェイソンは答えを知っているようだ。

若者はキーボードを叩きながら説明した。「これをはじめとするフォルダー内の何枚かの地図には、アレックス・ハリントン教授から提供されたとの記述があります」

グレイは再び画面をのぞき込んだ。

ジェイソンはいくつものウィンドウを素早く切り替えた。「名前をグーグルで検索しました。ここにあります。彼は英国南極観測局に所属する生物学的古生物学者です」

「生物学的古生物学?」モンクが聞き返した。

「考古学と進化生物学とを融合させた学問分野のことです」キーボードを叩き続けながら、ジェイソンはさらに付け加えた。「どうやら教授は二十年近く前から、ドクター・ヘスとメールや電話で何度もやり取りを続けていたみたいですね。二人は通常とは異なる生態系という共通の関心を抱いていました」

グレイの顔を見上げながら、ジェイソンが片方の眉を吊り上げた。

グレイはその意図を理解した。〈ヘスの研究の詳細を知っている人物がいるとすれば、この男かもしれない〉

「よくやった」グレイは言った。「この件を上の階にいるラフェ室長に当たってみる。室長ならこのイギリス人との関係について、もっと詳しいことを知っているかもしれない。このファイルを印刷できるか？」

ジェイソンは顔をしかめながら手を伸ばし、ポートからフラッシュドライブを引き抜いた。「全部ここにコピーしてあります。これを全部印刷しようと思ったら、何時間もかかりますよ。室長のオフィスに行ったら、彼のコンピューターのＵＳＢポートを探して、そこにこの――」

「フラッシュドライブの使い方くらい知っているよ。恐竜じゃないんだから」

「すみません。でも、確か僕よりも十二歳くらい年齢が上ですよね？　今やデジタル時代ですからね、十二年前なんて氷河時代みたいなもんですよ」ジェイソンはにやにや笑った顔をスターバックスのカップで隠しながら、底に残ったコーヒーをすすった。

モンクがジェイソンの肩に手を置いた。「キャットがこの坊やを高く買っている理由がよくわかったよ」

グレイはフラッシュドライブをポケットに入れ、扉に向かった。「ファイルの調査を続けてくれ」二人に指示を出す。「ほかにも何か見つかるかもしれない。こっちはラフェ室長と話をしてくる」

グレイは地下の短い廊下を歩き、エレベーターに乗り込むと、シグマフォースの黒いカードを差し込んだ。カードには銀色でギリシア文字のΣ（シグマ）が記されている。Σは数学記号で「総和」を意味する。それは地球規模の脅威に対抗する隊員たちに、最強の肉体と最高の頭脳の両方を求めるシグマフォースの信条でもある。

このカードを使用すれば、ワシントンDC内のほとんどの施設に自由に出入りすることが可能だ。

グレイは七階のボタンを押した。エレベーターが音もなく上昇を始めると、グレイは携帯電話を取り出し、ケニーから父に関するメッセージが届いていないかを確認した。この一時間ほど、電波の届かない地下のデータセンターにこもっていたために、チェックすることができなかったのだ。メッセージが届いていないのを見て、グレイは安堵のため息を漏らした。

少なくとも今夜は、平穏無事に過ぎそうだ。

エレベーターの扉が開くと、グレイは人気《ひとけ》のない暗い廊下を急いだ。迷路のように何本もの廊下が延びているうえに、各部屋の扉の脇には段ボール箱が積まれているので狭くなっている。足場が組んであったりペンキの缶が置いてあったりして通りにくいところもある。ＤＡＲＰＡの本部は数ブロック離れた古い建物からファウンダーズ・スクエアにあるこの新しい建物への移転中だ。まだ古い建物で業務を行なっている部署もあれば、すでにこちらの建物に移ってきた部署や、まだ移動後の片付けが終わっていない部署もある。勤務時間中は行き来する職員たちで大騒ぎになっているのだろうが、深夜のこの時間帯はひっそりと静まり返っている。

廊下の角を曲がると、わずかに開いた扉の隙間から漏れる光が見える。ラフェ室長のオフィスは廊下の突き当たりにあるようだ。その光に向かって足を速める——厳しい口調の叫び声を耳にして、グレイは立ち止まった。

壁に背中をつけて身を隠す。

遠くから聞こえる声はこもった調子だが、室長の声とは違う。グレイは上着の下のショルダーホルスターに収めたシグ・ザウエルＰ２２６に手を伸ばした。グリップに指がかかった時、「ポン、ポン、ポン」という小さな銃声が聞こえた。

ラフェ室長のオフィスの扉が大きく開き、廊下のこちら側まで明るく照らし出される。グレイは姿勢を低くし、廊下に設置されたコピー機の陰に隠れた。機械の向こうをのぞくと、四人の男たちの姿が確認できる。黒の迷彩服姿で、携帯している拳銃はサイレンサー付きだ。男たちは部屋から出ると、グレイの方に向かって移動を始めた。グレイは元来た方を振り返った。いちばん近い部屋の扉は数メートル先だ。

〈遠すぎる〉

グレイは素早く計算した。拳銃に装塡《そうてん》されているのは357弾が十二発。一発たりとも無駄にはできない。相手が防弾チョッキを着用していればなおさらだ。唯一グレイが有利な点は、相手がこちらの存在に気づいていないこと。

グレイは呼吸に意識を集中させ、腹をくくった。

最後に部屋から出てきた男が、無線に向かって大声で怒鳴っている。「ほかのやつらは下の階にいる。地下三階だ。階段を使え。俺たちはエレベーターで下りる」

グレイは小さな部屋にこもっているモンクとジェイソンの顔を思い浮かべた。二人は危険が迫ろうとしていることを知らない。

先頭の二人が目の前を通り過ぎるまで待つ。前方に気を取られているため、二人はコピー機の陰にうずくまっているグレイの存在に気づいていない。

グレイの放った二発の銃弾が、二人の頭に命中する。グレイはすぐに体を反転させて廊下に転がり出ると、ラフェのオフィス側にいる残る二人の男に狙いを定めた。手前にいる男が膝を撃ち抜かれ、バランスを崩す――しかし、突然の攻撃と痛みにもかかわらず、男は倒れながら拳銃の引き金を引いた。

銃弾がグレイの耳元をかすめる。

〈くそっ……〉

この男たちは鍛え抜かれたプロで、おそらくは元軍人だろう。三人目の男が肩から廊下に倒れた瞬間、グレイは至近距離から顔面を目がけて発砲した。確実に相手を始末していかなくてはならない。

最後に残った男が足場の陰に隠れながら、廊下に向かって発砲する。グレイはうつ伏せになり、敵の死体を盾代わりにして身を隠した。男の放った銃弾が、仲間の体にめり込み、あるいはリノリウムの床に当たって跳ね返る。

敵がラフェのオフィスに逃げ込む前に、こちらから行動を起こさなければならない。廊下の奥に何度か視線を向けていることから、相手が何を考えているかは明らかだ。安全な場所に逃げ込んでから、応援を呼ぼうという腹づもりだろう。

〈そうはさせるか〉

グレイは体を起こし、敵のいる位置に向かって銃を乱射した。銃弾が鉄製の足場に当たって跳ね返り、相手の奥の壁にめり込む。グレイは腕を前に伸ばし、床の上の死体をまたぎ、引き金を引き続けるが、相手は物陰に隠れたままだ。

十二発目の弾を撃つ――スライドストップがかかる。

弾切れだ。

敵が再び姿を現した。煙の出ている銃口を向け、顔には勝ち誇ったような笑みを浮かべている。

グレイはシグ・ザウエルを床に投げ捨てた。相手の視線が落下する拳銃を追ってそれた隙に、グレイはもう片方の腕を前に突き出した。その手には、太腿の後ろに隠していた別の拳銃が握られている。床に倒れた敵から奪い取っていた武器だ。グレイは二度、引き金を引いた。だが、一発目だけで用は足りた。

目をきれいに撃ち抜かれた最後の敵が、床に倒れる。

グレイは廊下を走り、ラフェ室長のオフィスに飛び込んだ。室長がまだ生きていることは望み薄だが、確認しなければならない。ラフェ室長は上着を脱ぎ、シャツの袖をまくった姿で椅子に座っていた。白いシャツの中央が真っ赤に染まっているほか、額にも銃弾の貫通した跡がある。

残酷な処刑への怒りをこらえながら、グレイは机の上の電話をつかんだ。だが、コードが切断されていることに気づく。グレイは大きく息を吐き出しながら、ほかの電話を探そうかと考えた。だが、たとえ電話を発見できたとしても、この建物内の通信システムに詳しくないため、地下三階の内線電話を呼び出す方法はすぐにはわからない。しかも、地下には携帯電話の電波が届かないから、ポケットの中の電話も役に立たない。

グレイにはモンクとジェイソンに危険を知らせる術がなかった。

午前四時四分

「ピリ・レイスの地図がいんちきだという説は誤りだったかもしれませんね」ジェイソンはコンピューターの画面から顔を離して背筋を伸ばした。深呼吸をしながら、自分の口からそのような結論を切り出す不安を静めようとする。ピアース隊長とその相棒のこれまでの実績に比べれば、自分なんてちっぽけな存在だ。

〈僕はコンピューターだけが取り柄の人間にすぎない〉

それでも、ジェイソンは自分の発見が重要かもしれないとの直感があった。

「どういう意味だ?」モンクが大あくびをしながら質問した。両足を隣の机の上に投げ出して座っている。

「これを見てください」

モンクが小声でぶつぶつとつぶやいた——子供のせいで夜中に起こされてばかりだ、という内容の愚痴をこぼしている。モンクは足を床に下ろし、椅子ごとジェイソンの隣に移動した。「何を見つけたんだ?」

「英国南極観測局のフォルダーにあったほかの歴史的な地図を表示して、それらに関する

ハリントン教授のメモを読んでいたんです」

「生物学的古生物学者の先生だな」

「ええ」ジェイソンは咳払いをすると、ごくりとつばを飲み込んだ。「ここにも南極大陸の地図が二枚あります。いずれもピリ・レイスの地図が描かれた一五一三年から約二十年後のもので、一枚はオロンテウス・フィナエウス、もう一枚はゲラルドゥス・メルカトルの手によるものです。どちらの地図にも氷に覆われていない南極大陸が記されているのがわかるかと思います。ハリントン教授によると、現在では厚い氷河の下に埋もれている山脈や高峰も地図に示されていますが、十六世紀当時にそうした山々は見ることができなかったはずだということです。同様に、二枚の地図には大陸の細かい地形が描かれていて、アレクサンダー島やウェッデル海なども記されています」

モンクが眉間にしわを寄せた。「この二枚の地図も、南極大陸の発見が正式に発表される何世紀も前に作成された」

ジェイソンはうなずいた。「しかも、それは氷に覆われていない南極大陸の沿岸部を最後に見ることができた時から何千年も後の話です。また、一七三九年にフランスの地図作成者ビュアシュが手がけたこんな地図もあります」

ジェイソンは別の地図を示した。「この地図では南極大陸が川もしくは海で隔てられた二つの陸塊として描かれていますよね。これは事実なんです。南極大陸は一続きの陸地のように見えますが、氷

をすべて取り除くとその下にあるのはいくつかの大きな島の集まりで、主に『小南極』および『大南極』という二つの部分に分けることができます。こうしたことが判明したのは、アメリカ空軍が地震動をもとに測定した一九六八年のことなんです」

「ところが、この地図は十八世紀に作成されたんだな？」

「そうなんですよ」ジェイソンは気持ちの高ぶりが声に出るのを抑えられなかった。

「しかし、こいつらがカリフォルニアでのドクター・ヘスの研究とどんな関係があるんだ？」

その質問に、ジェイソンの興奮がしぼんでいく。「わかりません。でも、このフォルダーにはハリントン教授による情報がまだまだあります。中には第二次世界大戦中にまでさかのぼるものも含まれています。ただ、そのほとんどが高度な機密扱いになっているので、解読するには時間が必要ですね」

「シグマの司令部に戻ったら、おまえのためにコーヒーを大量に用意しないといけないみたいだな」

ジェイソンもその事実を認めて覚悟を決めた。「南極大陸にまつわる謎に関しては、僕が誰よりも適任でしょうから」

モンクの視線が鋭くなる。「どういう意味だ？」

「キャット……いや、ブライアント大尉から聞いていないんですか？」

「妻が内緒にしていることはいくらでもあるよ。まあ、そのほとんどは俺のためを思ってのことなんだがな」モンクはジェイソンを指差した。「いいから教えろよ、坊や」

自分の方に突き出されたモンクの手を見たジェイソンは、その表面のやや不自然な光沢に気づいた。義手は薄気味悪いまでに本物そっくりで、手の甲や関節部分の細い毛までもが再現されている。モンクが左手の手首から先を失った経緯についてはジェイソンも知っており、そのことでこの先輩隊員を大いに尊敬していた。失った左手の代わりに装着しているＤＡＲＰＡの生体工学の粋を集めた義手は、高度な機能と作動装置が組み込まれていて、感覚を伝えることもできるし、本物の手と遜色《そんしょく》のない動作をすることもできる。ジェイソンの聞いた話では、モンクは手首側に取り付けたチタン製の人工皮膚のコンタクトポイントを通じて、取り外した義手を遠隔操作することもあるという。

ジェイソンはいつかそのトリックを見せてもらいたいと思っていた。

「おいおい、いつまでにらめっこをしているつもりだ……」モンクが不機嫌そうな声を発した。

「すみません」

「南極と関係があるとかいう話だったが」

「以前、南極大陸で暮らしていたことがあるんです。もうずいぶん前の話ですが。母と継父、それに妹は、今も南極にいます……マクマード基地の近くです」

モンクの視線がいっそう鋭くなる。ジェイソンの話がそれだけではないことを、語られていない事情があることを、敏感に察したのだろう。だが、それ以上の追及はなかった。

「そういう経歴の持ち主ならば、このハリントンとかいう人物から話を聞き出すのはおまえがぴったりだな。このイギリス人が何を知っているのか、突き止めてくれ」

ジェイソンは表情を輝かせた。これまでずっと、自分も実地での任務に就きたいと思っていた。これがそのチャンスになるかもしれない。マザーボードや論理回路や暗号解読のためのアルゴリズムから、たまには解放されてみたい。

廊下の扉の開閉する音が、二人のもとに聞こえてきた。

モンクが立ち上がった。

ジェイソンは肩越しに振り返った。「ピアース隊長が戻ってきたみたいですね」

〈地図を眺めることよりも面白い情報を持ってきてくれないかな〉

「坊や、銃を携帯しているか？」

そう言われて初めて、ジェイソンはモンクの体に緊張が走っていることに気づいた。さっきまでのどこかのんびりとした雰囲気は消え失せている。

「いいえ……」ジェイソンは声を出すのがやっとだ。

「俺もだ。いいか、今のは階段に通じる扉の音だ。エレベーターの音ではない。グレイがこんな時間に運動する気になったとは思えないぜ」

コンクリート製の床を叩く複数の重い靴音が聞こえてきた。

ジェイソンに向けられたモンクの視線は、真剣そのものだった。「いい考えがあったら喜んで耳を貸すぜ、坊や」

午前四時六分

グレイは時を移さず行動した。一秒たりとも無駄にできない。

七階の廊下を移動しながら、奪い取った武器と一致することを確認しつつ、死んだ敵が持っていた予備の弾倉を回収する。階下に何人の敵がいるのかわからないので、できるだけ数多くを確保しておかなければならない。たった一発の弾が、銃撃戦での生死の分かれ目になることだってある。

「これから下に向かう」グレイは肩と耳の間に挟んだ携帯電話に向かって伝えた。ラフェ室長の死体を発見した後、すぐシグマの司令部に連絡を入れ、応援を要請済みだ。

「できるだけ早くそちらに部隊を派遣するわ」キャットの声には緊張がみなぎっている。

だが、夫の命が危険にさらされているにもかかわらず、取り乱した様子はない。「慎重にね」

「どこまで慎重でいられるかは状況次第だな」

グレイは廊下の端に到達すると、電話を切った。作業員の工具箱の中から釘《くぎ》抜きハンマーを手に取る。キャットが手を尽くしたとしても、応援がここに到着するのは早くて数分後だ。

〈それまで待っていてはモンクとジェイソンを助けられない〉

グレイは壁に設置された火災報知器に近づき、赤いレバーを引き下げた。すぐに大きな警報音が鳴り響く。グレイの目的は敵の動揺を誘うことにある。あわよくば、怯えて逃亡してくれるかもしれない。そこまでうまくいかないまでも、敵をあわてさせることができれば、ミスを犯す可能性も高くなる。

そのうえ、大きな警報音はグレイが接近する気配を隠してくれる。

階段には見張りがいるはずだと判断し、グレイはエレベーターホールに向かうと、さっき自分が使ったばかりの籠に乗り込んだ。下の階のボタンを押す。しかし、エレベーターが一フロア分も降下しないうちに、今度は非常停止ボタンを押した。籠が急停止し、警報音が鳴り響くが、火災報知器が発する音にほとんどかき消されてしまっている。

グレイは釘抜きを使ってエレベーターの内側扉をこじ開けた。狙い通り、籠は六階に到達する前に停止していて、外側の扉の上半分が見えている。グレイは手を伸ばしてレバーを引っ張り、扉を手動で開いた。開いた扉から外に飛び出す。だが、すぐに再び扉に戻り、今度は停止した籠の下に潜り込んだ。

エレベーターシャフトが大きな口を開けている。

グレイは頭上の籠に注意しながら、エレベーターシャフトの左側の壁に設置されている緊急用の梯子《はしご》に飛びついた。段を使わずに一気に滑り下りる。両手足で降下速度を調整しながら、通過する階数を数える。二十秒後、グレイは「L3」と記された地階の扉に達した。

片手で梯子につかまったまま、もう片方の手でレバーを引っ張る。扉が開くとすぐに、グレイは外に飛び出した。両膝を突いた姿勢で床の上を滑りながら、階段に通じる扉の方に向かって体を反転させる。予想通り、銃を持った見張りが一人、立っていた。開いた扉を片足で押さえながら、階段の方に目を向けている。

グレイは敵から奪ったサイレンサー付きの銃をすでに抜いていた。男の頭を撃ち抜いた銃声は、咳き込んだような音しかしない。グレイは廊下の先にあるデータセンターの方向に素早く銃口を動かした。

複数の人影が見える。怒った口調の押し殺した声が聞こえる。

「やつらはここには来ていないのかもしれません」一人の襲撃者が険しい調子で意見を述べた。「上の男は、誰かがここにいると嘘をついた可能性もあります」

グレイはそっと息を吐き出した。モンクとジェイソンはまだ発見されていない。二人はすでに上の階へと逃げたのかもしれない。だが、確認が必要だ。命令口調の怒鳴り声に、その思いが強まる。

「もう時間がないぞ！」

別の声がする。「完了です！　サーバーにワームを送り込みました。ここにあるファイルと、ほかの場所に保存されたバックアップ用のファイルはすべて、消去されます」

「それなら最後の爆薬をセットして、ここから引き上げるぞ！」

火災報知機の警報音が引き続き鳴り響く中、グレイは廊下を移動し、開け放たれたままのデータセンターの扉に達した。素早く中の様子を確認してから、すぐに身を隠す。

〈四人〉

全員が窓の方に顔を向け、隣の部屋のメインフレーム・コンピューター群を見つめている。

〈あの中にはほかにも何人かいて、爆薬を設置しているに違いない〉

やつらの任務がサーバー内のデータの破壊にあるのは明らかだ。グレイの頭に七階のルシウス・ラフェの死体が浮かぶ。この建物内の警備員たちも、おそらく同じ運命をたどったのだろう。室長は悪い時に悪い場所に居合わせてしまっただけなのか、それとも室長の始末もこの襲撃チームの目的の一つだったのか？　一時間前、グレイはペインターからカリフォルニアでの出来事の唯一の目撃者が抹殺されかけたという知らせを聞かされていた。

ここの襲撃もそれと同じなのだろうか？　あの研究施設につながるすべての道筋を遮断《しゃだん》しようという目論みなのだろうか？

今のグレイにその答えを知る術はない。ただし、一つだけわかったことがある。リーダーと思しき男の声には、イギリス訛りがあった。一方、ジェイソンの発見によれば、ドクター・ヘスの研究とイギリスの調査チームとの間には関係があるとのことだった。

〈単なる偶然の一致かもしれないが、おそらくそうではないだろう〉

「準備完了！」サーバー室の方から声がした。

「撤収！」リーダーが伝えた。「ここで身動きが取れなくなる前に、急いで脱出するぞ」

グレイは扉の脇にあるごみ箱の陰に身を潜めた。ほとんど隠れていないも同然だが、建物からの脱出を急ぐ敵が気づかずに走り抜けてくれることを祈るしかない。

その期待通り、男たちが勢いよく部屋から飛び出し、廊下を走っていく。だが、連中が向かう階段脇の暗がりには、見張りの男の死体が転がっている。

グレイに残された時間はあまりない。

最後の男が廊下に飛び出すや否や、グレイは床の上を転がりながらデータセンターに入った。足で蹴って扉を閉め、シグマフォースの黒いカードを使って内側からロックをかける。

外の廊下から叫び声があがる。

グレイは立ち上がり、扉の防弾ガラスを通して外の様子をうかがった。

廊下の先で懐中電灯の光が点灯し、仲間の死体を取り囲む男たちの一団を照らし出した。その中でいちばん背の高い男――胸板が厚く、貴族然とした顔立ちの男が振り返り、グレイと目を合わせた。

廊下を挟んで二人の視線が交錯する。相手の目つきからは激しい怒りがうかがえる。

部下の一人が男の肩に触れ、腕時計を指差した。警報が発令されて包囲網が狭まりつつあり、しかも間もなく爆薬が炸裂《さくれつ》する。ロックのかかった部屋からグレイを引きずり出している余裕などないのだろう。

唇をきつく歪めたまま、リーダー格の男は部下たちに階段を上るように合図してから姿を消した。

グレイは室内に向き直り、サーバー室に通じる扉を開けた。金属製の短い階段の先には、外部と遮断されて空調の効いた空間が広がっている。グレイは階段の上から高さのある黒いメインフレーム・コンピューターの連なりを目で追った。いちばん手前の列の複数の筐《きょう》体《たい》に、C4の塊が貼り付けてある。光り輝くタイマーの数字は、残り九十秒を切っている。

グレイはサーバー室に向かって大声で呼びかけた。「モンク！　ジェイソン！」

大型冷蔵庫ほどの大きさをした奥の列のメインフレーム・コンピューターの筐体の扉が開き、モンクとジェイソンがもつれ合ったまま転がり出てきた。

〈よかった……〉

グレイは手を振った。「ぐずぐずするな！」

二人はサーバーの列を縫いながら走ってきた。金属製の階段を駆け上がり、データセンターの部屋に飛び込む。

グレイはカードを通して廊下側の扉のロックを解除した。

モンクがジェイソンの背中を力強く叩いた。「頭がさえていたな、坊や」

ジェイソンは前につんのめったが、体勢を立て直した。「サーバー室には普通、予備のスペースが組み込まれています」ジェイソンは説明した。「将来の拡張に備えて、空の筐体が置いてあるんですよ。DARPAもそうしているんじゃないかと思ったんです」

グレイは先頭に立って走り、階段に向かった。「こっちだ」

階段へと通じる扉にたどり着いたが、死体は消えている。血だまりが残っているだけだ。

「俺たちのところに来るまでの間に、いろいろあったようだな」血に気づいたモンクがつぶやいた。

「上の階にも数人の男たちがいた。ドクター・ラフェが殺されたよ」

踊り場から踊り場へと駆け上がりながら、モンクが舌打ちをした。「犯人の正体は？」

「地下の死体は持ち去られたが、七階にも四人の死体がある。身元を特定できるかもしれない」

〈ただし、この建物が朝まで残っていればの話だが〉

三人は一階に到達し、ロビーを駆け抜けた。建物の警備員が一人、セキュリティデスクの後ろに倒れたまま動かない。新たな怒りを覚えながら、グレイは襲撃チームのリーダーの顔を思い出し、復讐《ふくしゅう》を誓った。

しかし、そのためにはここを脱出することが先決だ。

グレイは正面の扉を押し開け、建物の周囲を取り巻くテラスを横切った。三人がノースランドルフ・ストリート沿いの歩道に達した時、低い音とともに地面が揺れ、それに続いて大きな爆発音がとどろいた。建物の下層階の窓ガラスが割れ、外に向かって降り注ぐ。その直後、夜の通りに黒煙が噴き出した。

遠くから聞こえるいくつものサイレンの音が、グレイたちのもとに近づいてくる。

モンクが大きなため息をついた。「DARPAの引っ越し計画は白紙に戻ったな」

グレイは二人を促して建物から離れた。後始末は間もなく到着するチームの役目だ。こっちは急いでシグマの司令部に戻らなければならない。それよりも重要なのは、答えを突き止めること。

〈いったい誰が襲撃部隊を送り込んだのか……その理由は？〉

8

四月二十八日　太平洋夏時間午前六時二分
カリフォルニア州シエラネヴァダ山脈

〈これで合っているのかな……〉

ジェナは危険区域の外に位置する後方拠点の準備テントの中に立っていた。テントの半透明の壁を通すと、東の空のまぶしいはずの日の出もどこかかすんで見える。テント内には酸性の化学物質と人の体臭がこもっている。

不安そうな面持ちに気づいたのか、ドクター・カミングズ――〈リサと呼んでね、と言われていたっけ〉――が近づいてきた。二人ともすでにタイベックの全身一体型の使い捨て防護服を着用済みだ。この防護服はほとんどの化学物質を通さないとうたっている。

〈宣伝文句の通りじゃないと困る〉

念のための措置として、手袋の端と袖口部分をガムテープで留めるようにとの指示を受けている。

「大丈夫そうね」リサはジェナを見ながら伝えた。「この先は私が手伝ってあげるから」

「ありがとう」

二人は可動式のラックに吊るされている密閉タイプの赤い防護服のもとに向かった。二着目の防護服は頭からつま先までをすっぽりと覆い、外気から完全に遮断してくれる。呼吸はエアーマスクと肩にかけた酸素タンクを通して行なうことになる。

二人は交替で相手のスーツの着用を手伝った。スーツが完全に密閉された瞬間、ジェナは閉所恐怖症のようなパニックを覚えた。エアーマスクの中で思わず息をのむ。その動揺を悟られまいとして、ジェナは立ち上がると、背負ったタンクの重さを確認するかのように足を数歩前に踏み出した。

「モデルウォークの練習かい？」エアーマスクに内蔵された無線から声が聞こえた。この無線は声に反応して作動する。

ジェナが顔を向けると、ドレイク一等軍曹が敬礼した。ジェナと同じく、「バニースーツ」という似つかわしくない名前で呼ばれるこの防護服に全身を包んでいる。

「当然でしょ」ジェナは言い返した。「こんな最新の流行を着ているんだから」

明るく装ったつもりだったのに、暗い調子の声しか出てこない。

「心配するなって」そう言いながら、ドレイクがジェナの肩を叩こうと手を伸ばした。ジェナはとっさによけた。破けたらいけないと思ったからだ。

「この防護服は見た目よりも丈夫よ」リサが性能を保証した。

リサの弟のジョッシュも、その後ろで防護服を着用している。ほかに二人の海兵隊員がこの調査隊に加わるが、ジェナは緊張のあまり彼らの名前をもう忘れてしまっていた。

無線がノイズを発したかと思うと、新しい声が割り込んできた。「君たちを乗せる車の用意ができた」

クロウ司令官の声だ。彼はここから十五キロほど離れた海兵隊基地にいて、この任務の統括と周辺地域の緊急対応チームの調整を担当することになっている。

彼にはほかにもう一つ、大切な仕事がある。ニッコの相手だ。

ジェナはすでにハスキーが恋しくなっていた。彼がいないとたまらなく不安を覚える。けれども、まだ犬用の防護服は開発されていない。

「カメラからの映像の状態はどう？」リサが顔の前で手を振りながら問いかけた。

「極めて良好」ペインターが答えた。「衛星とリンクしているから、歩く君の肩越しに前を見ることができる。現地では十分に注意してほしい。決まりに従い、無用な危険を冒さないこと」

「父親の小言を聞かされているみたいだ」ジョッシュが小声でつぶやいたが、感度のいい無線はその声をはっきりと拾った。

ペインターはその言葉を無視して続けた。「これまでのところ、危険区域の境界部分は安定しているように思われる。ただし、ほかにどんな危険が潜んでいるかわからない」

ジェナは半透明のテントの壁の向こうを見つめながら、これから向かう場所のことを考えた。隔離地域の境界線はここから一・五キロほど先にある。この数時間、有毒ガスは拡散が止まっており、地表付近に降下していた。その周囲を取り巻くように化学物質のモニターが設置され、風向きが変わったり塵《ちり》や砂が巻き上げられたりした場合に備えて、監視を続けている。

調査隊の目的地――爆発の中心までは、ここから三十キロの距離がある。

現時点では、研究施設内から解き放たれた何かの中和に成功したかどうかはまったくわかっていない。爆発の高熱とあの有毒な雲を生き延びられる何かがいるなんて……

そう考えただけで、ジェナは寒気を覚えた。

調査隊の任務は簡単明瞭だ。サンプルを採取し、被害状況を調査し、何が起きたのかに関する手がかりを捜索すること。

ジェナはペインターから基地に残り、送られてくる映像を通して危険区域の調査を見ればいいと勧められた。けれども、ジェナは子供の頃から、自分がその場に行かないと気がすまない性格だった。パークレンジャーになった理由も、自らが進んで作業をこなしたいという思いが強かったからだ。

同行したいとジェナが主張したのには、もう一つ理由があった。あることが気になって、昨夜はなかなか寝付くことができなかったのだ。〈もう少し早くあの施設に到着していたら、今回の件を食い止めるための手を打つことができたんじゃないかしら？〉

たぶん、それは思い上がりにすぎないのかもしれない。現実離れした夢想なのかもしれない。けれども、ジェナはどうしてもその思いを振り払うことができなかった。あの施設で三十人以上の人命が失われたと聞いた後はなおさらだ。パークレンジャーとして、法の順守を誓った人間として、今回の調査から外れるという選択肢はない。

〈しかも、ここは私の地元なんだから〉

「さあ、準備はいいか、みんな」ドレイクが声をあげ、先頭に立って歩き始めた。「出発だ」

ジェナはハーネスを動かして酸素タンクの位置を調節しながら、ほかの人たちの後を追った。すでに防護服の内部の温度は上昇している。テントから出た一行の姿は、ほかの惑星の表面を歩く宇宙飛行士のようだ。ジェナはふと、モノ湖を火星の表面みたいだと形容した昨日の観光客のことを思い出した。

〈あの人が今の私たちを見たら、どう思うかしら？〉

テントの外の危険区域に通じる道路上には、緑色をした一台のハンヴィーが停まっていた。大人数を輸送できるように改造されていて、車体前部には運転席、後部にはベンチシート付きの荷台がある。同行する海兵隊員の一人――ジェナは不意に名前を思い出した

――シュミット上等兵が運転席に乗り込む。残りは後部の荷台に座った。

全員が座席に着くと、ドレイクが手袋をはめた手で運転席の後部を叩いた。「準備オーケーだ、シュミッティ」

エンジンがかかって低い音を立てる。やがて車が動き出し、隔離地域の境界線に通じる山道を登り始めた。ジェナは大きく息を吸い込んでは、防護服のジッパーがきちんと締まっているか、何度もチェックをせずにはいられなかった。

隣に座るリサが声をかけた。「そんなに心配する必要はないと思うわ。有毒成分のほとんどは地面に落下して、毒性が弱まってきているから」

そう聞かされても、ジェナは安心できなかった。砂利道を走る幅広のタイヤで大量の塵が巻き上がり、その光景が不安をあおる。ジェナはタンク内の酸素を無駄にしないために、呼吸を落ち着かせようとした。予備のタンクは車に積まれているものの、危険区域内でタンクを取り替えなければならないような事態はできるだけ避けたい。

二分後、シュミット上等兵がクラクションを鳴らし、開いた窓から腕を突き出した。

腰くらいの高さのある円筒形の装置――化学物質のモニターが道路脇に設置されていた。先端には高いアンテナと、三つのカップから成る風速計が取り付けられている。ありがたいことに、風速計はぴたりと止まっている。

ハンヴィーが横を通り過ぎるまで、ドレイクはモニターをじっと見つめていた。「きれいな空気とはここでお別れだ」

車は危険区域に入った。

道は低木の茂る丘陵地帯を標高の高い地点に向かって登っていく。時折、丈の高いジェフリーマツが視界を遮る。初めのうちは特に異常は見られず、日帰りのハイキングと何ら変わりないように思われた。だが、やがて道路沿いに最初の動物が姿を現した。横向きに倒れたミュールジカは、苦しげに首をねじった状態のままで、太いピンク色の舌が口から突き出ている。

ジェナは息をのみ、目をそらした。しかし、さらに一キロほど車を走らせると、どの方角を見ても無残な光景が目に飛び込んでくるようになった。このあたりの野生動物は人前になかなか現れないため、日中にその姿を目にすることはめったにない。けれども、爆発と煙と毒素のせいで、あらゆる動物がねぐらや巣穴から外に出てきてしまったらしい。

そのうちにタイヤは、カモメ、イワミソサザイ、ジリスの死体をよけて走ることができなくなった。周囲の斜面には、ワタオウサギやジャックウサギの死体が点々としている。より大きな影は、息絶えたミュールジカの群れだろう。このあたりでは珍しいヒツジの一種のビッグホーンが、前足から崩れ落ち、大きな角が藪に引っかかった状態で動かなくなっている。

ジェナの頬をひとしずくの涙が流れ落ちた。けれども、それをぬぐうことはできない。

パークレンジャーを務めているジェナさえも、この丘陵地帯にこれほどまで多くの野生動物が生息していたとは知らなかった。

〈それなのに、みんな死んでしまった〉

ハンヴィーは一・五キロごとに停車し、ドレイクが土壌のサンプルを、リサが死んだ動物の毛や組織のサンプルを採取した。ジェナは死んだアメリカグマから血液サンプルを採取しようとしていたリサを手伝った。ところが、頸静脈《けい》に注射針を刺そうとして大きな母グマの体を動かすと、その下には息絶えた子グマが横たわっていた。

その姿を目にすると、リサは作業の手を止め、その場を離れた。「もういいわ」リサはつぶやいた。「やめておきましょう」

車が一キロ進むごとに、調査隊の間で交わされる会話が少なくなっていく。やがて一行の息遣い、車のエンジン音、道を進むタイヤの音しか聞こえなくなった。

爆心地まであと五キロほどの地点に達した時、ドレイクが再び口を開いた。「この先の斜面の植物を見てみろ」

ジェナはよく見ようと座席から立ち上がった。

ここに来るまで、ヤマヨモギの茂みの間にミゾホオズキ、セイヨウキョウチクトウ、ピニョンマツなどが見られる丘陵地帯の植物には、特に異常はないように思われた。だが、前方に目を向けると状況は一変していた。道の両側の斜面は黒一色で、緑はまったく見当たらない。

「爆発で山火事が発生したのかしら?」リサが誰にともなく訊ねた。

ジェナは首を横に振った。山火事ならこれまでに何度も目にした経験がある。落雷からキャンパーの火の不始末まで、原因は様々だ。乾燥した草や燃えやすい低木が広がる場所では、火はほんの数分で広範囲に燃え広がる。あとに残るのは燃えかすの灰と、大きなマツの焼け焦げた幹だけだ。

「これは山火事じゃないです」ジェナは断言した。

「調べてみる必要がありそうね」リサが一等軍曹の腕に触れた。

「車を停めてくれ」ドレイクが命令した。

運転手は黒一色の世界が広がる手前でブレーキを踏んだ。

ドレイクがリサとジェナの方を振り返る。「我々が安全を確認するまで、二人はここに残っていた方がいいかもしれない」

ジェナは驚いて目を丸くした。

この光景のどこが「安全」なのだろうか。

ジェナはハンヴィーの荷台の後部に移動し、飛び降りた。リサやほかの人たちも後に続く。

「サンプルを採取するための道具をお願い」リサが弟に指示した。

「もう持っているよ」そう答えながら、ジョッシュは荷台から身軽に飛び降りた。

シュミット上等兵を運転席に残して、一行は道から草地に入った。ジェナは足もとに注意を配った。この厳しいアルカリ性の環境に育った草木の多くは、長さや形の様々なとげや鋭くとがった枝などの、身を守るための手段が発達している。防護服に穴が開いたり亀裂が入ったりしたら危険だ。

一行は緑、紫、赤から成る景色を慎重に横切り、黒が支配する世界に向かった。あたかも丘の上半分が影に包まれてしまっているかのようだ。遠目には一本の線を境に二つの部分がくっきりと分かれているように見えたが、近づくにつれて境界線はそれほど明確ではないことが判明した。異常のない植物と死んだ植物が混在しているところもある。

リサが弟に指示を出した。「ジョッシュ、このあたりの元気そうな植物を採取して。私は黒く変色した植物を集めるから」続いて、ドレイクを指差す。「ここの土壌のサンプルもお願い」

各自が作業に取りかかると、ジェナはリサと一緒に影の領域へ足を踏み入れ、丈の高い細い植物の茂みの脇でしゃがんだ。茎には黒くなった花びらが付いている。

「インディアン・ペイントブラシだわ」ジェナは説明した。「鮮やかな赤い色の花から、プレイリーファイヤーの別名があります。今頃がちょうど花の咲き始める季節なんです」

ジェナは斜面の下の方に広がるペイントブラシの茂みを指差した。深紅のつぼみが今にも開こうとしている。

リサは黒くなった茎の下の部分をつまみ、根こそぎ土から引き抜いた。だが、プラスチック製の袋に入れるために採取した植物を折り曲げたところ、茎や葉がまるで砂でできた彫刻のごとくぱらぱらと崩れてしまった。

ジェナは袋の口を手で開き、細かく砕けた破片を受け止めた。作業を終えると、二人は立ち上がった。リサの視線は丘の上に向けられている。

「調べてみましょうよ」被害の程度をこの目で確認したいという思いから、ジェナは促した。

一歩ずつ慎重に足を踏み出しながら、二人は斜面を登り、丘の稜線《りょうせん》にたどり着いた。前方の視界が開けると、ジェナは思わず息をのんだ。見渡す限り真っ黒な丘が広がっていて、一帯は静寂に包まれている。

はるか彼方には、死の丘陵地帯を横切る金網のフェンスが見える。研究施設の敷地の境界線だ。

「有毒な雲がこれだけの死滅を引き起こしたんですか？」ジェナは訊ねた。「施設からの距離が近いから、その威力がより強かったということでしょうか？」

「可能性はある。でも、そうじゃないという気がするわ」

その声から恐怖を感じ取ったジェナは、リサが何に怯えているかを察した。

〈これは何かが施設の外に漏れたということなの？〉ジェナは周囲を見回した。〈それどころか、その何かはまだ生きているのかもしれない〉

リサは後ずさりしながら、ジェナにも戻るように促した。「これから爆心地に向かうわよ。何でもいいから証拠を探し、サンプルを入手して後方拠点に戻らないと。そうすれば、何らかの答えがわかるかもしれない」

黒い世界の入口まで戻ると、ドレイクと同僚の海兵隊員が境界線を示す木の杭《くい》を打ち込んでいた。その傍らには、土壌や植物のサンプルが入った箱を手に、ジョッシュが立っている。

一行はハンヴィーまで戻って荷台に上がり、危険区域の中心を目指してさらに移動を続けた。

周囲の破壊を目の当たりにして、ジェナは呆然《ぼうぜん》とするばかりだった。溝の中に倒れたコヨーテの死体には毛がほとんど残っておらず、周囲の草木と同じように、その体は黒く変色している。

ジェナは施設の方角に視線を向けた。

〈ドクター・ヘス、あなたはいったいどんな恐ろしいものを生み出したの？〉

太平洋夏時間午前六時四十三分
メキシコ　バハ・カリフォルニア州

ケンドール・ヘスは給油中の小型プロペラ機の傍らに立っていた。機体の外に出て、少し脚を伸ばすように言われたところだ。マテオという名前の巨漢の見張りが、ゴムで留めた百ドル紙幣の束を地元の男に手渡した。カウボーイハットの下に隠れた相手の男の目が、落ち着きなく周囲をうかがっている。

〈おそらく、麻薬の密売人だな〉ケンドールは当たりをつけた。飛行場には標識の類いが一切なく、給油施設も一つしかないから、その推測にまず間違いないだろう。

山間部での一連の出来事の後、ケンドールは南に向かう移動ルートを突き止めようと試みた。ネヴァダ砂漠でヘリコプターから降ろされた後、小さな飛行場で自家用機に乗り換えた。アリゾナ州で再びこのセスナに乗り換えることになり、国境を横断したのは日の出の直前のことだ。その後はバハ・カリフォルニア半島上空を南下している。現在地はサンフェリペの町よりも南のはずだ。

遠くに見えるコルテス海のまばゆいばかりの青海原が、周囲の砂漠の砂丘と鮮やかな対比を成している。砂漠の環境は厳しく、植物はサボテンがまばらに生えている程度だ。

ケンドールはとげのある丈の高い植物に見覚えがあった。ブリンチュウというサボテンで、その大きさからエレファント・カクタス（ゾウサボテン）の異名を持つ。ケンドールがこのサボテンに注目したのは、ここのような厳しい環境でも生息しているという点だ。高さは優に十メートルを超え、ほとんど岩しか存在しないような土壌で千年以上も生きながらえるものもある。その秘密は、変わった細菌と共生関係を築いていることにある。微生物が石を分解し、サボテンに窒素を提供しているのだ。両者の関係が良好である証拠に、ブリンチュウはその種子の内部にこの細菌を取り込んでいる。

ケンドールは極限環境生物の研究の一環としてその細菌の調査を行なっていた時期もあったが、期待したような成果は得られなかった。

〈自分も期待外れと思われたらまずい〉

「戻れ」マテオがぶっきらぼうな声で命令した。

命令に逆らうわけにもいかず、ケンドールは首をすくめながら翼の下をくぐり、機内に入った。マテオの巨体がぴたりと寄り添っている。操縦士はカリフォルニアからずっと同じ男だ。ケンドールが座席に着くとすぐ、セスナは滑走路を動き始め、離陸するとまたしても南に機首を向けた。

〈私をどこに連れていくつもりだ？〉

その答えはまだわからない。だが、最終目的地で誰が待ち構えているのかはわかっている。襲撃を画策した当の本人であり、おそらくこの十年間、遠くからケンドールの研究を操っていたと思われる人物。

かつて同僚だったその男は、十一年前に死亡が宣告されている。乗っていた飛行機がコンゴで墜落し、その一週間後に捜索隊が機体の残骸と、乗組員および乗客のものと思われる黒焦げの遺体を発見したのだ。今ならそれが嘘だったと、隠蔽《いんぺい》工作だったとわかる。けれども、あの事故の当時、ケンドールは男の死亡の知らせを受けて密かに安堵していた。男が追い求める闇の道筋を恐れていたからだ。

〈彼が今もなお、あの研究を進めているとしたら……〉

ケンドールは恐怖で体が震えた。自らの研究施設で生み出したあれを、カリフォルニアで解き放たれたあれを思い浮かべる。一段と大きな震えが走る。自分が拉致された理由は推測がつく。

〈神よ、我々を助けたまえ〉

太平洋夏時間午前六時四十六分
カリフォルニア州ハンボルト＝トワヤブ国立森林公園

ペインターはモニターに顔を近づけた。すぐ後ろには基地司令官のボズマン大佐が立っている。コンピューターの画面は五つに分割されていて、それぞれに調査隊の各隊員から送られてくる映像が表示されていた。ペインターの目に映っているのは、かつての研究施設の境界線だったフェンスに近づくハンヴィーから撮影されている無残な光景だ。

「施設の建物があったところまで、あまり近づかない方がいい」ペインターは無線を通して調査隊に警告した。「施設の大部分は地下に埋まっている。爆発の後、建物の構造がかなりもろくなっているかもしれない。車両の重量――あるいは、君たちの体重だけでも、崩壊するおそれがある。有毒物質が潜んでいるかもしれない地下深くの穴に、君たち全員が落ちてしまうようなことはあってほしくないからな」

「我々もそんなことは勘弁願いたいですね」ドレイクが答えた。

ボズマン大佐がペインターの肩越しに身を乗り出し、マイクに向かって話した。「いいからクロウ司令官の指示通りにしろ、ドレイク。余計な口は慎め。彼が指揮を執っているんだ」

「はい、わかりました」

大佐が体を元に戻すと、ペインターは指示を続けた。「施設の見取り図から判断して、少なくとも中心から二百メートルは離れるのが安全だ。それ以上近づくと、施設の建物の真上に位置してしまうことになる」

「そういうことなら問題なく進められそうです」ドレイクが答えた。

画面上の映像が動き、ハンヴィーは開いたゲートを通り抜けた。進入路を少し入ったところで、車が停止する。

「これが見えますか？」ドレイクが訊ねた。

しっかりと確認するために、ペインターは画面の一つをタップし、映像を拡大させた。リサの防護服に内蔵されたカメラからの映像だ。リサはハンヴィーの荷台に立っているため、映像から前方の道路の様子がよくわかる。

五十メートルほど先の丘の中腹に、爆発によるものと思われる大きな穴がぽっかりと口を開けていた。その周辺には濃い煙が立ちこめている。破壊はペインターが予想していたよりもはるかに広い範囲にまで及んでいる。どうやらドクター・ヘスは最大限の効果が出るように安全装置を設計したらしい。

「崩壊したのは施設だけではないように思います」無線からジェナの声がした。

ペインターの足もとで床に寝そべっていたニッコが反応した。飼い主の声に顔を上げ、音が聞こえた方に片方の耳を傾けている。

「どういう意味だ？」ペインターは訊ねた。

「軍は既存の鉱山跡を利用してこの研究施設を建設したという噂があります。ゴールドラッシュ時代の名残です。施設が爆発した際に、周囲の坑道の一部も崩落してしまったのではないでしょうか」

〈まずいな〉

ペインターはボズマン大佐の方を向いた。「かつての鉱山の地図あるいは調査資料のようなものはありますか?」

「確認してみよう」大佐は急いで部屋を出ながら、部下たちに大きな声で矢継ぎ早に指示を与えた。

ペインターは大きく深呼吸をしてから、再び話し始めた。「古い坑道の規模が判明するまで、そこから離れた方がいい」

「爆心地の調査はどうするの?」リサが訊ねた。

「見た限りでは、役に立つような何かを手に入れられるとは思えない。安全のために——」

映像が大きく揺れた。

叫び声があがる。

画面上のリサの手が、荷台に取り付けられているロールバーをつかんだ。車体の下の地面が崩れ、ハンヴィーの前半分が下に傾いている。爆発でできた大きな穴に向かって、車の下から何本もの亀裂が走る。

画面ではドレイクの手のひらが運転席の屋根を繰り返し叩いていた。「早くしろ、急げ!」

エンジン音が大きくなる。砂利に食い込むタイヤの音が聞こえる。

ニッコが素早く体を起こし、映像を通して聞こえるモーター音に合わせてうなり声をあげた。

ハンヴィーはゆっくりと後退を始め、前輪のタイヤが新たに発生した穴から抜け出した。運転手は不安定な地面の上で必死にハンドルを切りながら車を走らせている。ペインターが息をのんで見守る中、車はバックのままゲートを抜け、外の道路に出た。

ゲートの内側では古い坑道跡に向かって地面が陥没を続けているが、外の方向には広がってこない。

ドレイクが口を開いた。「司令官の言う通り、さっさとここから引き上げた方がよさそうだ」

誰一人として反論しなかった。

ペインターは椅子の背もたれに寄りかかり、ニッコの脇腹を軽く叩いた。「みんな無事だよ」

それは犬に対してだけでなく、早鐘《はやがね》を打つ自分の心臓に言い聞かせた言葉でもあった。

別の映像に画面を切り替える――ジョッシュのカメラからの映像だ。姉に手を貸してベンチシートに座らせる弟のカメラがとらえた映像を通して、ペインターはリサの顔色をうかがった。エアーマスクのせいではっきり確認できないが、ブロンドの髪が汗で頬に貼り付いている以外は、いつもと変わった様子は見られない。何よりも重要なのは――

〈リサは無事だ〉

ペインターがまず知りたかったのはそのことだ。

調査では施設に関して重要な情報を得られなかったかもしれないが、採取したサンプルが正しい方向に導いてくれるかもしれない。

ゲートの外でハンヴィーがUターンを始めた時、ジェナが声をあげた。「ちょっと待って！」

ドレイクが運転手に停まるよう指示した。

ペインターも思わず座り直した。

「思い出したことがあります。重要なことなのかどうかはわからないんですが、昨夜はその話を忘れていました」ジェナがゲートを指差した。「昨日、私がここに到着した時、ゲートは開いていました。今と同じように。その時はあまり気にも留めていなかったのですが、今になって考えるとおかしい気がします」

ペインターはジェナの考えの流れを読むことができた。〈敵はヘリコプターで施設から脱出した。おそらく、来る時もヘリコプターを使ったはずだ〉

「いったい誰がゲートを開けっ放しにしたのでしょうか？」ジェナが問いかけた。「施設に入る人間ではなく、施設から出ていく人間が開けたままにしていたのだとしたら？」

ペインターは頭の中に時間軸を思い描いた。「施設のシステムアナリストからの緊急の連絡では、封じ込めのための安全装置が作動したとは言っていたが、襲撃に関してはまったく触れていなかった」

「つまり、何者かが――内部の何者かが、それより前に施設内で破壊工作を行ない、すべての動きのきっかけを作ったわけです。どういう事態になるかわかっていたわけだから、その人物は騒ぎが起こる前に急いで逃げ出したんですよ」

ペインターはこのシナリオの可能性を考慮した。「そう考えると筋が通る部分もある。それによって引き起こされた混乱に紛れて襲撃部隊はヘリコプターを着陸させ、ヘスを拉致することができた」

ジェナは大きな穴を指差した。「しかも、あれほどまで破壊し尽くされたら、すべての遺体の身元確認には、数カ月とはいかないまでも数週間はかかります。ヘスが誘拐されたかもしれないと判明するのはその後のことです」

「そう考えると、連中が君の口を封じようと躍起になっていた理由も説明がつく。やつらは君がどこまで目撃していたのかわからなかった。誘拐の事実が明るみに出るような危険を冒すわけにはいかなかったんだ」

「でも、彼らは失敗しました」ジェナはその先の説明を引き継いだ。「それに私たちは、ほかにもここから逃げ出した人間がいるかもしれないことに気づきました。この丘陵地帯から出るための道は、必ずモノ湖かリーヴァイニングのどちらかを通ります。いずれの町にも、道路沿いには複数の定点カメラが設置されています。逃げた人間の足跡をたどることができたら……」

〈ここで何が起きたのかを知ることができるかもしれない……その理由も〉

すでにペインターはワシントンDCで発生した事件に関して、詳しい報告を受けていた。DARPAの本部が襲撃を受け、ドクター・ルシウス・ラフェが殺害されたという。この施設につながるすべての糸を断ち切ろうとしている何者かが存在することは間違いない。

しかし、今度はこちらが先手を打てるかもしれない。

ペインターはニッコの耳の後ろをかいてやった。

〈君の飼い主はなかなか賢いみたいだな〉

ペインターはマイクに口を近づけた。「みんな、よくやってくれた。全員無事にここまで戻ってきてくれ」

午前六時五十五分
シエラネヴァダ山脈

ハンヴィーが丘の斜面を下る間、リサは晴れない気分のまま無言で座っていた。後方拠点に帰還してからの手順を頭の中で振り返る。

疾病対策センター（CDC）から派遣されたチームと協力して、海兵隊の一団が車両の検疫用の仮設ガレージをすでに構築済みだ。その内部で車から降りた後、リサたちは防護服を脱ぎ、何段階もの除染を経なければならない。そのうえで、感染や汚染の兆候がないと確認されるまで、十二時間にわたって隔離されることになる。

リサは黒く変色したなだらかな丘陵地帯を見つめながら、脅威の深刻さを改めて痛感した。死の世界は少なくとも百二十平方キロメートル以上の面積に及んでいる。

この広がりは何を意味するのだろうか？　爆発によってあの施設内で合成された何かが空中にばらまかれ、広範囲に飛び散ったのだろうか？　そうだとしたら、ドクター・ヘス特製の安全装置によって、無事に中和されたのだろうか？

その答えを突き止めるのは海兵隊の基地に戻ってからだ。現在、基地の格納庫内にバイオセーフティーレベル4（BSL-4）の研究室が設置されている。リサは基地に戻り、すぐにでもサンプルの調査に取りかかりたいと思っていた。

ようやく前方に、朝のやわらかな陽光を浴びた緑色の景色が見えてきた。白黒映画の旅が終わり、カラーフィルムで撮影された映像が飛び込んできたかのような光景だ。リサはその美しさに、大自然の力強さに、希望を見出した。

それもつかの間、山腹に転がるいくつもの死体が視界に入ってくる――鳥やシカのほか、トカゲやヘビの死体もある。リサは両肩に重苦しい絶望感がのしかかるのを感じた。あるいは、その重さはこの厄介な酸素タンクのせいかもしれない。リサは肩のハーネスを動かしてタンクの位置を調節した。

「あそこを見て」ジェナが黒く変色した区域の端を指差した。

そう言われて、リサも気づいた。「車を停めて」ドレイクに指示する。

ハンヴィーはブレーキをかけて停まった。

道路脇にあるのは死の世界の境界線を示す木製の杭で、行きに海兵隊員たちが打ち込んだものだ。だが、黒い影はその境界線を越え、緑の斜面を侵食している。

「まだ拡散を続けているのよ」ジェナが聞かれるのを恐れるかのような声で伝えた。

ドレイクが舌打ちをした。

リサは喉の渇きと恐怖をのみ込んだ。「杭をどのくらい越えているか、測定しないと」運転席をのぞき込み、ダッシュボードの時計を確認する。「だいたいの拡散速度を計算できるわ」

「任せてください」ドレイクが反応した。

一等軍曹は荷台後部の用具入れから巻き尺を取り出し、道路に飛び降りた。

ジョッシュも後に続く。「手伝うよ」

リサも二人の後を追おうとしたが、それより先に無線からペインターの声が聞こえてきた。「リサ、ちょっと聞いてくれ。これは個人用チャンネルで話している」

リサは動きを止め、荷台の端を手でつかんだ。ほかの人たちには作業を進めるように手で合図する。「どうかしたの？」

「もしその何かがまだ生きているとしたら、つまりガスに含まれる毒素で殺されていないとしたら、一帯を焼き払わなければならないかもしれない」

「でも、火で殺すことができるの？」

「そうじゃないかと思う」

「どうして？」

「襲撃部隊は火炎放射器を持参していた。通常なら、そんな装備を選ぶことはない」

リサは理解した。「でも、そのような武器の必要性を予期していたならば話は別だわ」

「そういうことだ。襲撃部隊は何らかの封じ込めが破られた施設内に侵入する任務を帯びていた。彼らを派遣した人物は、ヘスのもとにたどり着く安全な道筋を確保するための手段を用意していたのではないだろうか？」

「それならいいんだけど」リサはあちこちに散らばる動物たちの死骸を見た。「神経ガスの第二の目的というのは——毒素がその何かを殺せなかった場合に、動くものすべてを、すなわちその何かをほかの地域に拡散する可能性のある生物すべてを殺すことだったのかもしれないわ」

「感染を局所的なものにとどめておくためだな」

リサはうなずいた。基地の研究室に戻り、今の説を検証したいという思いがますます強くなる。

大きな叫び声を耳にして、リサは荷台の先に注意を向けた。ジョッシュが地面に片膝を突いていて、ドレイクが助け起こそうとしている。

「このあたりには石が多く埋まっているから、気をつけないと」

ジョッシュはドレイクの手を振りほどき、後ずさりした。自分の左脚を見下ろしている。

「何かが刺さった。とげだと思う」

「見せてみろ」

ドレイクが調べようとする——だが、リサは大声で制止した。「離れて!」荷台から飛び降り、二人のもとに急ぐ。「ジョッシュ、動いてはだめ」

駆け寄ったリサは、弟の顔面が蒼白《そうはく》になっていることに気づいた。

リサは地面にしゃがみ、弟の防護服の裂け目を調べた。枝の破片が防護服を突き破り、とげが脚に食い込んでいる。

茎と葉はどちらも真っ黒だ。

「ガムテープを持ってこい!」ドレイクはもう一人の海兵隊員に指示してから、リサの方を向いた。「防護服をふさぎましょう。大きく破れたわけではありませんから」

しかし、リサは手袋をはめた手で防護服の破れ目をさらに大きく引き裂いた。ジョッシュの脛を見る。黒いとげが刺さった周囲の皮膚は、すでに紫色に変色している。

「すごく痛むんだ」ジョッシュが顔をしかめた。

リサはドレイクの顔を見た。「ロープが必要だわ。ベルトでもいい。止血帯の代わりになるものを」

ドレイクがハンヴィーへと走った。

「大丈夫だからね」弟に声をかけたものの、自分の耳にも気持ちのこもっていないうわべだけの言葉に聞こえる。リサはジョッシュを支えながら立ち上がった。弟の手が、リサの手をきつく握っている。

マスクの向こうのジョッシュは呼吸が荒く、痛みで顔をしかめている。弟は十歳も幼くなったかのように見える。恐怖のせいで、姉に助けを求める一人の少年に戻ってしまっている。

ドレイクが運転手以外の全員を引き連れて戻ってきた。両手にはザイルが握られている。

リサはドレイクを手伝いながらジョッシュの太腿にザイルを巻き付けた。

「できるだけきつく締めて」

ジェナが両腕を組んで不安そうに見つめている。脅威を正しく把握しているようだ。「止血帯で広がるのを食い止められると思いますか？」

リサは答えなかった。嘘はつきたくない。

固定されたザイルが太腿の筋肉に深く食い込んだ状態で、ジョッシュは海兵隊員によってハンヴィーまで運ばれた。ジョッシュの体が荷台に載せられると、リサは用具入れから必要なものを取り出した。

無線からペインターの声がする。「リサ……」

「やらなければならないのよ」リサは小声で返事をした。

「せめてここに戻るまで待った方がいい」

「時間を無駄にすることはできないわ」

リサが手にしているものを見て、ドレイクが息をのんだ。リサは消防用の斧《おの》を手渡した。

「膝よ」リサは指示した。「膝のところで切断して」

9

四月二十八日　東部夏時間午前十時十七分
ワシントンDC

「この男だ」グレイは断言した。

シグマの中枢に当たる通信室で、身を乗り出してコンピューターの画面を眺めているところだ。ほかに室内にいるのはキャットだけだが、窓の向こうに見える隣の部屋にはジェイソンがいて、DARPAのサーバーから回収したファイルの解析に取り組んでいる。

〈あのフラッシュドライブのおかげだ〉

グレイはモニターに注意を戻し、画面上に表示された男の顔写真を凝視した。彫りの深い高貴な顔立ち、高い鼻、短く刈り込んだブロンドの髪。目の前にあるのと同じ顔が、DARPA本部の廊下の先からにらみつけていたことを思い出す。

「確かなのね？」キャットが念を押した。

「間違いない。こいつは何者だ？」

アーリントンからシグマの司令部に戻った数時間前、グレイはキャットから質問攻めに遭った。その後、キャットの指示で似顔絵画家に男の容貌《ようぼう》を説明している間に、ＤＡＲＰＡに派遣されたチームが七階の廊下から死体を回収した。身元を特定できるような所持品は見つからなかったが、採取した指紋から、キャットは男たちの正体をすぐに突き止めた。彼らは全員がイギリスの特殊部隊の元兵士で、以前の所属は第二十二ＳＡＳ連隊――特殊空挺部隊だった。おそらく金で雇われた傭兵《ようへい》だろう。このような精鋭たちには高額の報酬が支払われる。

キャットが画面を指差した。「彼らのリーダーだというこの男は、ディラン・ライト少佐」

「当ててみよう。こいつもＳＡＳだな」

「惜しいわね。彼もイギリスの元特殊部隊だけど、所属はＳＢＳ」

〈特殊舟艇《しゅうてい》部隊〉

グレイはこのイギリス軍の組織に関する知識を持っていた。ＳＢＳは第二次世界大戦中、主に地中海、エーゲ海、アドリア海のドイツ軍の拠点を攻撃するために創設された。現在では対テロ活動を担う部隊として世界各地に展開している。

「推測にすぎないけれど」キャットは説明を続けた。「このグループはイギリス軍のＸ中隊の元隊員で構成されているように思うわ。二〇〇四年に結成された特殊部隊のことで、隊員たちはSASとSBSからの志願者」

〈つまり、DARPAを襲撃したやつらが所属していた組織〉

「X中隊は精鋭の中の精鋭と見なされている」キャットは締めくくった。

「それなら、誰がこの元兵士たちを雇ったんだ？」グレイは訊ねた。

「わからない。でも、各国の情報機関のほか、世界各地の闇の軍事組織の関係者に対して、探りを入れているところ。数時間のうちに何らかの答えが得られると思うわ」そう言うと、キャットは気遣うような眼差しを向けた。「もうしばらく時間がかかるから、もし家の方の用件があるなら、今のうちにすませておいたら？」

グレイはため息をついた。すでに仮眠を取り、父の家にも顔を出してきたところだ。日中の世話を頼んでいる看護師が来てくれていたので、夜間の父の安全のためにドアアラームなどの機器を設置することについて相談した。けれども、看護師もそれらが当座しのぎの対策でしかないことを認め、グレイとケニーには次の段階について考える必要があると告げた。それはつまり、父が自宅で暮らせなくなることを意味する。認知症ケアの設備付きの施設である必要はないが、少なくとも介護付きの施設が望ましいという意見だった。

「いや、ジムに行くとするかな」グレイは答えた。頭の中のもやもやを振り払う必要がある。「一汗かいてくるよ」

キャットはしばらくグレイの顔を見つめた後、ゆっくりとうなずいた。「たぶん、モンクもいると思うわ」

　拳で軽くガラスを叩く音に、グレイとキャットは振り返った。ジェイソンがキャットに来てほしいと合図をしている。興味をひかれたグレイも、キャットに続いて隣のオフィスに入った。

　キャットはジェイソンとともに机の後ろに回り込んだ。「例のファイルに関して何か進展があったの？」

「ええ、少しは。でも、あの施設に関する情報が収められたフォルダーを、これ以外にも回収できていたらよかったんですけど。鍵穴からのぞきながら部屋の全貌を突き止めようとしているみたいな感じですよ。ほかのファイルのバックアップも取る時間さえあったら……」

　キャットがジェイソンの肩に手を置いた。「情報関連の仕事で最初に受け入れなければならないのは、決して全貌を手にすることはできないということ。手元にある事実を使い、あとはそこからいかに推理していくかが肝心なの」

　ジェイソンは顔をしかめた。完全には納得していないのは明らかだ。両目の下にくまができ、机の上にロックスターのエナジードリンクが置いてあることから推測するに、この若者はたぶん一睡もしていないのだろう。

「英国南極観測局には連絡を入れてあります」ジェイソンは話題を変えた。「ドクター・ヘスと定期的にやり取りしていた生物学的古生物学者のハリントン教授と連絡を取りたいと思って。彼なら僕たちの調査の空白部分を埋めることができるかもしれません」

「そうだといいんだけど」キャットは言った。「ところで、なぜ私たちをここに呼んだの？何か発見したの？」

「かもしれません。でも、まずあなたの意見をうかがいたいと思って。このファイルを何時間もぶっ通しで見続けているので、慣れてきてしまったというか。新しい目で見てもらいたいんです」

「かまわないわよ。私にも何度となく同じ経験があるわ。気にしないで、私たちに意見をぶつけてみて」

　この若者に対するキャットの優しい接し方に、グレイは軽い驚きを覚えた。いつもの射抜くような眼差しと冗談の一つも言わせないような態度とは正反対だ。初めてキャットと出会った頃、グレイは普段よりも背筋を伸ばし、面と向かって張り合わなければいけないように感じていた。キャットは相手に対してそんな印象を与える女性だった。二人の女の子の母親になって変わったのかもしれないが、別の一面を垣間見たような気がする。包み込むような温かさとはほど遠いものの、よき指導者なのは間違いない。

　椅子に座ったまま胸を張ったジェイソンの態度からは、さっきと比べて自信がうかがえる。「わかりました。でも、少し話が長くなるので辛抱してください。イギリスの軍や研究者の様々なチームが南極で進めていたことを、長時間にわたって調べていたので」

キャットがグレイを一瞥した。その視線が言わんとしていることは明らかだ。ここにもイギリス軍が出てきた。DARPAの本部を襲撃したのも元イギリス軍の兵士だった。〈単なる偶然の一致だろうか?〉

「続けて」キャットはジェイソンを促した。

「昔の話をする前に、比較的最近の出来事から説明させてください。一九六一年に国際南極条約が発効したことで、南極大陸における領有権主張が基本的には禁止され、平和的な利用のみが認められることになりました。その後、南極大陸の各地に数多くの基地が設置されました。純粋な調査を目的とした基地もありますが、その大部分は条約でうたわれているにもかかわらず、軍事基地と研究基地を兼ねた施設だったのです」

〈カリフォルニアの例の施設と似ているな〉グレイは思った。

「けれども、条約が締結される以前は、各国による南極大陸の縄張り争いが盛んに行なわれていました。誰もがあの氷の大陸の分け前を要求したわけです。第二次世界大戦中は、ナチのUボートが南極海で暗躍していたこともあって、その争いが頂点に達しました。でも、ドイツは領有権の主張に関しては戦前から非常に積極的でした。一九三八年にはドイツ南極調査団を設立して南極大陸を探検し、基地を建設しています」

ジェイソンはキーボードを叩き、ドイツの調査団の紋章を画面に呼び出した。

「この調査の表向きの理由は、捕鯨拠点を設置する場所を探すためと発表されましたが、実際にはドイツ海軍の基地に適した土地を物色していたのだろうと多くの人が考えていました。奇妙なのは、ハンブルクを出発する前、調査団は有名なアメリカ人の極地探検家リチャード・E・バードを招聘《しょうへい》して、講演を依頼しています。これが実は重要なことなのです」

「なぜだい?」グレイは訊ねた。

「結局、ナチは南極大陸のドローニング・モード・ランドの一部の領有権を主張します。ここは当時ノルウェー領とされていたところです。ドイツはその新たな領土を『ノイシュ

ヴァーベンラント』と命名しました。こうした動きがきっかけとなってアメリカも調査団を派遣することになりますが、その団長をリチャード・バードが務めたんです。このアメリカの調査団に関しては、さらに多くの謎が存在しています。バードは巨大なスノークルーザーの建造を依頼しました。全長十七メートルにも及ぶこの巨大な乗り物は、南極の山を登ることも、広いクレバスを渡ることもできました。車の上には探検用の小型飛行機も搭載可能だったようです。これは南極で撮影されたその写真です」

ジェイソンがアイコンをクリックすると、車両の画像が画面に表示された。

「まさしく怪物だな」グレイは認めた。

「探検隊の丸一年分の装備や物資を積み込めるように設計されていて、どんな場所でも自走可能で、動く基地といった機能を有していました」

「その目的は？」

「話が面白くなるのはそこからです。この怪物の建造および輸送に関してはかなりの話題を集めたのに、南極大陸に送られて以降は、情報がぱったりと途絶えてしまったんです。この調査に関するバードの指示内容が秘密にされただけでなく、その指示の存在そのものまでもが機密扱いになりました。何年もたった後、バードはスノークルーザーがファントム・コースト、すなわち『幻の海岸』を意味する未知の海岸線を千五百キロ近く走行したことを認めました。彼の話によると、五十九人の隊員が南極大陸に残り、調査を続行したということです」

「彼らは何を探していたの？」キャットが訊ねた。

ジェイソンは肩をすくめた。「数多くの説が存在します。ごく普通のものから、かなり突飛なものまで。でも、ハリントン教授は膨大な記録を残していて、その当時の歴史的な文書も収集しています。教授はドイツ人が氷の下に埋もれていた信じられないような何かを発見したのだと考えているようです」

「何だろうな」グレイは鼻で笑った。「ＵＦＯじゃないのか？」

「違います。でも、今のはそんなに遠くない答えですよ。古い記録の中には、ドイツ人による広大な地下の洞窟群の発見を示すものが含まれていたんです。そこには温かな湖、大きなクレバス、無数のトンネルがあったそうです」

そんな馬鹿なという思いが、グレイの表情に現れていたに違いない。

ジェイソンが視線を向けると、キャットは自由に話す許可を与えるかのようにうなずいた。「同じようなものが過去にも発見されているんですよ」ジェイソンは口ごもりながら説明した。まるで個人的な経験から話をしているような口ぶりだ。

グレイは詳しい事情を知りたいと思ったが、キャットは話を先に進めるようジェイソンに合図した。

ジェイソンは咳払いをした。「近年の地質調査から、ドイツ人の発見に関する記録はいんちきだと言い切れなくなってきました。ここ数年間で実施された調査の結果、氷の下には予想外の地形が存在していると判明したんです。古代から続く湖やとうとうと流れる大河は生き物であふれている可能性がありますし、グランド・キャニオンも真っ青な規模の峡谷もあります。氷に埋もれた火山も発見されていて、中には火口から流れ出た溶岩が表面から何キロも下の氷を融かしている例もあったんです」

グレイはそんな奇妙な光景を頭に思い描こうとした。

「いずれにしても」ジェイソンの説明は続いている。「ナチの基地が南極に存在しているのではないかとの話は、全米の注目を集めるようになりました。これは一九四五年に『ニューヨーク・タイムズ』紙に掲載された記事です」

グレイはジェイソンの肩越しに記事の見出しをのぞき込んだ。「南極の秘密基地、発見か?」

キャットはいくらかいらだった様子でため息をついた。「なるほどね。でも、この話のどこがドクター・ヘスや英国南極観測局と関係があるの？」

「全部ですよ。ハリントン教授はこうした過去の調査には信憑性があると考えています。おわかりかと思いますが、イギリス人はかなり積極的に南極探検に取り組んできました。南極大陸に初めて基地を開設したのはイギリスですし、主要な地形の大部分を命名していますも。第二次世界大戦後の十年間には南極大陸各地で十回以上の調査を実施していますが、そのほとんどにおいてフォークランド諸島属領観測局が中心的な役割を担っていました」ジェイソンは二人の顔を見上げた。「その組織が一九六二年に改称して、英国南極観測局になったんです」

「つまり、同じ組織が何十年間にもわたって南極大陸で任務を遂行してきたというわけね」キャットが考え込むような表情を浮かべながらつぶやいた。今の新たな情報を消化しているのだろう。「でも、彼らはなぜそんなにも多くの調査を実施したの？　しかも、第二次世界大戦後になって」

「頭に入れておいていただきたいのは、第二次世界大戦末期に、ナチの大物たちの多くがイギリスの手に落ちたという点です。ルドルフ・ヘスやハインリッヒ・ヒムラーなどもそうですが、中でも最大の重要人物がカール・デーニッツ海軍総師でした。イギリス人はこうした指導者やその取り巻きに対して、我々アメリカ軍やソヴィエト軍よりもはるかに早く接触し、自由に尋問することができました」

　グレイはこれまでの話の流れにおける今の情報の意味を理解した。「海軍の指揮官だったデーニッツは、南極大陸周辺でのUボートの活動に関して詳しく知っていたはずだ」

「ええ。そのほか、ノイシュヴァーベンラント基地の場所や、ドイツ人がその大陸で何を発見したのかに関しても。どうやら、にわかには信じられない発見だったようですね。ニュルンベルク裁判でデーニッツ海軍総帥が南極大陸でのナチの発見を自慢げに語った言葉があります。それによれば、彼らは『永遠の氷の中に、難攻不落の砦《とりで》と楽園のようなオアシス』を発見したそうです」

　ジェイソンは二人にその意味が伝わるのを待つために一呼吸置いてから、話を進めた。

「それ以上に不可解なのは、ナチの指揮系統で最上位の一人だったこの海軍総帥が、ベルリンのシュパンダウ刑務所にわずか十年間しか服役していないことです。死刑判決を受けた戦犯が多くいたにもかかわらず、ナチの海軍の総指揮官は軽いお仕置き程度の罪ですみました。なぜだと思いますか？」

「当ててみよう」グレイは応じた。「彼は何らかの取引をした。情報と引き換えに、軽い刑を手に入れたんだ」

　ジェイソンはうなずいた。「ハリントン教授もドクター・ヘスとのやり取りの中で、そのように主張しています」

「そしてこのイギリスの組織は、失われた洞窟群とやらを何十年間にもわたって探していたというわけ？」キャットが訊ねた。「その何がそれほどまでに重要なの？」

ジェイソンはすっと息を吸い込んだ。「歴史ファイルに含まれているのは今まで話したことだけなのですが、ハリントン教授の個人的なメモは、何らかの秘密の文書――おそらくは地図の存在を示唆しています。かつてダーウィンが所持していたものらしいのです」

グレイは驚きが顔に出るのを抑えることができなかった。「チャールズ・ダーウィンのことだな」

「その通りです」

グレイはコンピューターの画面の最上部に表示されたファイル名を指差した。

D・A・R・W・I・N

「俺たちがＤＡＲＰＡのサーバーからコピーしたフォルダーの名前の意味は、そこにあったのか？」

「かもしれません。でも、ハリントン教授とドクター・ヘスがともに抱いていたある考え方の頭字語でもあるようです。二人がやり取りしたメールの中で、何度か話題にのぼっています。Develop and Revolutionize Without Injuring Nature、すなわち『自然を傷つけない発展と大変革』という意味です。二人の研究者は協力して、地球規模で現在進行中の大絶滅を食い止めるための道筋を探し求めていたんです」

〈六度目の大絶滅〉

グレイはヘスの研究を説明したドクター・ラフェの言葉を思い出した。ヘスは遺伝子操作の力でこの大絶滅を回避するための道筋を発見しようとしていたという。

「でも、この過去の歴史が、現在のヘスの合成生物学プロジェクトとどのようにつながっているわけ?」キャットが訊ねた。

「わかりません。でも、一九九九年に大きな動きがあったのは間違いないと思います」

「その年に何があったの?」

「一九九九年十月の発見について、二人とも繰り返し言及しています。それぞれの研究にとって、飛躍的な進展をもたらしてくれる発見だと。ハリントン教授はもっといわくありげな表現を使っています。『地獄の門を開く鍵』だそうです」

それを聞き、グレイは嫌な予感がした。

「二人とも、そのことに関して記す時はかなり慎重に言葉を選んでいます。でも、その鍵の正体については明かしています」ジェイソンは二人の方に向き直った。「だからお二人にここへ来てもらったんです。カリフォルニアで起きていることと関連して、重要かもしれないと思ったもので」

「具体的には？」グレイは促した。

「このことは別の情報源からも確認が取れました。事実であることに間違いはありません。一九九九年にある研究者のグループが、南極大陸でウイルスを発見しました――あらゆる動物や人間が免疫を持っていないウイルスです。さらに奇妙なのは、このウイルスが発見されたのは隔絶された氷原で、ほかの生物がまったく存在しない場所だったことです。当時の科学者たちの中には、このウイルスは氷が融けたことでよみがえった太古の生命体の一種ではないかと推測した人もいます……あるいは、過去の生物兵器計画の名残ではないかとの説を唱える人も。ともかく、ハリントン教授もドクター・ヘスも、この発見には大いに興味をひかれました」

グレイはジェイソンがなぜこの話に引っかかったのかを理解できた。カリフォルニアで起きていることを考えると、これは重要な意味があるかもしれない。

だが、グレイたちが議論を進めるよりも先に、机の上の電話が鳴った。キャットが電話に出る。グレイはカリフォルニアからの何らかの知らせであることを期待した。腕時計に目を落とすと、そろそろ調査チームが危険区域からの帰途に就いている頃だ。何らかの答えを手に戻ってくれていればいいのだが。

キャットがグレイの方を見た。「ハリントン教授からの電話だわ」

グレイは思わず姿勢を正した。〈こっちの答えの方がいいかもしれない〉

キャットが通話をスピーカーにつないだ。

「もしもし、もしもし」接続状態があまりよくなく、途切れ途切れにしか聞こえない。「こちらはアレックス・ハリントンだ。聞こえるかね?」

「聞こえます、教授。こちらは――」

「言われなくてもわかっておる」教授はキャットの言葉を遮った。「君はシグマの人間だな」

キャットがジェイソンを一瞥した。

ジェイソンは声を出さずに口だけを動かし、「そんな話は一言もしていません」と応じた。

「ショーン・マクナイトとは親しい友人だった」ハリントンは説明した。

グレイとキャットは驚いて顔を見合わせた。ショーン・マクナイトはシグマの創設者だ。十年以上前、ペインターをシグマにスカウトした人物でもあり、任務中にこの司令部内で命を落としている。

「ハリントン教授」キャットが口を開いた。「あなたとずっと連絡を取ろうとしていました。カリフォルニアのドクター・ヘスの研究施設での事故に関して、すでに聞き及んでいらっしゃるかもしれませんが」

しばらく答えが返ってこなかったため、グレイは電話が切れてしまったのではないかと案じた。

再びハリントンの声が聞こえてきた。焦燥と怒りがないまぜになった調子だ。「あの馬鹿者が。だから警告したのに」

「あなたの助けが必要なのです」キャットが訴えた。「ドクター・ヘスがどんな研究を進めていたのか、理解するために」

「電話では教えられない。答えが欲しいのなら、私のところまで出向いてもらいたい」

「どこにいらっしゃるのですか？」

「南極大陸の……ドローニング・モード・ランドだ」

「もう少し具体的に教えていただけませんか？」

「だめだ。ブラント棚氷《たなごおり》にあるハリー研究基地に来たまえ。そこに迎えの人間を派遣する――私が信頼している人間だ。その者たちと一緒に、私のところまで来るといい」

「教授」キャットは食い下がった。「事態は一刻を争うのです」

「それならば、急いだ方がいいぞ。だが、一つ教えてもらいたい。ドクター・ヘスは死んだのかね、それとも行方不明なのかね？」

キャットは唇をきっと結んだ。どこまで情報を明かすべきか、逡巡しているのだろう。しかし、どうやら真実を伝えることに決めたようだ。「誘拐された可能性が高いと見ています」

再び長い沈黙が支配した。続いて聞こえてきた教授の声には、怒りに代わって恐怖がにじんでいた。「だったら、今すぐにでもここに来てくれ」

カチッという音とともに、電話が切れた。

背後から新たな声が呼びかけた。「どうやら旅行に出ることになるみたいだな」

グレイが振り返ると、入口にモンクが立っていた。スウェットパンツにびしょ濡れのTシャツ姿で、小脇にバスケットボールを抱えている。

「バスケで一勝負しようと誘いにきたんだが、しばらくはお預けということになりそうだ」

「そういうこと」キャットが返した。「誰かが南極まで行って、ハリントン教授から聞き取り調査をしてもらう必要があるわ」

グレイはモンクにうなずいた。「俺たちでやろう。二人いれば十分なはずだ」

「たぶん、そうだろうな」モンクは言った。「だが、旅の道連れは俺じゃないぜ。今回は違う。おまえが必要としているのは、南極大陸について詳しい人間だ」

「誰のことだ？」

モンクが指差した。「そいつはどうだい？」

グレイはジェイソンを見た。〈この坊やが？〉

ジェイソンも呆気に取られたような表情を浮かべた。

「モンクの言う通りね」キャットが反応した。「ジェイソンはすべてのファイルに目を通したし、南極大陸で過ごした経験もある。現地で貴重な情報源になってくれるはずよ」

グレイは反論したりしなかった。任務に関するキャットの判断には、ペインターによる判断と同じく、全幅の信頼を置いている。「わかった。それで、出発はいつだ?」

「今すぐよ。協力しようという教授の気が変わらないうちに。今の話の様子からすると、ハリントン教授は明らかに被害妄想に取りつかれていて、何かを……あるいは何者かを、恐れているみたいだし」

グレイも同意見だった。

〈しかし、教授が恐れているのは誰なんだ?〉

10

四月二十八日　アマゾン時間午後九時三十三分
ブラジル　ロライマ州

昔から夜のジャングルが好きだった。日が落ち、偽りの安全が終わりを告げると、訪れるのは暗闇と、素早く動く影と、夜行性の生き物の音だけが支配する世界。太陽が沈むと、明るい森は原始の暗い密林に変貌する。そこに人間の居場所はない。

バルコニーに立って敷地内の大きな池とその先に広がる熱帯雨林を見下ろすうちに、カッター・エルウェスの頭の中にはラドヤード・キプリングの『ジャングル・ブック』の詩の一節が浮かんだ。幼い息子に何度もその本を読み聞かせたことがある。感傷を排し、自然の美しさを尊ぶキプリングには共感を覚える。

トビのチールが夜とともに巣に戻る
代わって飛び立つのはコウモリのマングだ

家畜の群れが小屋の中に閉じ込められる
夜明けまで、僕らは自由の身だ
今こそ迎えん、誇りと力の時を
爪よ、牙よ、鉤爪《かぎづめ》よ
その声を聞け――よき獲物があらんことを
ジャングルの掟《おきて》を守るすべての者よ

カッターは目を閉じ、ハエの羽音に、アシナガコウモリが忍び寄る音に、クモザルが警告を発する鳴き声に、耳を傾けた。見上げるような高さのカポックの葉を揺らす風の音を、オウムの群れの翼が立てるかすかな音を聞く。舌の奥では、ローム層と朽ちた葉の濃厚なにおいに、ヤコウボクの甘い香りが重なり合う。

背後の開いた扉から聞こえる声が、夢想を遮る。「ヴィアン・イッシ、モン・マリ」

カッターの顔に笑みが浮かぶ。アシュウが自分のために、一生懸命フランス語を話そうとしている。カッターは体を反転させ、手すりにもたれかかり、アシュウの裸体を見つめた。黒い肌、豊かな乳房、腰のくびれにまで垂れた漆黒の長い髪。アシュウはマクシ族の女性で、その名前は「小さい」を意味するが、素晴らしいものを形容する際にも用いられる。

カッターはアシュウに歩み寄り、彼女の下腹部のかすかなふくらみに手のひらを当てた。妊娠の第二期に入ったところだ。

〈まさしく、素晴らしい〉

アシュウの指がカッターの肩から背中をさする。指先が傷跡をたどる。その行為がカッターの気持ちを高ぶらせると知っているからだ。カッターはその傷跡に誇りを持っている。アフリカでライオンの爪に肉を切り裂かれた跡は、永遠に消えない。今でも夜になると、血と肉と飢えに満ちたあのくさい息遣いがにおってくるかのようだ。

アシュウが手を引き、カッターを寝室にいざなう。

カッターはジャングルに背を向けた。カッターの創造物は、あの暗い木々の下でキプリングのジャングルの掟を学んでいる最中だ。もう間もなく、何をもってしても目標の実現を妨げることはできなくなる。この惑星で、新たな創世記が産声《うぶごえ》をあげる。それを導くのは神の意志ではない。人間の手だ。

カッターはアシュウの指を握り締めた。

〈自らのこの手が、その始まりを告げる〉

妻とともに室内へと向かうカッターに、暗いジャングルが呼びかけた。肩から背中にかけての古傷がうずく。未来永劫《えいごう》、ジャングルの掟を思い知らせてくれる。

カッターは別の詩の一節を思い浮かべた。母方の遠縁に当たるアルフレッド・テニスンの『イン・メモリアム』――適者生存の基本原理を、進化の荘厳さと無慈悲さをうたった詩。自然の真の姿を、次のように表現している。

……血に赤く染まった牙と爪

これ以上の正鵠《せいこく》を射た言葉はない。

〈今度はそれが私の掟になる〉

第二部　幻の海岸

11

四月二十九日　太平洋夏時間午前七時五分
カリフォルニア州リーヴァイニング

〈この山の中にゴーストタウンがもう一つ増えてしまったみたい〉

ジェナはニッコとともに軍用車両の後部座席に座っていた。ハスキーは隣ではあはあと息をしながら、家に戻ってきた喜びに浸っている。前の座席には付き添いが二人いる。助手席にいるのはドレイク一等軍曹、ハンドルを握っているのは今回もシュミット上等兵。一行はヘリコプターでリーヴァイニングの小さな飛行場に着陸した後、住民が退避した町中を抜けて公園管理局のオフィスに向かっているところだ。

いつもなら朝の早いこの時間も、湖畔の小さな町は近くのヨセミテから日帰りで訪れた観光客や、３９５号線沿いに連なるモーテルの宿泊客たちでにぎわっている。けれども今朝は、町の目抜き通りで動くものは何一つ見当たらない。強さを増しつつある風に吹かれた雑草の塊が、黄色いセンターライン上を転がっているだけだ。

東の地平線上には朝の太陽が輝いているものの、西側のシエラネヴァダ山脈上空には黒い雲が立ちこめていて、今にもこの盆地に流れ込んできそうに見える。天気予報によると、雨と強風の一日になりそうだという。ジェナは丘陵地帯の上に広がる荒廃した死の世界を思い返した。標高の高い地点に降った雨が山腹を下り、湖やその先にまで広がる様を想像する。

けれども、関係者全員が空模様を気にかけている原因はＶＸガスではない。最新の毒物解析結果によると、神経性のガスの威力は地面に触れるとともに急速に減少しているという。

ジェナの頭に浮かぶのは、あの黒一色の世界――それと、そこに潜伏している何か。

〈この町から全員が避難していてよかった〉

観光客のほか、二百人あまりのリーヴァイニングの住民全員の退避には、それほど時間を要さなかった。ジェナはナイスリー・レストランの黄色い看板を見つめた。朝食のメニューが大きく宣伝されているものの、今日は料理が提供されることはない。その少し先に目を向けると、モノ湖委員会のインフォメーションセンターと書店を兼ねた建物の前に星条旗がはためいているが、入口はぴったりと閉ざされている。

〈この町に住民が戻れる日は来るのだろうか？〉

ようやく車は３９５号線から離れ、ビジターセンター・ドライブに入った。この道はモノ湖に臨む公園管理局の建物に通じている。一行は駐車場には入らずに、入口の高いガラス扉の前に車を乗りつけた。ここは展示物を揃えた観光案内所、二つの画廊、小さな映画館も兼ねている。

車が停止すると、見慣れた人物が扉を開けた。手を上げて出迎えたのはビリー・ハワードだ。青のジーンズに、茶色いパークレンジャーのシャツと上着を着ている。六十代半ばにもかかわらず、鍛え上げた肉体から衰えはうかがえない。年齢を感じさせるのは、薄くなった髪の毛と目尻に際立つしわくらいだ。

ジェナはビリーの顔を見てうれしく思ったが、喜んだのは彼女だけではなかった。ニッコが車から飛び降り、ビルに向かって走り出す。ハスキーは飛び跳ねながら、ビルにハグをせがんでいる。しつけの悪い犬のように見えるが、ニッコがこんな風に振る舞うのはビルに対してだけだ。ビルもニッコをたしなめるどころか、むしろ歓迎しているように見える。ビル自身、三頭の犬を飼っている犬好きだから、無理もない。

ジェナも車を降りてビルに歩み寄り、負けじと温かいハグを交わした。「会えてうれしいわ、ビル」

「こっちもだよ。話に聞いたが、この二日間はなかなか大変だったみたいだな」

〈今年いちばんの控え目な表現ね〉

ドレイクが車から降り、二人のもとに近づいてきた。「ところで、クロウ司令官からの情報は伝わっていますか?」

ビルは背筋を伸ばし、仕事モードに入った。「ああ。道路沿いの定点カメラやライブカメラの映像をすべて入手した。ついてきてくれ」

一行は観光案内所を横切り、公園管理局のオフィス内に入った。小さなオフィスで、数台の机とコンピューターのほか、部屋の奥に大型のホワイトボードがあるだけだ。ジェナはホワイトボードに車のリストが記されていて、それぞれにナンバープレートの数字も添えられていることに気づいた。全部で三十二台分ある。

ペインター・クロウ司令官は十六時間をかけて、山間部の研究施設で働いていたスタッフのリストを完成させた。自家用車の場合は自動車登録番号、レンタカーの場合はその情報も入手してある。もどかしくなるほど長い時間がかかったのは、機密度の高い施設だったこと、および複数の政府機関が関与していたこともあるが、遅れの最大の要因はもっと単純なところにあった――昨日が日曜日だったからだ。

〈国家の安全が曜日の並びに左右されるなんて〉

ビル・ハワードが並んで設置された三台のコンピューターを指差した。「ここととモノシティの全カメラの映像をセットしてある。万が一、ターゲットがカメラに姿をとらえられることなくすり抜けた場合に備えて、タイオガ峠を経由してヨセミテ方面、および395号線を南下した地域のライブカメラの映像も収集しておいた」

「つまり、湖から南に向かった車はすべて押さえられるということ」ジェナはドレイクに説明した。

一等軍曹は納得した様子でうなずいた。「クロウ司令官はブリッジポートの保安局に対して、ここから北の道路の捜索を依頼している。あの施設内に工作員が潜り込んでいて、あそこから逃げ出したのだとすれば、カメラの映像の車とホワイトボードの車両情報とを照合してその人物を特定できるはずだ」

ジェナは開け放たれたままになっていた研究施設のゲートを思い浮かべた。映像にとらえられたすべての車をあのリストと照合するには、途方もない手間がかかるだろうが、やらなければならない。今のところ、これがいちばん有力な手がかりだ。ただし、工作員が逃げ出したのではないかという推理が正しければ、の話だが。

〈もしかすると、誰かがゲートの鍵を閉め忘れただけなのかも〉

答えを突き止める方法は一つしかない。

「作業に取りかかるわよ」ジェナは宣言した。

気の遠くなるような作業だが、不満を口にしてはいられない。もっとつらい目に遭っている人がいるのだから。

午前七時三十二分
ハンボルト＝トワヤブ国立森林公園

「彼の容体は？」ペインターは看護師に訊ねた。

ＭＷＴＣの医療スタッフの一人である若い女性海兵隊員は、隔離室のエアロックを出ながら外科用手袋を外した。夜勤を終え、一時間に及ぶ除染処置を受けた直後で、疲れ切った表情を浮かべている。

看護師はガラスの向こうにある仮設の回復室に目を向けた。ＢＳＬ－４の基準を満たした患者隔離室は、大きな格納庫の一角を占めている。この隔離施設はフォート・デトリックのアメリカ陸軍感染症医学研究所から空輸され、急遽《きゅうきょ》ここに設置された。

中に見えるのは、シングルベッドが一つと、患者が一人。

ベッドの上に横たわるジョッシュには、いくつもの医療機器と管やコードがつながっている。顔色はよくなく、呼吸も浅い。左脚は――正確には、かつて左脚だった部分の残りは吊ってある。切断面は薄い毛布に隠れていて見えない。

病室内にはほかに二人――医師と看護師がいる。二人の全身を包む防護服には、壁から伸びる酸素チューブが接続されていた。

「患者さんは懸命に頑張っていると思います」そう答えながら、看護師は手術帽を脱いだ。

ショートボブの鳶色の髪があらわになる。可愛らしい顔立ちをしているが、表情は曇ったままだ。「医師の話では、まだ手術が必要だろうということです」

一瞬、ペインターは目を閉じた。振り下ろされる斧が頭によみがえる。丘陵地帯を急いで下ったものの、後方拠点からここまでジョッシュを安全に移送する過程で、貴重な時間が失われてしまった。手術も同じような隔離体制のもとで行なう必要に迫られ、防護服をまとって厚手の手袋をはめた外科医たちは、不慣れな状況で切断面への処置を施さなければならなかったのだ。弟と同じ血液型のリサは、一リットルを輸血した――通常を大きく上回る輸血量だ。その間、リサの泣き声がやむことはなかった。

現場で判断を下さなければならなかったリサの気持ちを思うと、ペインターの胸は痛んだ。当初、リサは何とか踏ん張っていた。あの場でジョッシュが必要としていたのは、姉ではなく医者だということがわかっていたからだ。けれども、ここに帰還し、ジョッシュの手術準備が始まると、リサの緊張の糸が切れた。絶望と不安のあまり、半ば気を失った状態になってしまった。

ペインターは鎮静剤を飲んで眠るように促したが、リサは頑なに拒んだ。

彼女が正気を保っていられる理由は、前を向いていられる理由は、ただ一つ。

ペインターは格納庫の別の一角にある白い壁の施設群に目を向けた。ＣＤＣのチームが設置したＢＳＬ−４の研究室だ。リサは一晩中、ＣＤＣの関係者とともにあの研究室内にこもっていた。心配材料はジョッシュの脚が失われたことだけではない。

「感染の兆候は？」ペインターは重ねて看護師に訊ねた。

女性は肩をすくめながらかすかに首を左右に振った。「通常の血液検査を実施し、体温を見守りながら、免疫反応の高まる兆候がないか監視しています。また、体の表面に病変が現れていないかも、三十分ごとにチェックしています。今のところ、私たちにできるのはそれが精いっぱいです。何に気をつければいいのか、そもそも何に対処しているのかすら、わからない状態ですから」

看護師は格納庫の反対側にあるBSL-4の大きな施設の方に視線を向けた。

誰もが新たな情報を待っている。

二十分前、ペインターは死の世界の近くで待機しているチームからの連絡を受けた。報告によると、汚染の拡散速度は衰えておらず、数時間で数千平方メートル以上が失われたという。

〈いったい何が原因なんだ？〉

ペインターは看護師に礼を言うと、その疑問の答えが見つかる可能性の最も高い場所に向かった。

この二十四時間、ワシントンからは次々にスタッフが送り込まれていて、疫学者、ウイルス学者、細菌学者、遺伝学者、生体工学者など、あらゆる分野の専門家が集結しつつある。例の研究施設から半径四十キロ圏内は立ち入り禁止になっている。その周辺には取材のために訪れた報道関係者が集まり、テントを張っているとの話だ。

現場はかなり騒然としていることだろう。

山の彼方から雷鳴がとどろき、格納庫の鋼鉄製の屋根を震わせた。

大自然までもが、この状況をさらに悪化させようとしている。

ペインターは足早にBSL-4の研究室に向かった。

〈何か手がかりが欲しい……小さなことでもいいから〉

午前七時五十六分
カリフォルニア州リーヴァイニング

「これを見て」ジェナはコンピューターの画面を見つめたまま声をあげた。

ドレイクがキャスター付きの椅子に座ったまま、自分のコンピューターの前から近づいてきた。その動きに合わせて、男らしい体臭が漂ってくる。ビルも腰を伸ばして凝りをほぐしながら、二人のもとに歩み寄る。ジェナがオフィスに用意しておいた古いナイラボーンに夢中になり、仕事の邪魔をしなかったニッコも、声に反応して顔を持ち上げた。

画面上には白のトヨタ・カムリの静止画像が表示されている。町の南の395号線沿いに設置された天気カメラが撮影した映像だ。あいにく、解像度は高くない。

ジェナはオフィスの奥のホワイトボードを指差した。要注意リストの車には、白のカムリが一台、含まれている。「ナンバープレートまでは確認できないけど、この運転手はかなり飛ばしているわ」

ジェナが再生ボタンを押すと、問題の車が道路上を高速で近づいてくる。

「時速百キロ以上は出ているな」ビルが推測した。

「どこでも見かけるような車種だ」ドレイクの反応には熱がこもっていない。「急いで家に帰ろうとしているだけじゃないのか?」

「そうかも。でも、対向車とすれ違うところをよく見て」

ジェナは映像を巻き戻し、今度はマウスをクリックしながら少しずつ再生させた。対向車線を反対方向に走るミニバンが画面上に姿を見せる。ミニバンのヘッドライトがフロントガラスにちょうどいい角度で当たり、カムリの運転手を照らし出した。ただし、低い解像度のせいで、顔まではっきりと確認することはできない。

ドレイクが目を細くして画面を見た。「ダークブロンドのミディアムまたはロングヘアだな。ぼやけた画像に変わりはないが」

「ええ。でも、この女性が着ている服を見て」

ビルが口笛を鳴らした。「白のスーツが好みということでなければ、これは白衣だな」

ジェナはホワイトボードを見た。「白のカムリを運転している研究者の名前は？」

ドレイクは再び椅子に座ったまま自分の机に戻り、タブレット・コンピューターを手に取った。画面をスクロールしながら、一致する政府職員の名前を探す。「こいつだ。エイミー・サープリー。ボストンからやってきた生物学者で、採用されてまだ間もない。五カ月前から働いている」

「写真は？」

ドレイクは画面をタップし、しばらく眺めてから、ジェナたちの方にタブレットを向けた。「ブロンドで、髪型はポニーテール。だが、かなり長いんじゃないかと思う」一等軍曹の顔に浮かぶかすかな笑みに、ジェナは室温が急に上がったかのように感じた。ドレイクは続けた。「こいつは『大当たり』だと思う」

ジェナにはもっと確かな情報が必要だった。「彼女に関してわかっていることは？」

ペインターからは各研究者に関するあらゆる情報が提供されていた。経歴、評価、生い立ちのほか、発表された論文まで。

ドレイクは該当の女性の略歴を目で追った。「フランス出身で、七年前にアメリカ国籍を取得。オックスフォード大学とノースウェスタン大学で博士研究員を務めていた」

ドクター・ヘスがこの女性を採用したのもうなずける。しかも、この女性はなかなかの美人だ。科学界という男性中心の世界で職を得る際に、この要素が不利に働くとは思えない。

ドレイクは無言でファイルを読み続けている。引っかかる情報がないか、探しているのだろう。「こんなことが書いてあるぞ」ようやくドレイクが口を開いた。「彼女は科学関係の情報公開の推進運動において中心的な人物だった。透明性を高めるように求めていたんだ。新聞に寄せた署名入りの記事では、あるオランダのウイルス学者を擁護している。その学者は、鳥インフルエンザのH5N1型ウイルスの感染力と致死性を遺伝子操作によって高める方法を、オンライン上で公開していたんだ」

「この女性はそんな情報が公開されることに賛成しているというのか?」ビルは訊ねた。

ドレイクはしばらく読み進めてから答えた。「反対でないことは確かですね」

ジェナは深呼吸をした。「このことを保安局とクロウ司令官に伝えるべきだわ。問題のカムリは二〇〇九年モデル。たぶん、GPSが装備されているはず」

「あと、車両識別番号も」ビルが言った。「場所を突き止められるはずだ」

「調べる価値はありそうね」ジェナはうなずいた。

ドレイクは立ち上がると、一緒に来るようジェナに合図した。「今のうちにヘリコプターまで戻った方がいい。居場所を特定できたらすぐに移動できるように備えておこう」

ジェナは自分も数に入れられていることに対して喜びを覚えた——もちろん、何があっても同行するつもりでいたのだが。

「行きたまえ」ビルが電話に手を伸ばした。「私の方で連絡を入れておく。新たな情報が入ったら、すぐ君たちに知らせる」

ジェナとドレイクはニッコとともに駆け足でオフィスを出て、観光案内所の中を横切った。建物の外に出ると、顔に冷たい雨粒が当たる。

空を見上げたジェナは、嫌なものを目にした。

厚い黒雲の下に稲妻が走っている。

ジェナと同じように、ドレイクも顔をしかめた。「残り時間が少なくなってきている」

ドレイクの言う通りだ。

ジェナは待機している車に急いだ。

〈何でもいいから答えをお願い——できるだけ早く〉

午前八時四分
ハンボルト＝トワヤブ国立森林公園

リサはケージの中のラットを観察していた。ラットはケージの床に敷かれたかんなくずの中にピンク色の鼻を突っ込み、何かを探すかのように動いている。リサはこの小さな生き物に自分を重ね合わせた。同じように閉じ込められ、脅威にさらされている存在。

被験体が入れられたケージは、高密度ＨＥＰＡフィルターで二つに仕切られている。もう片方の側に積まれている黒い粉末は、採取した死んだ植物の残骸だ。

リサはコンピューターにメモを打ち込んだ。ＢＳＬ-4用防護服の厚い手袋をはめているので、キーボードを叩くのも一苦労だ。

五時間が経過したが、感染の兆候は見られず。

リサは様々な孔径《こうけい》や厚さのフィルターで実験を行ない、感染因子の大きさを突き止めようとしていた。いまだに何の悪影響も見られないのはこのラットだけだ。ほかのラットはすべて、多臓器不全を発症もしくはそれが原因で死亡した。

リサは同じ格納庫の患者隔離室内に閉じ込められている弟のことを考えないように努めた。

数時間前、リサは組織病理学者とともに、感染の初期段階にあるラットの解剖を実施した。肺と心臓が最も影響を受けており、肺胞《はいほう》に点状出血が、さらに心筋線維《せんい》には横紋筋融解症が見られた。文字通り、心臓が融けかけている状態だったのだ。初期の病変がこれほどまで著しく胸部に現れていたことから、空気感染の可能性が疑われた。

そのため、様々なフィルターを使用したこの実験が続けられている。

リサはキーを叩き続けた。

評価：感染因子の大きさは十五ナノメートル未満。

〈つまり、細菌ということはありえない〉

現在知られている最小の細菌の一つにマイコプラズマ・ゲニタリウムがあるが、それでも大きさは二百から三百ナノメートル以上だ。

「きっとウイルスだわ」リサはつぶやいた。

しかし、これまでに発見されている最小のウイルスである豚サーコウイルスでも、十七ナノメートルはある。この感染因子はそれよりもさらに小さい。その姿をとらえ、超微細構造を調べることすらできずにいるのも無理はない。

二時間前、ＣＤＣの技師が格納庫内の隣の研究室に走査型電子顕微鏡を持ち込み、設定を終えてくれた。これでようやく敵の顔を拝めるようになるはずだ。

リサはため息をついた。こめかみをさすって頭痛を抑えたいところだが、防護服とマスクを着用しているので、鼻先にかかる髪の毛を動かすことすらできない。何度か鼻息で横に動かそうと試みたものの、それもあきらめた。疲労が蓄積しつつあるのは自覚しているが、様々な段階の調査を進めているBSL-4の研究室群から離れるわけにはいかない。

耳元で無線が音を発し、主任疫学者のドクター・グラント・パーソンの声が聞こえてきた。「研究者は全員、状況報告のため中央会議室に集まること」

リサは手袋に覆われた手のひらをプラスチック製のケージの上に置いた。「もう少しの間、そこで頑張っていてね、おちびちゃん」

リサは立ち上がり、壁から酸素ホースを外すと、ホースを手で持ったまま小動物実験室を出て、さらにエアロックを抜けた。その先には通路がある。各研究室はエアロックで遮《しゃ》蔽《へい》されていて、それぞれの研究ごとに仕切られているため、万が一の事態が起きた場合でも感染が施設全体に拡散することを防いでくれる。

リサは中央の部屋に足を踏み入れた。各研究室の科学者たちは、一時間ごとにこの部屋に集まり、結果の照合や進捗《しんちょく》状況の報告を行なう決まりになっている。作業の効率化を図るために、いくつものモニターを乗せた長いテーブルが設置されていて、テレビ会議を通して全米各地の研究者の意見も聞くことができる。テーブルの向こう側の窓は、暗い格納庫の内部に面している。

リサはガラスの先によく知る人物が立っていることに気づいた。

リサはペインターに向かって手を振り、耳を指差した。無線のヘッドピースをかぶっているペインターはダイヤルを回し、個人用のチャンネルに周波数を合わせた。

「調子はどうだ？」ペインターは窓に手のひらを当てながら訊ねた。

「少しずつだけど、進んでいるわ」そう返事をしたものの、リサはペインターが調査の最新情報を知りたがっているわけではなく、体調を気遣ってくれているのだとわかっていた。答えを避け、もっと重要な質問を投げかける。「ジョッシュの様子は？」

医療スタッフから定期的に報告を受けているものの、リサはペインターから、弟を個人的に知っている人間から、話を聞きたかった。

「まだ鎮静剤が効いているが、とりあえずは小康状態というところだ。ジョッシュは強い……しかも、戦う男だ」

ペインターの言う通りだ。弟はこれまでいくつもの山に挑んできた。けれども、見えない相手と戦うことはできない。

「いい知らせがある。外科医は膝の関節を残すことができたようだ」ペインターが付け加えた。「回復後の理学療法にいい効果があるはずだ」

リサは弟に「回復後」があることを祈った。「それで……感染の兆候は？」

「ない。問題はなさそうだ」

その答えを聞いても、リサは安心できなかった。ジョッシュの感染因子との接触は、呼吸を通してではなく、皮膚を傷つけたことによるものだ。まだ症状が現れていないのは、接触経路の違いにより潜伏期間が長いだけなのかもしれない。

　恐怖がリサの心臓を締め付ける。

〈足を切断しても、手遅れだったのではないだろうか？〉

すぐ後ろからドクター・パーソンの呼びかける声がした。「報告会議を始めるよ」

　リサはガラスを挟んで自分の手のひらをペインターの手のひらに重ね合わせた。「私の代わりに弟をお願い」

　ペインターはうなずいた。

　リサが室内に向き直ると、ほかの研究者たちが顔を揃えていた。椅子に座っている者も、立ったままの者もいるが、全員がＢＳＬ－４の防護服を着用している。これから十五分間、各研究室の主任から最新の状況の報告がある。

　最初に報告を行なったのは、土壌の中にいる微生物や菌類などを研究している栽培土壌学者だ。その言葉の端々から、不安な様子がにじみ出ていた。

「死が支配していた地域の土壌の完全解析を終えたところだ。殺されていたのは植物や野生動物だけではない。サンプルは六十センチの深さまで、生命の存在がまったく確認できなかった。細菌も、胞子も、昆虫も、蠕虫《ぜんちゅう》も、すべて死んでいた。地面が殺菌処理されていたも同然だ」

　パーソンの反応からもショックがありありとうかがえた。「そこまでの強さの病原性など……今まで聞いたこともない」

　リサの頭に黒一色の丘陵地帯がよみがえる。あれと同じ黒い影が地下にも浸透しつつあり、すべての生命体を抹殺しながら、徐々にあの地域一帯に拡散しているのだ。モノ湖一帯の盆地が悪天候に見舞われそうだという予報はすでに伝わっている。想像を絶する規模の生態学的災害にとって、格好の条件が整いつつある。

　次に発言したのは細菌学者だった。「病原性の話が出たが、我々のチームは現地で採取したサンプルの殺菌方法を見つけようと、液体を使ったあらゆる種類の消毒を試みた。強いアルカリ性や酸性も試した。苛性《かせい》アルカリ溶液や、いろいろな漂白剤も使った。それでも、サンプルの感染力は弱まらなかった」

「高温は試したの？」リサは訊ねた。

　研究者は肩をすくめた。「最初は成功したと思った。被害の拡散を防ぐためには丘陵地帯を焼き払わなければならないのではないか、そうペインターが考えていたことを思い出したからだ。

燃やしてみたところ、最初のうちはうまくいったように見えたのだが、温度が下がるとまだ強い感染力を保っていた。熱を浴びると胞子あるいは被嚢《ひのう》に似た一時的な休眠状態になるだけのように思う」

「もっと高い温度でなければだめなのかもしれないわ」リサは応じた。

「その可能性はある。だが、どこまで温度を高くすればいいのかね？　我々の間でも核爆弾レベルの温度という話が出た。しかし、核をもってしても殺せなかったとしたら、爆発でそいつが数百キロ四方に拡散してしまうおそれもある」

そのような事態だけは避けなければならない。

「調査を続けてくれ」パーソンが促した。

「我々の対処している相手が何者なのかわかるとありがたいのだが」細菌学者のその言葉に、ほかの研究者たちの多くがうなずいている。

リサは自らの発見を説明し、戦っている相手がおそらくウイルス性の何かだろうという結論を述べた。

「でも、極めて小さいものね。既知のどのウイルスよりも小さいと考えられるわ。ドクター・ヘスが行なっていたのは、世界各地から集めた極限環境生物を使っての実験——酸性の環境にもアルカリ性の環境にも生息するばかりか、火山の噴火口のような超高温の環境でも生きられる生物のことよ」

リサは細菌学者に視線を向けた。「さらに厄介なことに、ヘスは合成生物学の領域にまで手を染めていたわ。彼のプロジェクト——ネオジェネシスは、極限環境生物のＤＮＡの遺伝子操作を目指していた。絶滅に瀕した種をより丈夫な種に、環境の変化により耐性のある種に変えることで、救おうと試みていたのよ。その過程で、彼はとんでもない怪物を生み出してしまったのかもしれないわ」

CDCのウイルス学者のドクター・エドムンド・デントが立ち上がった。「我々はその怪物の姿を目にしたように思う。設置されたばかりの電子顕微鏡で」

全員の視線がデントに集まった。

「最初は装置の不具合だと思った。見つけた相手が小さすぎた――ありえないほど小さかったからだ。だが、感染因子の大きさに関するドクター・カミングズの考えが正しいとすれば、あれは不具合ではなかったのかもしれない」デントがリサの顔を見た。「一緒に来てくれるのであれば……」

「もちろん。遺伝学者と生体工学者にも同行してもらうといいわ。あと、念のため――」

大きなサイレンが鳴り響き、全員の視線が今度は窓に向けられた。暗闇の中で青い光が、警報音に合わせて回転している。音が聞こえるのは患者隔離室の方角からだ。

動揺を抑えることができず、リサは立ち上がった。

12

四月二十九日　グリニッジ標準時午後三時五分
南極大陸　ブラント棚氷

「しっかりつかまってな！」操縦士が声をかけた。

ウェッデル海に浮かぶ氷山の上空を飛行する小型機ツイン・オッターの機体が激しく揺れる。人になれていない種馬にまたがっているかのようだ。岸に近づくにつれて、風はさらに激しさを増している。

「このカタバティック風がケツを蹴飛ばしてくれるせいだ」操縦士は説明した。「気分が悪くなったら、そっちにある飛行機酔い用の袋の中に吐いてくれ。機内にぶちまけるのだけは勘弁してもらいたいね」

グレイはジャンプスーツのストラップをきつく握り締めていた。体は客室の片側にシートベルトでしっかりと固定されている。機体の後部では装備や物資の入った木箱が、ガタガタと音を立てたりきしんだりしていた。普段のグレイは乗り物酔いとは無縁なのだが、まるでジェットコースターに乗っているかのようなこのフライトに、その自信も揺らぎかけている。

客室の反対側に座るジェイソンは、頭を前に垂れた姿勢でうとうとしていて、乱気流を気にしている様子など微塵《みじん》もない。嵐が吹き荒れるこの大陸にはかなり慣れているようだ。それよりも、この世界の南の果てにたどり着くまでの二十四時間の移動の方がこたえたらしい。

この飛行機が旅程の最後に当たる。

フォークランド諸島を飛び立って南極半島に向かったグレイたちは、今日の日の出直後――太陽の昇らない冬を迎えようとしているこのあたりでは正午頃に、イギリスのロゼラ研究基地があるアデレード島の岬に着陸した。その時の移動は、側面に「英国南極観測局」の文字が入った大型で真っ赤な機体のダッシュ7だった。ロゼラで同じく赤い色をしたこの小型のツイン・オッターに乗り換え、現在はウェッデル海を横断してブラント棚氷に向かっているところだ。ブラント棚氷は厚さが百メートルある浮遊する氷床で、東南極のコーツランドと呼ばれる地域の海岸線沿いにある。

目的地に近づく小型機の二基のプロペラが、強烈なことで知られる南極のカタバティック風を切り裂いていく。これは南極大陸の内陸部にある山脈から海に向かって吹き下ろす風のことだ。

操縦士はバーストウという名前の年配のイギリス人で、極地での飛行経験が豊富にあるようだ。観光ガイドのようにずっとしゃべり続けている。「この『カタバティック』というのはギリシア語の katabaino が由来で、その意味が『降下する』だっていうのは知っていたかい？」

「穏やかに降下してもらいたいものだな」グレイの背後から不機嫌そうな声が聞こえた。

後ろに座っているのはジョー・コワルスキだ。大きな体を二つに折り曲げるようにして、狭い機内でじっとしている。頭の毛を剃ったゴリラが下水管につかえて身動きできなくなったかのような姿だ。低い天井に用心して首をすくめているものの、ウェッデル海上空で機体が激しく揺れるため、すでに何度となく頭を強打していた。

この大男が今回の任務に同行しているのは用心棒役という意味合いが強いが、キャットは別の理由も口にしていた。〈彼をここから連れ出してよ。エリザベス・ポークと別れて以来、司令部内をむっつりとした顔で歩き回ってばかりいるんだから〉

キャットがどうして違いを認識できるのか、グレイは不思議に思っていた。以前からコワルスキは最高にご機嫌な時でも、明るい笑顔を見せるような人間ではない。

それでも、グレイは不満をこぼしたりしなかった。見た目や口調からは想像ができないかもしれないが、この元海軍の上等水兵にも人より優れた才能がある――何かを破壊することだ。シグマの爆発物専門家として、これまでその才能をいかんなく発揮してきた。その無愛想な態度にしても、付き合ううちに気にならなくなる。見た目がよくない料理でも、何度か食べていると意識しなくなるようなものだ。慣れてしまえば、コワルスキはけっこういいやつだった。

〈ただし、そのことを声に出して認めることは絶対にないけどな〉

「あそこにハリー研究基地が見える」操縦席からバーストウが教えた。「氷の上にあるあの大きな青いムカデみたいな建物だ」

グレイが首をひねって窓の外を見ると、ツイン・オッターが着陸地点に向かって旋回を始めた。

眼下には青白い氷の断崖に打ち寄せる黒い海が見える。氷の壁の高さは四十階建ての高層ビルに匹敵するくらいはあるだろうか。一見したところ、ブラント棚氷は切り立った海岸線のようだが、実際は東側のドローニング・モード・ランドの標高の高い地点から移動した氷河が、幅約九キロにわたって舌のように海に突き出た地形だ。移動速度は一年間でアメリカンフットボールのフィールド十個分ほどで、その先端部分は温かいウェッデル海の海水と波の動きの影響で削り取られ、いくつもの氷山を生み出している。

だが、グレイの目に留まったのはその断崖上にある物体だ。確かにムカデのような外見をしている。二〇一二年に完成したハリーⅥ研究基地はユニークなデザインをしており、青色をした鋼鉄製のモジュール式の建物の間を通路で行き来できる構造になっている。各モジュールは巨大なスキーの上に設置されていて、油圧式の支柱の高さは自在に調節できる。

「あれはハリー研究基地の六代目だ」バーストウは風で上下に揺れる飛行機と格闘しながら説明した。「これまでの五つの基地は、雪に埋もれるか、押しつぶされるか、海に押し出されるかしてしまった。だから今はスキーで移動できるように造ってある。深い雪の中から引っ張り出したり、氷の動きを先読みして移動したりすることができるようにね」

コワルスキが窓に鼻をくっつけた。「だったら、何で今はあんなに崖の近くにあるんだ?」

大男の言う通りだ。連結されて一列に並んだ八つのモジュールは、氷の断崖の先端から百メートルも離れていない位置にある。

「もうすぐ引っ越しなのさ。二週間後、内陸に移動させる予定になっている。気象関係のお偉方が一年間にわたって、この大陸上の氷の移動速度を調査しながら、氷河の融解について研究していたんだが、その作業もほぼ終了して、この基地全体が南極の反対側に移ることになっている」操縦士が後ろを振り返る。それを見てグレイはぞっとした。ツイン・オッターが着陸に備えてすでに降下を開始していたからだ。「基地はロス棚氷に移設される。マクマード基地のあるところだ。あんたたちアメリカ人の基地さ」

「よそ見をしないでくれよ」後ろからコワルスキがぶつぶつとつぶやきながら、前方を指差した。

　バーストウが前に向き直って操縦に専念すると、グレイはジェイソンの方を見た。揺れと話し声のせいで、すでに目を覚ましている。「マクマード基地と言えば、君の家族はそこにいるんじゃなかったか?」

「その近くです」ジェイソンは答えた。

「そんなところで暮らそうというやつの気が知れないね」コワルスキが割り込んできた。「小便しようとしたらタマが凍っちまうんじゃないのか?」

　バーストウが小馬鹿にしたように笑った。「真冬はそれどころじゃないぞ。タマだけじゃすまないだろうな。サルなんか一発で凍ってしまうくらいの寒さだから」

「南極にサルがいるのか?」コワルスキが質問した。

「それほど寒いっていうたとえだよ」グレイは説明した。

　ジェイソンが下を指差した。「基地のほかの建物は青なのに、どうしてあの真ん中だけ赤なんですか?」

「赤いネオンサインの代わりさ」氷が見る見るうちに近づく中で機体のバランスを保ちながら、バーストウが答えた。「お楽しみはすべてあそこにある。食事をしたり、たまには酒を飲んだり、ビリヤードをしたり、テレビで映画を見たり」

　ツイン・オッターは無事に着陸し、滑走路として使用するために除雪された氷の表面を滑った。車輪の代わりにスキーで走行する機体は小刻みに揺れたが、ようやく基地からそれほど遠くない場所で停止した。

全員が機外に出た。極地用の厚手の服を着込んでいるにもかかわらず、風がすぐにあらゆる隙間から入り込んでくる。呼吸をするたびに、あたかも液体窒素を吸い込んでいるかのような気分になる。地平線の近くにとどまっている太陽の光を反射して、氷原がまばゆい輝きを発していた。日没は三十分後だ。あと二、三日もすれば、まったく太陽の光を拝むことができなくなる。

操縦士も外に出たが、上着のジッパーを開けたままだし、フードもかぶっていない。彫りの深い顔を青空に向けているその姿は、しばらく浴びることができなくなる太陽光線を存分に味わっているかのようだ。「こんなに暖かい陽気は長くは続かないよ」

〈暖かい？〉

グレイは寒さで歯がガチガチと鳴っていた。

「肌を焼くなら今のうちだぞ」そう言いながら、バーストウはグレイたちを大きな青いモジュールの一つに通じている階段へと案内した。

地上から見上げると、基地の大きさに圧倒される。各モジュールは二階建ての家屋ほどの大きさがあり、スキーの付いた四本の油圧式の支柱によって雪に覆われた氷から十数メートルの高さに設置されている。大型のトラクターでも基地の下を余裕で通り抜けることができそうだし、近くに停まっているジョン・ディアのトラクターなどは何度もくぐったことがあるに違いない。

「あれを使ってモジュールを牽引《けんいん》しているんでしょうね」ジェイソンがアメリカ製の機械を見ながら言った。続いて目を細めながら、氷に覆われた基地の建物を見上げた。「まるで『スター・ウォーズ』の世界に迷い込んだ気分ですよ」

「確かに」コワルスキが同意した。「氷の惑星のホスみたいだな」

グレイとジェイソンは同時に振り返った。

コワルスキのしかめっ面がいつにも増して険しくなった。「俺が映画を見たらいけないのかよ」

「さあ、こっちだ」そう言いながら、バーストウは三人に階段を上るよう促した。

グレイたちが靴にこびりついた雪を落としながら大きな音を立てて階段を上っていると、頭上の扉が開き、赤いアノラックを羽織った女性が踊り場に出てきて一行を出迎えた。長いブルネットの髪はポニーテールにまとめているが、風のことを考えた髪型ながらも女性らしさがうかがえる。痩せた筋肉質の体型で、頬は冷たい風のせいで赤く焼けている。基地の建物内でじっとしているのが性に合わない女性なのだろう。

「世界の底にようこそ」女性はグレイたちに挨拶した。「カレン・フォン・デル・ブリュッゲです」

グレイは踊り場まで上り、女性と握手をした。「要請にこたえていただいてありがとうございます、ドクター・フォン・デル・ブリュッゲ」

「カレンでいいわよ。ここは堅苦しいやり方とは無縁の世界だから」

ハリー研究基地の主任科学者と指揮官を兼ねているこの女性に関して、グレイは簡単な情報を知らされていた。彼女はケンブリッジ大学卒で、まだ四十二歳の若さにもかかわらず、極地生物学者の第一人者と見なされている。任務ファイルの資料の中には、ホッキョクグマを撮影した彼女の写真が含まれていた。今は北極の真裏で、このあたりに営巣している皇帝ペンギンの生態を研究しているらしい。

「中に入って。少しゆっくりするといいわ」カレンは建物の方に向き直り、グレイたちを中に案内した。「ここは司令部のようなところ。会議室、通信室、診療所、私のオフィスがある。でも、あなたたちは娯楽室の方がくつろげるでしょうね」

カレンの案内でモジュール内を進みながら、グレイは周囲を見回した。小さな診療所の中には、手術室も備わっている。グレイは通信室に通じる扉の前で立ち止まった。

「ドクター・フォン・デル・ブリュッゲ……いや、カレン、実はアデレード島のロセラ研究基地に到着してからずっと、アメリカに連絡を入れようとしているんだが、電波をうまく受信できないんだ」

カレンの眉間にしわが寄る。「あなたの衛星電話……対地同期軌道上の衛星と接続する仕組みじゃない？」

「そうだけど」

「あれは南緯七十度よりも南になるとあまり機能しないのよ。つまり、南極大陸のほぼ全域がその中に含まれるわ。ここではＬＥＯ衛星システムを使用している。低軌道衛星のこと」カレンは通信室を指差した。「自由に使ってもらってかまわないわ。中には誰もいないから。でも、一つ注意しておくけど、ちょうど太陽嵐の真っ最中だから、ここのシステムにも影響が出ているところなの。厄介な問題だけど、そのおかげでオーロラがいつもより鮮やかに見えるのよ」

グレイは通信室に入った。「ありがとう」

カレンはコワルスキとジェイソンの方を見た。「あなたたちはほかの隊員がいる場所に案内するわ。そろそろ熱いコーヒーと食べ物が恋しくなっている頃じゃない？」

「ただで食べられるなら喜んで」コワルスキの声がいくらか明るくなった。

コワルスキたちがハッチを抜けてモジュール同士をつなぐ通路に入ったのを見届けてから、グレイは通信室の扉を閉め、室内にあった衛星電話を手に取った。シグマ司令部の番号を入力し、回線が切り替わる音を聞くうちに、スクランブルのかかった通話がつながった。

すぐにキャットが出た。「ハリー研究基地に到着したの？」キャットは前置きなしで本題に入った。

「揺れが激しかったから奥歯の詰め物が取れそうだったが、どうにか無事にたどり着いたよ。ただ、ハリントン教授が派遣するという誰かがここに来るまで、まだしばらく待たないといけない。何らかの答えを得られるとしたら、それからだな」

「なるべく早くそうなるといいんだけど。カリフォルニアからの情報は、この二時間で深刻さを増している。現地には嵐を伴った前線が接近中で、激しい雨と鉄砲水のおそれがあるのよ」

グレイは悪天候がもたらす危険を理解した。そのような事態になれば、隔離地域内への封じ込めは不可能になる。

キャットの説明は続いているが、音声の一部は雑音やデジタル信号の欠落で聞き取れない。「リサの弟さんについても伝えておくと、感染の兆候……見られる。二十分前に発作を起こしたのよ。それが二次的な症状の現れなのか、あるいは手術の合併症によるものなのかは、まだ判明していない。いずれにしても、できるだけ早くこの状況に関する……入手しないと、事態は手に負えなくなるかもしれない」

「リサの様子は？」

「ほとんど休みなく作業をしているわ。弟さんを助ける方法を見つけようと躍起になって。そんな彼女をペインターも心配している。唯一のいい知らせは、施設内にいた工作員に関する手がかりが得られたかもしれないこと。現在、その線を追っているところよ」

「よかった。こっちでも手を尽くすつもりだ。しかし、ハリントン教授の派遣した人物が到着する予定時刻まで、まだあと一時間ほどある。教授の居場所に移動できるのはそれからだ」

〈いったいどこなんだ？〉

地球を半周以上した場所にいるキャットの声からも、焦りが伝わってくる。「教授があそこまで被害妄想に取りつかれてさえいなければ……」

キャットのいらだちは当然だが、グレイの心には別の懸念材料があった。〈ハリントン教授の側に、被害妄想にならざるをえないような理由があるとしたら？〉

午後三時三十二分

〈またここに戻ってきた……〉

ジェイソンは日没間近の景色を味わっていた。テーブルの向こう側には二階分の高さのある三重ガラスの窓が並んでいて、その先の氷原の向こうにウェッデル海を見渡すことができる。濃紺の海面には巨大な氷の塊がいくつも浮かんでいて、風と波で削られてできた山やアーチやジグザグの青白い帆のような多種多様な形が海面からそびえている様は、この世のものとは思えないような雰囲気を醸し出している。

ジェイソンがシグマに加わった理由は、正義のため、国家の安全を守るためだ。それと同時に、もっと世界を見てみたいという思いもあった。けれども、これまではシグマ司令部のある地下で過ごす時間がほとんどだった。ようやく現場に出る任務を与えられたと思ったら……

〈家に送り込まれてしまった〉

ジェイソンは子供時代、母と継父とともに南極大陸で暮らした経験があり、二人は今もこの大陸の反対側に位置するマクマード基地の近くで調査を行なっている。

〈一回りしてここに戻ってきたということなのかな〉

同じ休憩用のスペースでくつろぐ基地の隊員たちの話し声を聞きながら、ジェイソンは浮かない気持ちで熱い紅茶をすすった。赤い色のモジュールは二つのフロアに分かれている。下半分は食堂になっていて、螺旋《らせん》階段を上った先の二階部分には、小ぢんまりとした図書室、何台ものコンピューター、談話用のスペースなどがある。二つのフロアの間の壁は、ボルダリングの練習ができるようになっている。

ジェイソンのすぐ後ろでは、三人の男性がビリヤードをしていた。聞こえるのはノルウェー語だろうか。ここはイギリスの基地だが、世界各国から研究者たちが訪れている。

ドクター・フォン・デル・ブリュッゲの話によると、普段はこの基地内で五十人から六十人の科学者が生活しているとのことだが、太陽の昇らない極夜の季節が近づいているため、このところ人数が減っているという。現在、ここにいる隊員の数は二十人で、夜が続く日々になってもとどまるのは十人程度らしい。

そうした移動の時期に当たるため、基地の中では隊員たちの動きがあわただしい。それは建物の外も同じだった。窓の外では小型雪上車のスノーキャットが二台、木箱を積んだパレットを引きながら基地を後にしている。何よりも目を引くのは、緑色のジョン・ディアが切り離された青いモジュールを牽引しながら氷の上をゆっくりと動いている光景だ。トラクターとモジュールの姿が、やがて氷原に貼り付くように漂う霧に隠れて見えなくなる。日没が近づいて風が強まっているにもかかわらず、霧が晴れる気配はない。

ドクターの話によると、来週にかけて昼夜兼行で作業を進めながら、基地を解体して一つずつ内陸に運ぶ予定になっているらしい。目的地に到着したら再び組み立て、冬の間はそこで過ごすということだ。

空に目を向けると、別のツイン・オッターが一機、日没間近の太陽の光を浴びて機体を輝かせながら、棚氷の断崖に沿って低空飛行していた。夜に備えて着陸しようとしているのだろうか。機体は英国南極観測局を示す赤ではなく、白一色だ。極地でこのような色の飛行機を目にすることは珍しい。氷や雪の中でも目立つ明るい原色が好まれるからだ。

〈ハリントン教授が派遣した人物かもしれない〉

ジェイソンはグレイを呼びにいこうと腰を浮かしかけた。部屋の片隅にあるセルフサービス用のカウンターでは、コワルスキが二つ目の皿に料理を山盛りによそっている。見たところ、皿の上にあるのはパイばかりのようだ。

その時、飛行機がやや高度を上げ、滑走路への進入経路から外れ始めた。ここから離れようとしている。どうやら待ち望んでいた接触相手ではなかったようだ。ただの観光客なのかもしれない。ともかく、勘違いだったのは確かだ。

ジェイソンは再び椅子に座った。

旋回した飛行機が機体の側面を基地の側に向けた。扉が開く。その奥で動きがある――それに続いて、扉から黒い色をした二本の不審な長い管が突き出た。

その先端が火を噴き、何かが煙の尾を引く。

あれはロケットランチャーだ。

二発のロケット弾の直撃を受けた氷上のツイン・オッターが大破した。上空の飛行機が再び旋回し、針路を真っ直ぐ基地に向ける。

誰かがジェイソンの腕をつかんだ。

コワルスキがジェイソンを引っ張って椅子から立たせた。「ここは危ないぜ、坊や」

午後三時四十九分

グレイは司令部用のモジュールと休憩室用のモジュールをつなぐ通路を低い姿勢で走っていた。まだ頭の中で爆音が鳴り響いている。キャットとの話を終え、連絡通路に入った途端、最初のロケット弾が炸裂したのだ。通路沿いの窓の外に目を向けると、炎上するツイン・オッターの残骸が見える。

通路の先でうずくまっていた人影が立ち上がる。

グレイは駆け寄った。「カレン、大丈夫か?」

基地の指揮官は何が起きたのかわからず、呆然としている。だが、すぐに青い瞳の焦点が合い、恐怖に代わって怒りが顔に浮かんだ。

「いったい何なの?」カレンはつぶやいた。

「攻撃を受けている」

カレンはグレイを押しのけようとした。「だったら救援を要請しないと」

グレイは女性指揮官の腹部に腕を回して制止した。飛行機のエンジン音が次第に大きくなってきている。グレイはカレンを引きずりながら休憩用のモジュールに向かった。

「時間がない」グレイは伝えた。

「でも――」

「俺の言う通りにしろ」

説明している余裕はなかったので、グレイはカレンを半ば抱きかかえながら通路を急いだ。ハッチの手前に達すると、グレイが手を掛けるよりも早くハッチが開く。コワルスキの巨体が行く手をふさいでいた。グレイと同じように、ジェイソンを手で抱えている。

「中に戻れ！」グレイは叫んだ。

コワルスキが後ずさりすると、グレイはハッチを走り抜け、カレンを二人の方に押しやった。ハッチを後ろ手に閉める――ほぼ同時に、新たな二つの爆発音がモジュール全体を揺らした。震動で食堂の棚からグラスや皿が落下し、三角形の窓ガラスの数枚に亀裂が入る。

グレイはハッチの丸窓から様子をうかがった。通路の向こう側の先が吹き飛んでいる。司令部のモジュールの側面に開いた大きな穴から煙が噴き出していた。

〈あそこは通信室があった場所だ〉

カレンがグレイの肩越しに丸窓をのぞき込んだ。

「やつらは俺たちを孤立させようとしている」グレイは説明した。「最初は飛行機を破壊し、氷上からの唯一の脱出手段を奪った。その後で飛行機がこちらに接近してくる音を聞いた時、次の狙いは通信室だとわかった。外部との連絡を完全に遮断するためだ」

「やつらって誰なの？」

グレイはＤＡＲＰＡの本部を襲撃した部隊のことを思い返した。空中を飛行するツイン・オッターの色は白。極地の戦闘作戦において一般的に使用される色だ。地上からの攻撃もほどなく開始されるに違いない。

「武器はあるか？」グレイは訊ねた。

カレンは反対側の通路がある方向を見た。「倉庫にあるわ。基地のいちばん端のモジュール。数はあまり多くないけど」

たとえ少なくても、ないよりはましだ。

ほかの人たちもグレイたちのまわりに集まってきた。怯えた表情の研究者たちのほか、バーストウの顔も見える。

「ほかにこの基地内には何人いるんだ？」グレイは隊員たちを率いて食堂内を横切りながら訊ねた。

カレンは一緒にいる人たちを見回しながら、数を確認した。「一年のこの時期は人数が少ないから、外で作業に当たっている人を除くと、あと五、六人だわ」

グレイはモジュールの反対側に到達し、連絡通路のハッチを引き開けた。「先に進め！　モジュールを伝って、いちばん端まで行くんだ！」全員を先に行かせてから、グレイはカレンとともに最後尾を走った。「この基地にはインターコムが備わっているのか？　全館に警報を発令するようなシステムだ」

カレンはうなずいた。「もちろんよ。外にいる人にも無線で連絡が行き渡るようになっているわ」

「それならいい。最後のモジュールに入ったら、退避命令を出してもらいたい」

カレンは不安げな表情でグレイを見た。「日が落ちると外の気温は急激に下がるのよ」

「ほかに選択の余地はない」

外はすっかり静かになっていた。二回目以降、爆発音は聞こえてこない。グレイは上空を旋回するツイン・オッターの姿を想像した。襲撃部隊が氷上に降下するのは時間の問題だ。通信手段が絶たれたため、こちらには応援を要請する術がない。一方、相手は一晩かけてゆっくりと基地内を捜索できるし、爆弾を仕掛けてモジュールを一つ一つ破壊することも可能だ。

グレイが頭の中で計画を練るうちに、基地内を逃げる集団は隣のモジュールに入った。ここは居住空間に当たり、鮮やかな色に塗り分けられた小さな寝室が並んでいる。このモジュール内にも怯え切った一人の研究者——眼鏡をかけた小柄な若い男性がいたので、一緒に逃げるように声をかけた。その先にある研究用の二つのモジュール内も通過する。どちらも冬を前にして設備を片付けたらしく、使用されていない。

ようやく一行は列車で言えば最後尾の車両に当たるモジュールに入った。保管用のスペースとして使用されているところだ。

「武器はどこだ?」グレイは訊ねた。

「奥のハッチの近く」そう言いながら、カレンは鍵の束をバーストウに向かって放り投げた。「出してあげて」

武器をバーストウに任せて、カレンは壁のインターコムに近づき、素早くコードを入力した。バーストウの後を追うグレイの耳に、カレンの発する警報が聞こえてくる。基地内にいるほかの隊員に退避を促すとともに、外にいる人間には基地に近づかないよう指示を出している。

バーストウが奥の壁の前にあるロッカーに行き、カレンから渡された鍵を使って両開きの扉を開けた。グレイは中のライフルや拳銃を確認しながら、武器の数のあまりの少なさに落胆の表情が浮かびそうになるのをこらえた。しかし、この基地が備えなければならない脅威を考えると、それも無理はない。南極大陸には陸生の肉食獣が存在せず、生息しているのはペンギンやアザラシだけだ。数少ないライフルや拳銃の用途は、基地を訪れた人が暴れて手に負えなくなった時くらいだろう。敵の総攻撃があることを想定していたわけではない。

グレイは六挺《ちょう》のグロック17を隊員たちに配布した後、自らは三挺のアサルトライフルのうちの一つを手に取った。分隊支援火器L86A2だ。グレイはもう一挺をコワルスキに、最後の一挺をバーストウに手渡した。グロックを受け取ったジェイソンは、慣れた手つきで弾を込めている。

グレイは倉庫用モジュールの奥にあるハッチの窓に歩み寄った。外は短い昼が終わって夜の帳が下りつつあり、周囲はすっぽりと夕闇に包まれている。ハッチの先には狭いデッキがあり、そこから地上の氷まで梯子が通じていた。

「コワルスキとバーストウ、俺たちは外に出たら、飛行機の着陸を何とかして食い止める。阻止できなかった場合は、防衛線を築く」グレイはジェイソンの方を見た。「君はほかのみんなを先導してここを離れろ。この基地からできるだけ距離を置くように」

ジェイソンはうなずいた。油断なく周囲を警戒する目には、当然ながら恐怖の色が浮かんでいるが、行動を起こす覚悟もうかがえる。

カレンが両手に携帯型の無線機を抱えて戻ってきた。「これも取ってきたわ」

グレイはカレンの機転に感謝しながらうなずき、無線機を一台手に取ってアノラックのポケットに押し込んだ。「ほかの人にも配ってくれ」

全員の準備が整うと、グレイが先頭に立った。ハッチを引き開けると、凍える寒さの暗い世界が目の前に広がる。凍てつくような強風が顔に吹きつけた瞬間、グレイは自分の計画に疑問を感じ始めた。氷上では死が待ち構えているが、それはこの基地の中にとどまっていても同じだ。できるだけ早く、避難できる場所を――ここ以外の別の場所を、見つける必要がある。

〈だが、いったいどこに？〉

新たな爆発音がとどろき、基地を揺さぶった。明かりが一度点滅し、完全に消えた。

後ろからカレンの声が聞こえる。「発電機が爆破されたに違いないわ」

グレイは顔をしかめた。〈やつらにもカレンの発した警報が聞こえたのだろうか？　それがこの新たな攻撃を誘発したのか？　それとも、この最後の一発で獲物を怯えさせて反撃意欲をそいでから、攻撃部隊を降下させるつもりなのだろうか？〉

依然として鳴りやまないツイン・オッターの低いエンジン音を聞き、グレイはこれ以上の迷いやためらいは状況を悪化させるだけだと判断した。意を決すると、手袋をはめて外に飛び出し、梯子に足を掛ける。グレイは下まで一気に滑り下りてから、後に続くよう手で合図を送った。

武器の銃尻を肩に添え、暮れゆく空に浮かぶツイン・オッターの光をスコープで追う。小型機は基地の反対側の上空を旋回しているところだ。次の瞬間、機体側面に閃光が走る。氷を伝って新たな爆発音がこだまする。氷上に見えていた小さな光が消えた。

「たぶん、私たちのスノーキャットのうちの一台だわ」カレンの声からは後悔の念がにじみ出ている。「隠れるように指示しておけばよかった」

グレイは基地の右手の方角にスノーキャットがもう一台と、スノーモービルの一種のスキードゥが三台あることに気づいた。「あそこにあるマシンのエンジンを素早く始動させてくれ。ライトを消して走れば発見されないし、歩くよりも距離を稼ぐことができる」

カレンはうなずいた。

「敵が暗視スコープを持っていたら？」基地から下りてきたジェイソンが訊ねた。

「その場合は歩いて逃げたところですぐに見つかる」グレイは基地の周囲の氷原に低く垂れ込めた濃い霧を指差した。「移動を開始したら、すぐにあの霧の中を目指せ。無事に逃げられる可能性はそれがいちばんだ」

ジェイソンは不安げな表情で霧の方を見やった。

ジェイソンたちの脱出を支援しようと、グレイはコワルスキとバーストウを見た。「俺たちはできる限り時間を稼いでやろう」乗り物が置かれている地点から基地の建物を挟んで反対側を指差す。「向こう側から俺たちが発砲すれば、敵の注意を引きつけておくことができる」

コワルスキは肩をすくめた。「じっとしていてもケツが凍っちまうだけだからな」

バーストウもうなずいた。

作戦が決まると、グレイは二手に分かれるように指示した。

ジェイソンはほかの隊員たちを先導しながら、肩越しに振り返った。「一台のスキードゥは三人乗りです」その視線がグレイたちに向けられる。「エンジンをかけたまま残しておきます。念のために」

若者の頭の回転の速さに感心しながら、グレイは感謝を込めてうなずいた。

グレイはコワルスキとバーストウとともに基地の最後尾のモジュールの下をくぐり抜けた。反対側からエンジンの始動する音が聞こえてくる。最初は弱々しく咳き込むような音だったが、やがて安定した力強い響きに変わる。

グレイは一行が基地から離れる様子を目で追った。一台、また一台と、霧の中に姿を消す。

それを見届けると、グレイは武器を構え、基地の建物の下から外に足を踏み出した。上空を旋回してこちらに向かってくるツイン・オッターの機影を目で追う。地上に狙撃者が潜んでいることを察知したのか、飛行機は高度を上げているように見える。

その奇妙な動きがグレイの不安をあおった。頭の中に疑問が渦巻く。

〈どうしてまだ着陸しようという動きを見せないんだ？〉

飛行機は草原の上空を飛ぶタカのように、ゆっくりと旋回を続けている。これまでのところ、攻撃の意図は基地を孤立させることにあり、隊員たちを釘付けにすることが狙いのように思われる。

〈だが、何のために？　やつらは何を待っているんだ？〉

その直後、答えは明らかになった。

巨大な爆発音が――ロケット弾の爆撃と比べると百倍もの大きさの衝撃が、付近一帯を揺るがした。基地の反対側の方から、氷と炎が夜の闇に高々と噴き上がる。続いて別の爆発が、もっと近いところで発生する。さらにもう一つ。

三人はたまらずその場に膝を突いた。グレイは氷の下に一列に埋められている爆弾を思い浮かべた。かなり以前から設置されていたに違いない。

基地の建物を挟んだ向かい側では、奥から手前に向かって、爆発が続いている。

グレイはその爆発の先にある濃い霧を見つめた。

〈少なくとも、ほかの人たちは無事に逃げることが……〉

グレイの見ている目の前で、何本もの亀裂が外側に広がり、氷原を伝いながら爆発でできた穴と穴を結んでいく。氷の裂け目は下にも広がり、海に浮かんだ厚い板状の氷を深くえぐっているはずだ。

不意にグレイは敵の計画を悟った。

冷たい手で胃をわしづかみにされたかのような衝撃が走る。

その恐怖を裏付けるかのように、真下で地球の地殻が裂けたかのような大きな破裂音が響いた。

両膝を突いたグレイの下で氷がゆっくりと動き、新たにできた亀裂を境にして暗い海に向かって傾き始めた。氷の下に埋められていた爆弾はブラント棚氷から氷の塊を引き剝がすことに成功し、新しい氷山を誕生させたのだ――ハリーⅥ研究基地をその上に載せたまま。

基地全体が震動したかと思うと、巨大なスキーに支えられた建物が傾いた氷の上をゆっくりと滑り始めた。

グレイは呆然と建物を見上げた。

コワルスキも状況を理解していた。「どうやら彼女とよりを戻せないままになりそうだな」

13

四月二十九日　太平洋夏時間午前八時四十五分
カリフォルニア州ヨセミテ渓谷

「隠れようとしているのなら」ドレイクが言った。「身を潜めるのに悪くない場所だな」

「まだここにいることを祈るしかないわ」ジェナはSUVから霧雨に煙る車外に出た。ゴアテックスのジャケットのフードをかぶり、ヨセミテ国立公園の至宝と評される有名なアワニーホテルの威容を眺める。

丸太と石を使用した一九二七年開業のこの山荘は、アーツ・アンド・クラフツ様式と北米先住民のデザインを巧みに融合させた建築物で、巨大な砂岩の暖炉、手描き模様の入った梁《はり》、数多くのステンドグラスで知られている。宿泊料金はジェナの給料ではとても手が届かないものの、大きなサトウマツの支柱で支えられた三階までの吹き抜け構造になっている食堂で、思い切ってブランチとしゃれ込んだことなら何度かある。

けれども、今朝の目的地はこの本館ではない。

四人の海兵隊員で構成されるチームは、車をホテルの裏手に停めた。ドレイクが先頭に立ってホテルに隣接する森へ向かい、ジェナとニッコもその後を追う。全員が民間人風の身なりをしているが、服がややふくらんで見えるのは下にケブラーの防弾チョッキを着用しているためで、武器も表からは見えないようにしてある。

ジェナはコンパクトな40口径のスミス&ウェッソンM&Pを腰のベルトに留め、ジャケットの裾で隠していた。反対側の腰に吊るしているのは手錠だ。

十分前、ジェナたちは悪天候をおしてヘリコプターでシエラネヴァダ山脈を越え、ヨセミテ渓谷に到着した。アワニーホテルの前に広がる草地は国立公園の救助用ヘリコプターの着陸地点として頻繁に利用されているが、そこでは獲物を警戒させるおそれがあるとしたドレイクの判断で、ホテルからやや離れたところにあるストーンマン・メドウに着陸したのだった。

「車があります」シュミット上等兵が指摘した。

上等兵はマサチューセッツ州のプレートが付いた白のトヨタ・カムリを指差していた。ナンバーは一致している。車の持ち主はエイミー・サープリーだ。

一時間前、ペインターはGPSを利用して車両識別番号が一致する車の捜索を行なった。発見された場所はこのヨセミテ渓谷で、退避と隔離の措置が取られた山岳地帯からそれほど遠くない。

誰もがまず考えたのは、女性がカムリをここに乗り捨て、別の車に乗り換えたに違いないということだった。ホテルにも問い合わせてみたが、エイミー・サープリーを名乗る人物がチェックインした記録はなかった。しかし、フロントに写真を送ったところ、エイミーと外見の似た女性が偽の身分証明書とクレジットカードを使用し、偽名で部屋を取ったことが判明した。

〈やましいところのある人間に間違いない〉

けれども、容疑者はなぜ隔離地域の境界線からほど近いここに滞在しているのだろうか？　自らの行為の結果を見届けるため、付近にとどまっているのだろうか？

不毛の世界と死んだ野生動物たちが頭によみがえり、ジェナは激しい怒りを覚えた。振り下ろされる斧と、それに続く悲鳴のことは思い出すまいとする。ドレイクがやらなければならない作業を行なった時、ジェナはジョッシュの両肩を押さえていた。それから基地に帰り着くまでの間、一等軍曹は一切口を開こうとせず、うつろな目で丘陵地帯を見つめるばかりだった。

「あの女はまだここにいるに違いありません」車の脇を通りながら、シュミットが意見を述べた。「ここで別の車に乗り換えたのでなければ」

〈そうでなければいいんだけど。私たちには答えが必要なんだから〉

先頭を歩くドレイクの表情は険しく、こわばったままだ。彼は答え以上のものを求めている。怒りをぶつける相手を求めている。

カムリはポンデローサマツの木立の奥に通じる小道の脇に停めてあった。アワニーホテルは森の中に二十四棟の離れの小屋を用意している。人目につかないようにするために、エイミーはそうした離れの一つを予約したに違いない。

一行は小道の奥に分け入った。雨の滴り落ちる森の中で、松やにが濃厚に香る。道が二股に分かれている地点で、ドレイクの部下の二人が右に展開した。一等軍曹はもう一人の海兵隊員とともに左側の森の中へと向かう。小屋を取り囲み、一帯に網を張る作戦になっている。

海兵隊員たちの姿が見えなくなると、ジェナとニッコは真っ直ぐ小屋を目指した。まずはジェナが相手に接触する計画だ。民間人の服装をして犬を連れていれば、観光客としか見えない。目的はエイミーの警戒心を解くことにある。道に迷ったハイカーを装えば、扉を開けてくれるかもしれない。

小道沿いに曲がると、マツ林の中にスギ材を使用した趣《おもむき》のある小屋が見えてきた。周囲の森により溶け込むように、緑色に塗られている。石造りのテラスは雨に濡れていて、扉には横窓が二つある。扉のガラス部分も、小屋のすべての窓も、内側からカーテンで閉ざされていた。

〈中の人はプライバシーをかなり気にしているみたいね〉

ジェナは一人で扉に近づくことに対して、不安を覚えたりはしなかった。海兵隊員たちが見守ってくれているとわかっているからだ。それでも、防弾チョッキにそっと手を触れずにはいられない。そんなジェナの緊張を感じ取ったのか、ニッコは足もとにぴったりと寄り添っている。

扉に手を伸ばしながら、ジェナは降りしきる雨もかまわずフードを外し、困惑の表情を装った。強く扉を叩き、後ずさりする。

「こんにちは」ジェナは呼びかけた。「アワニーホテルのロビーへの行き方を教えてもらいたいんですけど」

かすかな音が聞こえる。

〈中に誰かがいる〉

ジェナは身を乗り出し、扉に耳を近づけた。「こんにちは！」ジェナはさっきよりも大きな声でもう一度呼びかけた。

耳を澄ましているうちに、ジェナは聞こえているのが電話のこもった呼び出し音だということに気づいた。音の響きから推測する限りでは、携帯電話だろう。

もう一度声をかけようとして息を吸い込んだ時、中から反応があった。かすれた、かろうじて聞き取れる声だ。

「……助けて……」

悲痛な訴えに体が自然に反応したジェナは、スミス&ウェッソンを手に取り、銃尻でドアノブの隣の横窓を叩き割った。窓が粉々に砕けたが、ジャケットの裾を伸ばして落下するガラスの破片から手を守る。ジェナはガラスの隙間から手を差し入れ、扉の内側の掛け金を外して鍵を開けた。

背後から近づく靴音が聞こえる。

振り返ると、ドレイクがジェナに向かって走ってくる。「待て！」

鍵を解除された扉がひとりでに開いた。

ジェナは扉の脇に身を隠したまま、両手で拳銃を握った。駆けつけたドレイクが扉の反対側で位置に就く。

薄暗い室内では枕元のランプがついているだけだ。その光が、布団に半ば覆われてベッドに横たわる人影を映し出す。ブロンドの髪の女性はエイミー・サープリーに違いない――だが、女性の顔は腫《は》れ上がってしみだらけで、皮膚には水疱が現れ、唇の周囲が黒く変色している。布団の上は吐瀉《としゃ》物で汚れ、激しくもがいたのかシーツが体に絡まっていた。

ジョッシュが発作を起こしたという情報は、ジェナのもとにも届いている。

エイミーにも同じ症状が現れたのだろう。

〈遠くまで逃げられなかったのも無理ないわ。体調が悪化し、ここに身を隠すよりほかなかったのよ〉

だが、ジェナはこの工作員に同情を覚えたりはしなかった。目の前の女のせいで何人もの命が奪われたのだから。

枕の上のエイミーの頭が傾き、扉の方を向いた。両目は白濁していて、おそらく何も見えていないだろう。再び助けを求めるかのように、口が開く。

だが、声の代わりに血があふれ出た。枕を赤く染め、マットレスを濡らす。ベッド上の体から力が抜け、そのまま動かなくなった。

ジェナは女性を助けようと一歩足を踏み出したが、ドレイクが腕を伸ばして入口の手前で制止した。

「絨毯の上を見ろ」ドレイクが警告する。

床の上に散らばる小さな物体が何なのか、ジェナはすぐにはわからなかった。一瞬の間を置いて、目に映るものの正体に気づく。

〈ネズミ……死んだネズミ〉

ホテルの離れで宿泊客以外に小さな侵入者が姿を見せるという話は聞いたことがある。ジェナの大学時代の友人が、去年ここに宿泊した時だ。夜にベッドの上でネズミが飛び跳ねていたり、荷物をあさっていたり、靴の中に糞が落ちていたりで、うんざりしたという愚痴ばかり聞かされた。

ネズミへの苦情に対処するため、ホテル側は駆除作戦に取り組んでおり、特に昨年この界隈《かいわい》でネズミの媒介するハンタウイルス感染症が発生して以降は、かなり力を入れているという。

しかし、この離れの部屋の駆除作戦はもはや必要ない。

生き残ったネズミは一匹だけ。

そのネズミが体を震わせながら、絨毯の上を力なく飛び跳ねた。

室内の恐ろしい光景に目を奪われていたジェナは、反応が遅れた。

動くネズミの姿にハンターとしての本能を呼び覚まされ、ニッコが室内に飛び込んだ。

「ニッコ、だめ！」

ジェナの命令にハスキーは動きを止めたが、すでに上下の歯でネズミをくわえていた。

振り返ったニッコのしっぽが垂れている。悪いことをしてしまったとわかったのだ。

「ニッコ……」

ニッコはネズミを床の上に戻し、ジェナの方におずおずと戻ってきた。うつむいた視線で、しっぽは垂れたままだ。

ドレイクが伸ばした腕でジェナを押し戻した――その手で取っ手をつかみ、扉を閉める。

この部屋の中にはハンタウイルスよりもはるかに恐ろしい何かが潜んでいる。

扉の向こう側から、外に出してと訴えるニッコの悲しげな鳴き声が聞こえた。

午前九時一分
ハンボルト＝トワヤブ国立森林公園

リサはエアロックの中に立ち、気圧が一定になって研究室群の建物に通じる内側の扉が開けられるようになるのを待っていた。広大な格納庫の金属製の屋根を叩く雨粒の音が、壁を通して聞こえる。

その音に、残り時間が少なくなりつつあることを思い知らされる。

地元の気象学者によると、強い雨雲を伴う前線がこの地域に張り出してきている。現在のところ、爆心地の周囲の汚染地域にまだ降水は見られないが、黒い雲があのあたりに大量の雨を降らせるのは時間の問題だ。専門家たちに対しては、現地の地形や地質に基づいて雨水の流れを計算するコンピューターモデルを利用しながら、汚染がどこまで拡散するおそれがあるのかを突き止めるように指示が出されている。

現時点までの報告では、悲惨な結果が見込まれている。

ペインターは各州や連邦政府の高官と電話会議を行ない、この災厄に備えて先手を打とうとしている最中だ。しかし、深夜に到着した新しい人物がペインターの頭痛の種となった。その人物はＤＴＣ――米軍開発試験コマンドの技術局長で、核兵器、化学兵器、生物兵器の脅威からの国の防衛を担当するユタ州のダグウェイ実験場から飛行機で乗り込んできた。ここに到着してからまだ数時間しかたっていないにもかかわらず、その男はペインターにとって厄介な存在になっている。

扉の上の光が緑色に変わり、空気の解放される音とともに磁気ロックが解除された。政治的な問題をペインターが一手に引き受けてくれていることに安堵しながら、リサは扉をくぐり抜けた。自分にはすべての集中力を振り向けなければならない別の難問がある。

リサは格納庫の反対側に位置する患者隔離室の方を肩越しに振り返った。ジョッシュはジアゼパムの点滴を受けて眠っている。一時的な発作の原因は不明のままだが、リサは感染がジョッシュの中枢神経系にまで広がっている兆候ではないかと案じていた。

弟の足に刺さったとげが頭によみがえる。

〈予想が間違っていればいいいんだけど〉

確かなことが判明するまで、リサは作業を続けるつもりだった。

「ドクター・カミングズ、戻ってきたのかね。よかった」

無線から話し声が聞こえた。前に向き直ると、窓の向こう側の研究室内に立っているCDCのウイルス学者、ドクター・エドムンド・デントの姿が見える。エドムンドは片手を上げて挨拶すると、中に入るようにリサを促した。

「君の調査のおかげで、感染因子の特定に大きな進展が見られたように思う」エドムンドは無線を通して説明した。「かなり小さなものを探せばいいとわかって以降、明るい兆しが見えつつある。これまでの我々の発見に対して、君の意見もうかがいたいんだが」

「かまわないわ」リサは答えた。

たとえわずかだとしても進展があったことに心を躍らせながら、リサは小さなエアロックを抜けて研究室に入った。BSL-4施設内のエドムンドの部屋では、二台の電子顕微鏡のほか、高速遠心分離機、質量分析計、ライカのウルトラミクロトームと低温チャンバーなど、いくつもの機器類が照明を反射して輝いている。

リサは防護服を着用したもう一人の人物が一台のコンピューターの前に座り、画面を食い入るように見つめていることに気づいた。その人物が顔を上げて、初めて男性の正体に気づく。リサは努めて驚きを顔に出すまいとした。

米軍開発試験コマンド技術局長のドクター・レイモンド・リンダールだ。フェイスシールドを通して見る顔は五十代前半で、髪を黒く染め、同じ色の顎ひげを蓄えている。ここに到着して以降、リンダールはペインターの作業にあれこれと首を突っ込み、軽々しく判断を下したり、自分に権限がある場合には変更を指示したりしている。そのあまりの回数に、ペインターのいらだちは募る一方だ。

どうやらペインターの頭痛の種が、リサの領域にも踏み込もうとしているらしい。

もちろん、ドクターがこの場にふさわしくないわけではない。遺伝学者および生体工学者としてのリンダールの評判は、リサも聞き及んでいる。リンダールは明晰《めいせき》な頭脳の持ち主だが、そうした人間によくある不遜さも兼ね備えている。

「ドクター・デント」リンダールはもったいぶった口調で切り出した。「医師および生理学者としてのドクター・カミングズの専門知識が、今の我々に必要とは思えないのだが。彼女の時間は医療分野に振り分けるべきで、このようなレベルの研究ではなく、動物の観察に専念してもらった方がいいのではないかな」

ウイルス学者が引き下がらなかったために、リサは彼に対してますます好感を抱いた。エドムンドはリンダールよりも十歳年下で、どことなく自由奔放な雰囲気がうかがえる。カリフォルニア大学バークレー校とスタンフォード大学に在学中に身に着いたものだろう。リサはこのウイルス学者が防護服を脱いだところを見たことがないが、ビルケンシュトックのサンダルにタイダイ染めのTシャツ姿を勝手に想像していた。

「ここまでの進展を可能にしたのはリサの作業なんだ」エドムンドはリンダールに指摘した。「それに問題を新たな目で見てもらって絶対に損はない。巣箱にハチが一匹しかいなかったら、十分な蜂蜜が取れないのと同じだ」

リンダールは当てつけがましくため息をついたが、それ以上は何も言わなかった。

エドムンドはDTCの局長の隣に椅子を用意した。「じゃあリサ、まずはここまでの流れを説明しよう。さっきのミーティングの席で、ここで問題になっている怪物の姿を目にしたように思うという話をした。これは感染したラットから採取した肺胞の断面の透過型電子顕微鏡写真だ」

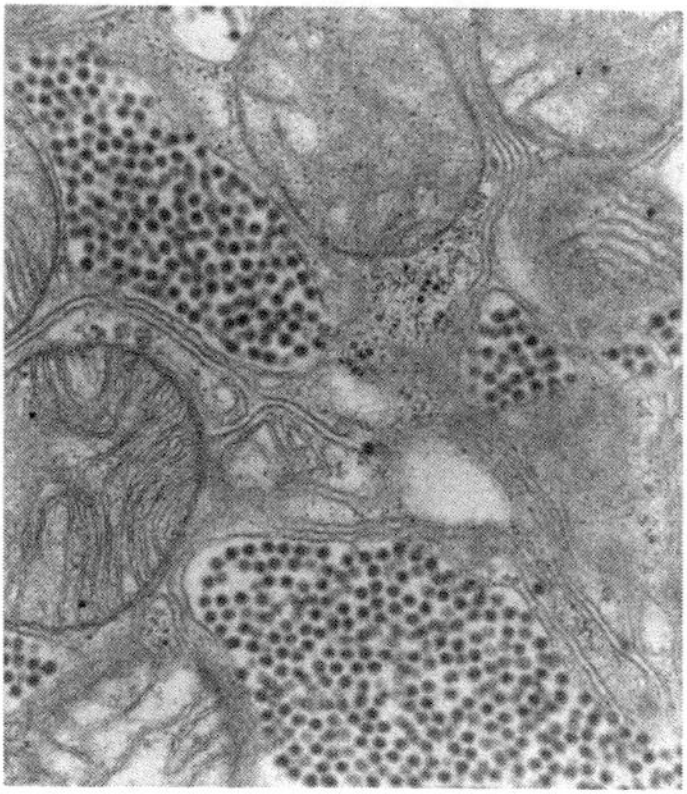

リサは画面に身を乗り出し、肺の小さな肺胞の中にびっしりと詰まっている微小な粒子を観察した。

「どう見てもビリオン――ウイルス粒子みたいね」リサは認めた。「でも、こんなに小さいものは初めて目にするわ」

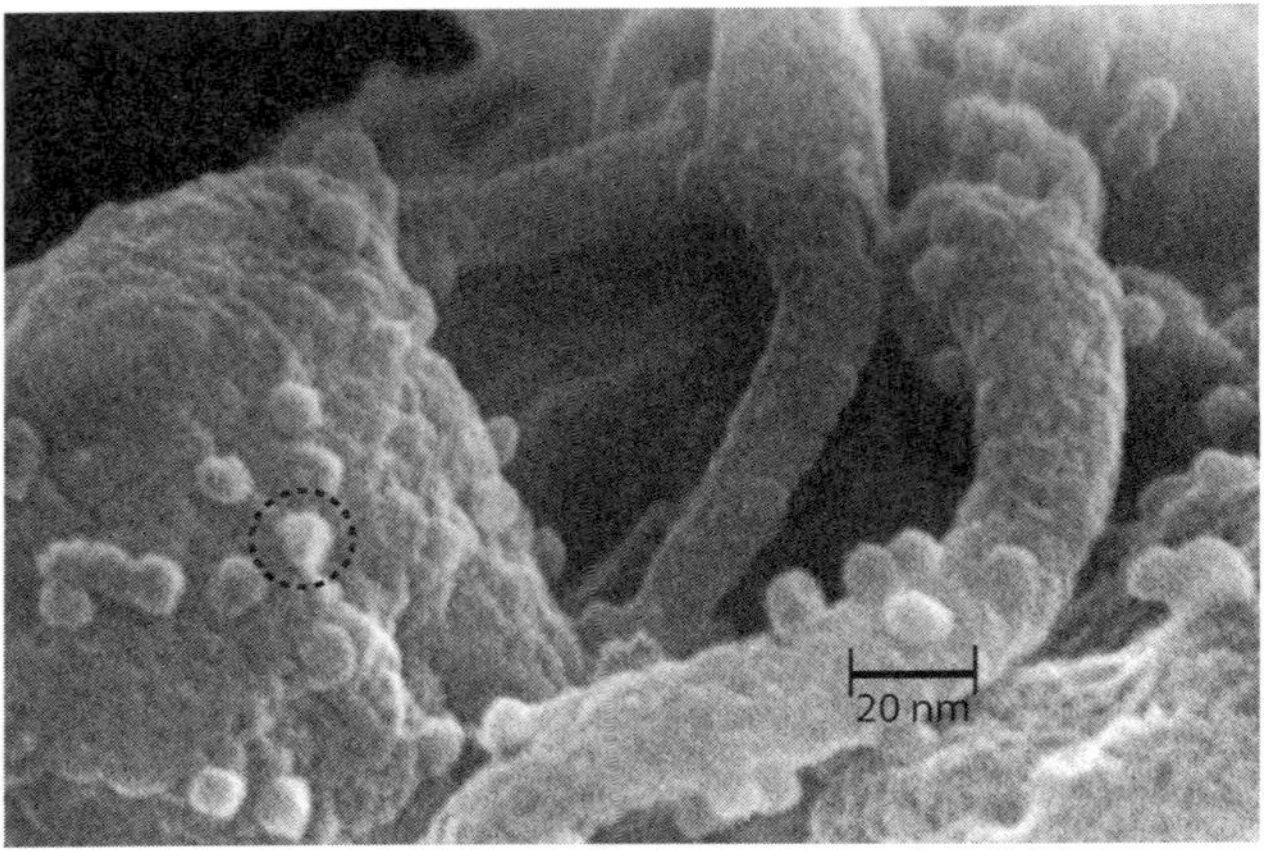

エドムンドがうなずいた。「感染した心筋線維に沿って付着していた粒子を測定してみた。これは走査型電子顕微鏡の写真で、この方が立体感をよくつかめると思う」

新しい写真は何本にも分かれた筋線維束や神経に付着した個々のウイルスをはっきりと示していた。大きさの指標となる縮尺も写真上に表示されている。

「どうやら十ナノメートルもなさそうね」リサはつぶやいた。「これまでに知られている最小のウイルスの半分の大きさだわ」

「だからこうして私が手を貸しているというわけだ」リンダールがエドムンドを肘で押しのけた。「姿を正確にとらえるために、このチームの分子生物学者から蛋白質《たんぱくしつ》のデータを提供してもらった。そのデータと私が開発したプログラムを使用することで、ビリオンのカプシド、すなわち外側の殻の三次元画像を作成したのだよ」

リサは感染因子の球体モデルを凝視した。リンダールが優れた技量の持ち主だということは認めざるをえない。傲慢な態度も許せそうな気持ちになってしまうほどだ。

「これが我々の追う怪物の表向きの顔だ」エドムンドが説明した。「ヘンリーがすでにその殻の内側に隠れている何者かの遺伝子解析に取りかかっている」
ヘンリーというのは、ハーヴァード大学の遺伝学者ドクター・ヘンリー・ジェンキンズのことだ。

「しかし、このカプシドからも多くのことが推測可能なのだよ」リンダールが言った。「これが人工の構造体であることは言うまでもないな。この蛋白質の殻の下にあるのは、五角形に編み込まれた太さがわずか原子二個分のカーボングラフェンファイバーだ」

リンダールは今の画像の隣に別の画像を並べた。そこに示されていたのは蛋白質の殻を剥ぎ取った姿で、複雑に絡み合った細い糸が見える。

確かにどう見ても人工物だ。リサは人の手によるファイバーが持つ意味を探った。グラフェンは非常に強靭《きょうじん》な素材で、クモの糸よりも強度が高い。

「何だかまるで」リサは口を開いた。

「ヘスはその殻の内側にケブラー素材と

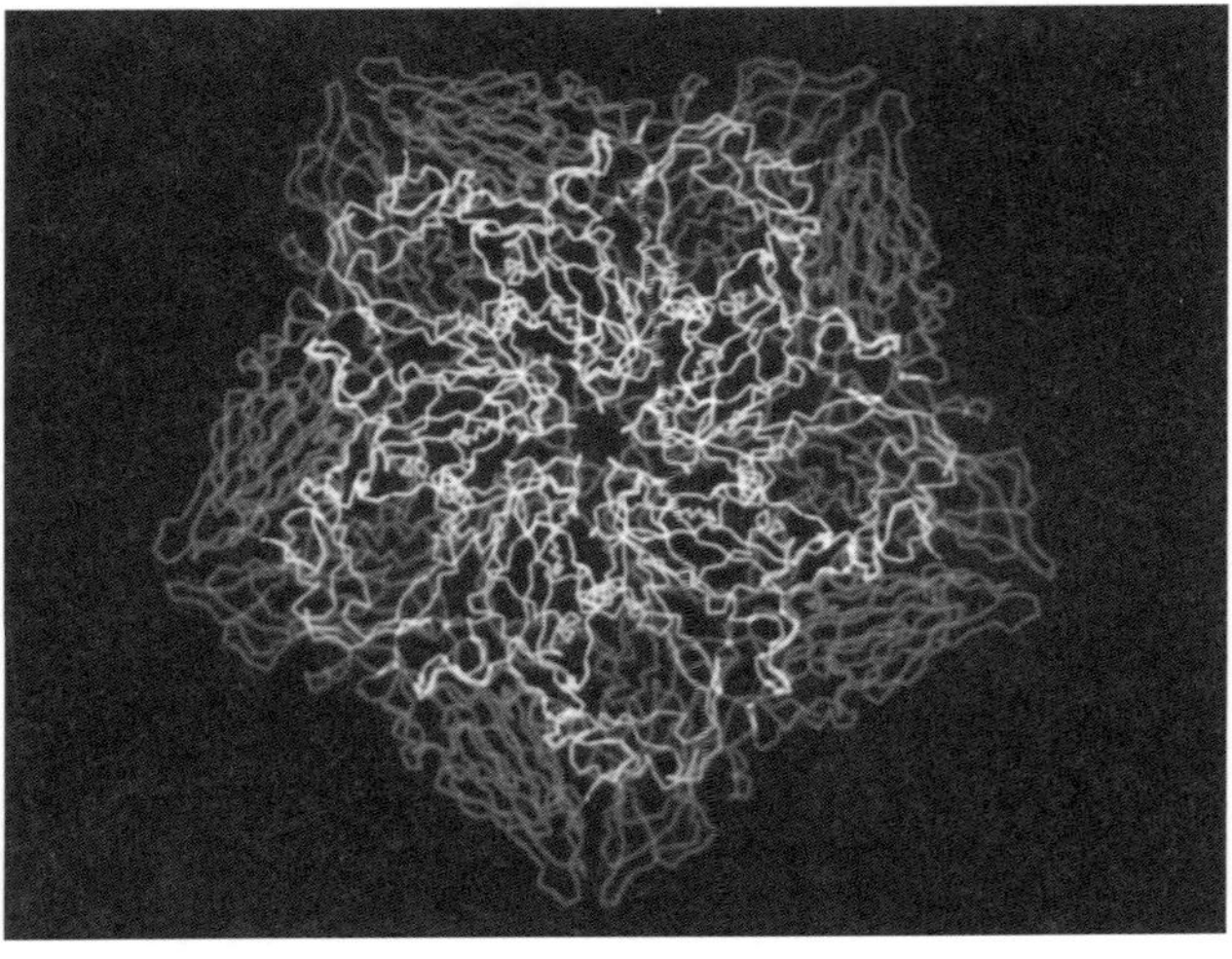

同等のものを埋め込もうとしていたみたいね」

リンダールがリサの顔を見た。「その通り。まさに言い得て妙だな。この追加の下部構造からビリオンの安定性の説明がつく。漂白剤も、酸も、炎でさえも寄せつけなかったのだ」

けれども、これまでの話はどれも、もっと大きな疑問の答えを提供していない。〈この丈夫な膜は何を守っているのか？〉

リンダールの説明は続いている。「ドクター・ヘスが作り出したのは無敵の殻で、しかもいかなる組織でも通り抜けられるほど小さい。動物、植物、菌類を問わない。その特有の大きさと性質が、あらゆるものに対して病原性を有する理由なのだよ」

土壌が六十センチの深さまで完全に殺菌されていたという話を思い出しながら、リサはうなずいた。

「でも、なぜヘスはそんなものを作り出したの？」リサは訊ねた。「目的は何？」

「君はｅＶＬＰに関して詳しいかね？」リンダールは問い返した。

リサはかぶりを振った。

「君が来る前にそのことについて話をしていたところだったんだ」エドムンドが説明を始めた。「ｅＶＬＰは empty virus-like particle の略で、『ウイルス様中空粒子』のことだ。実証研究の新たな一分野で、ウイルスからＤＮＡを取り除き、外側の殻だけにしてしまう。これはワクチンの製造に際して有効なんだ」

リサは理解した。〈中空粒子を使用すれば、ワクチンによる副反応のリスクの心配なく、強い抗原抗体反応や防御反応を起こすことができる〉

「だが、それは手始めにすぎない」リンダールが割り込んだ。「中空の殻があれば、それをもとにして自由に作ることもできる。有機化合物を加えることも、このグラフェンファイバーのような無機化合物を加えることだって可能だ」

「殻さえ作製できれば」エドムンドが付け加えた。「その中に驚異だろうと恐怖だろうと、好きなものを注入できる。別の言い方をすれば、完璧な殻は完璧なデリバリーシステムなのさ」

リサは改めて怪物の姿を眺めた。

〈この中に何が隠されているというの？〉

「それであなたたちは、ドクター・ヘスがそのような何かを実現させたと考えているわけね？」リサは訊ねた。「彼は研究施設で何もない状態からこのビリオンを合成して、その中に何かを入れたのだと」

リンダールは椅子の背もたれに寄りかかった。「そうした技術はすでに開発されている。すでに二〇〇二年の時点で、ニューヨーク州立大学ストーニーブルック校の科学者グループが、化学物質と当時判明していた遺伝子の青写真だけから、生きたポリオウイルスを合成している」

エドムンドが強い口調で付け加えた。「もっとも、そのプロジェクトを支援していたのはペンタゴンだけどな」

リサはエドムンドが批判の意を隠そうともしなかったことに気づいた。ドクター・ヘスの研究に資金を提供していたのも軍だ。

リンダールはその当てつけを無視した。「二〇〇五年には別の研究所で、それよりも大きなインフルエンザウイルスが合成された。二〇〇六年に合成に成功したエプスタイン・バール・ウイルスは、天然痘ウイルスと同じ数の塩基対を持っている。しかし、今日と比べると、そんなのは子供の遊びみたいなものだ。今では百倍の大きさの生物をほんのわずかなコストで製造することができる」リンダールは嘲笑《あざわら》うかのように鼻を鳴らした。「何しろDNA自動合成装置がｅＢａｙで買える時代だからな」

「それはそうとして、ドクター・ヘスはその中に何を入れたの？」リサは訊ねた。

誰かが推測を口に出すよりも先に、リサの無線が音を発した。ほかの二人の反応からすると、彼らの無線にも音が入ったのだろう。

ペインターからだ。その緊迫した声に、リサの心臓の鼓動が速まる。「たった今、ヨセミテから連絡が届いた。工作員の嫌疑がかかっていた人物は死んだそうだ」

〈死んだ……〉

リサは目を閉じ、ジョッシュのことを思った。エイミー・サープリーは唯一の手がかりで、ドクター・ヘスの研究に関するより詳しい情報を入手するための唯一の道筋だったのに。

「現時点での報告では」ペインターの話は続いている。「彼女は我々がここで対応しているのと同じ病気で死んだものと思われる。州兵と感染症対応チームが現地に向かっていて、アワニーホテル周辺の一帯を封鎖することになっている。また、新たな接触者が出てしまったおそれがある。パークレンジャーのジェナ・ベックと海兵隊のドレイク一等軍曹。あと、ジェナの犬もだ」

〈大変だわ……〉

それに続けて、ペインターから対策と指示が伝えられる。接触者がここに運び込まれるまでに、CDCが格納庫内に新たな隔離室を設置する段取りになった。

一通りの説明が終わると、リサは個人用チャンネルに切り替えた。

「接触の程度は？」リサは訊ねた。

「ジェナとドレイクは小屋の中に足を踏み入れていないし、ドレイクの話だとその時は雨が降っていて、しかも風上側にいたということだから、感染は免れたかもしれない」

「犬は？」

「小屋の中に入り、感染したと思われるネズミを口にくわえたようだ」

そうだとすると、ハスキーはビリオンと粘膜接触した可能性が高い。

リサは画面上に表示された怪物を改めて見つめた。

〈かわいそうに〉

14

四月二十九日　グリニッジ標準時午後四時四分
南極大陸　ブラント棚氷

足もとの氷がうめき声とともに裂ける音を聞きながら、グレイはハリー研究基地の巨大なモジュールが頭上を通過する様を呆然と見つめていた。建物を支える巨大なスキーが傾いた氷の表面をこすりながら、凍てついたウェッデル海に臨む断崖に向かってゆっくりと滑り始めている。

基地の内陸側では、地下に埋められていた爆弾の炎による煙と水蒸気が、爆発で形成された裂け目から噴出していた。基地を上に載せたまま、氷の塊がブラント棚氷の本体から分離しつつある。

グレイは意を決して立ち上がり、イギリス人操縦士の手を引っ張った。「行くぞ！　二人ともしっかりしろ！」

コワルスキもどうにか立ち上がり、周囲を見回した。「行くってどこに？」

「ついてこい！」

グレイは雪に覆われた氷原を踏みしめながら、斜面を滑り落ちていく基地の建物とは反対の方向を目指して、傾きの増しつつある斜面を登り始めた。氷の表面はざらついていて、靴の底がしっかりととらえてくれるが、それでも何度か足を滑らせて膝や手を突いてしまう。グレイはアサルトライフルの鋼鉄製の銃尻を杖代《つえ》わりにしながら、必死に先を急いだ。事態は一刻を争う。爆発地点の裂け目から噴出する水蒸気と煙の霧の中に突入すると、視界は悪くなり、腕を前に伸ばすと指先が見えるかどうかだ。

グレイは自分の方向感覚が正しいことを祈った。

さらに数歩進み、グレイは安堵のため息を漏らした——ほんの小さな吐息にすぎないが。前方にスキードゥの形が見えてきた。近づくにつれて、エンジン音が大きくなる。ジェイソンがあらかじめエンジンをかけておいてくれたおかげだ。

グレイは三人乗りのスノーモービルのところまで達し、運転席に足を掛けようとした——だが、座席に腰を下ろすより先に、バーストウが手を振って制止した。

「ここでのいちばんの経験者は誰だと思っているんだ？　俺が運転する。君と相棒は後ろに乗ってくれ」

極地の操縦士の方がこの種の乗り物には慣れているはずだと判断し、グレイは反論しなかった。コワルスキが自分の後ろにまたがるとすぐに、スキードゥの前方を指差す。その先に見える亀裂は、徐々に隙間が広がりつつある。

「何とかしてあれを――」

「わかってるよ」そう言うと、バーストウはアクセルを全開にした。

車体後部のキャタピラが雪と砕けた氷を後方に吹き飛ばしたかと思うと、スキードゥは急発進した。グレイたちに残された望みは、あの裂け目を飛び越え、反対側のしっかりとした氷の大地に到達することだけだ。危険な賭けだし、スキードゥには定員いっぱいの人数が乗っているが、ここにとどまって死ぬのを待つわけにはいかない。

グレイは姿勢を低くした。

後ろでコワルスキが大声でわめく。

次の瞬間、バーストウが急に方向転換したため、不意を突かれたグレイは座席から投げ出されそうになった。車体の後部を激しく揺らしながら氷上を回転したスキードゥは、裂け目とは反対側を向いている。エンジン音がいちだんと大きくなると同時に、バーストウは斜面の下に向かって三人乗りのスノーモービルを走らせ始めた。水蒸気の霧を抜けて外に飛び出す。ゆっくりと斜面を滑り落ちる基地を追いかけている格好だ。

グレイは大声で叫んだ。「いったい何を――？」

「いいから運転は俺に任せろ！」

バーストウはハンドルに体を押しつけるような格好になり、少しでもスピードを引き出そうとしている。グレイもそれにならうよりほかない。

ただし、その場にいるのは三人だけではなかった。

脅威の存在を知らせたのは、頭上の夜空に点滅する航空灯だった。敵のツイン・オッターが上空を通過する――ロケット弾の直撃を受け、前方の氷が炎とともに爆発した。

「こいつはたまらん！」バーストウがわめいた。「あんたら、しっかり座ってろよ！」

イギリス人操縦士は煙を噴き上げる大きな穴を迂回し、加速しながら唯一の避難場所を目指した。再び急ハンドルを切り、氷と雪を後方に巻き上げて車体をスキッドさせながら、モジュールを支える巨大な油圧式の支柱の隙間を抜けて、滑り落ちる基地の下に潜り込んだ。

コワルスキがうめいた。「最期の時が来たら教えてくれ！」

それはもう少し先になりそうだった。

とっさの方向転換でスピードが落ちたものの、バーストウはハリー研究基地のモジュールの下でスキードゥを疾走させながら、巧みなハンドルさばきでツイン・オッターから直接狙われないようにしている。傾いた斜面を滑り落ちる基地の下を走るうちに、スキードゥの速度も再び上昇を始めた。

グレイもようやくバーストウが百八十度の方向転換をして逆向きに走り始めた理由を理解した。あのまま斜面を登ったとしても、三人も乗せているスキードゥが裂け目を飛び越えるのに十分な速度にまで達するのはまず不可能だ。だが、斜面を下って勢いをつければ、スノーモービルをキャタピラ付きのロケットに変えることができる。

ただし、この計画には一つ、問題がある。

間もなく氷が尽きようとしている。

滑り落ちるムカデの先頭部分に当たるモジュールが断崖の先端に達し、残りの建物から外れてはるか下の暗い海に落下した。

「これからが本番だぞ、若いの！」

バーストウはハンドルを傾け、巨大な支柱の間を抜けると再び外に飛び出した。ばらばらになりながらウェッデル海に落下していく基地から離れ、緩やかな上り勾配《こうばい》を高速で突き進む。

前方に目を向けると、剥がれかけた氷の塊がブラント棚氷の広大な氷原から徐々に離れつつある。バーストウは傾いた氷の上でスキードゥを疾走させながら、大きな棚氷から氷塊が剥がれたばかりの地点、すなわち隙間が最も狭い場所に向かった。

アクセルは全開状態だ。

しかし、執拗に追跡を続ける猛禽は、まだ獲物をあきらめていない。前方に煙る水蒸気の中から、プロペラで霧を攪拌しながら、低空飛行のツイン・オッターが現れた。旋回する機体が傾くと、こちら側の客室の扉が開いている――そこにはロケットランチャーを抱えた男の姿が見える。

敵は確実に獲物を始末しようとしている。

この至近距離ならば外しようがない。

グレイはスキードゥにまたがったまま体をひねり、肘でコワルスキを押しのけた。片手にライフルを握り、腕を真っ直ぐに伸ばす。グレイは引き金を引き絞り、フルオートで全三十発を三秒で撃ち尽くした。最初は暗い扉の部分を狙う。悲鳴とともに男が機体の外に転がり落ちると、残りの弾は通過する飛行機の手前側のプロペラに撃ち込んだ。

「つかまってな！」バーストウが叫んだ。

コワルスキがグレイを座席に押しつけ、そのまま上に覆いかぶさった。

スキードゥが氷の端に達し――宙を舞った。

割れた氷の縁に角度がついていたため、車体が空高く舞い上がり、空中で一回転した。ほんの一瞬だが、グレイの目は氷の裂け目の奥をはっきりととらえた。次の瞬間、スキードゥは降下し、片側のキャタピラを下にした状態で斜めに着地した。

激しく揺れ、回転する車体から全員が投げ出される。

氷の上を転がりながら、グレイは武器を失ったものの、体を丸めて衝撃を吸収した。ようやく回転が止まる。スキードゥも何度か跳ねた後、停止した。ほかの二人が氷の上で体を起こした。

コワルスキはまだ生きていることを確認するかのように、全身を手で叩いている。「華麗なる着地とはいかなかったな」

バーストウが二人のもとに近づいてきた。片腕を押さえており、顔面は血だらけだ。

バーストウは壊れたスキードゥに目をやった。「俗に言うじゃないか、生きて降りられるならば立派な着陸だって……」

「それは飛行機の話だろ」コワルスキは遮った。「スノーモービルには当てはまらねえよ」

操縦士は痛めていない方の肩をすくめた。「短時間だったが空を飛んだぞ。だから当てはまるはずだ」

グレイは二人のやり取りを無視して空を探した。暗闇に浮かぶ小さな光の塊を目で追うと、ブラント棚氷の一角が海中に没する中、新たにできた断崖の向こう側に遠ざかっていく。墜落させるほどの損傷を与えることができたのか、あるいは狩りの続行を断念してこの場を離れようとしているだけなのかは定かでない。いずれにしても、敵が無線で応援を要請した可能性は考えられる。

その答えが判明するまで、ここにとどまっているつもりはない。

グレイはスキードゥに視線を向けた。

バーストウはグレイの表情から意図を読み取ったようだ。「残念だが、こいつはもうおしゃかだ。ここから先は歩くよりほかなさそうだな」

グレイはアノラックのフードをかぶった。すでに寒さが忍び寄りつつある。

コワルスキが何よりも大きな疑問を口にした。「ここからどこに向かって歩くって言うんだ？」

午後四時十八分

「消えた……全部消えてしまったわ」

ジェイソンの耳に、絶望感に包まれた基地指揮官の言葉が聞こえた――正確には、元基地指揮官と言うべきか。ジェイソンとカレンが立っているのは、氷でできた小さな丘の上だ。この高さからなら、冷たい霧の先の海岸線まで見通すことができる。剝離した棚氷の先端部分はもやがかかったようにかすんだままだが、遠方の地形上に何かが欠けていることははっきりと確認できる。

ハリーⅥ研究基地は消えてしまった。

しばらく前に聞こえた爆発音は、今もジェイソンの耳に残っている。一台のスキードゥに乗って逃げながら、ジェイソンは立て続けの閃光および爆発とともに海岸線が崩れ落ちていくのを目の当たりにした。衝撃波は氷上を伝い、一キロほど離れた地点にいたジェイソンたちのもとにまで届いた。もどかしい思いでさらに数分間進んでから、高い地点に登ってようやく何が起きたのかを確認できたのだった。

その結果が目の前にある。

〈……全部消えてしまった〉

カレンが大きく深呼吸して、ショックを振り払おうとした。「動き続けないといけない」そう警告する指揮官の目は、南極の大地を包む濃い霧に向けられている。

一分経過するごとに、気温が十度ずつ下がっているかのようだ。

〈あるいは、低体温症に陥りかけているのかもしれない〉ジェイソンは思った。

三十メートルほど離れたところにはエンジンをかけたままのスノーキャットが一台あり、その周囲には数台のスキードゥも見える。十人以上の基地隊員を救い出すことができたもののの、屋外で生きていられるのはあとどのくらいだろうか？　準備する余裕などなかったため、大半の隊員はこの極寒の天候に見合う服装をしていないし、スキードゥの小さな燃料タンクでは移動できる距離に限界がある。そのうえ、スノーキャットは暖房が故障している。

「避難場所を探す必要があるわ」カレンは続けた。「でも、ここはほかの基地や施設から何百キロも離れている。この場にとどまり、爆発音を聞いた誰かが探しにきてくれるのを待つというのが、まだ希望の持てる方法ね。それでも、数日はかかるかもしれない」

「このままここに残るとして、どれくらい持つと思います？」

カレンは小馬鹿にするかのように鼻を鳴らした。「今夜を乗り切ることができれば運がいい方だわ。明日の日の出は十八時間後。しかも、太陽が出ているのは二時間だけだし」

ジェイソンは選択肢を考慮した。「誰かが探しにきてくれたとしても、真っ暗な中で僕たちを見つけるのは難しいでしょうね」

「合図のようなものを用意するしかないわね。乗り物からガソリンを抜き出して、飛行機の音が聞こえたら火をつけるとか」

ジェイソンはその計画の大きな問題点を指摘した。「最初に僕たちを探しにくるのが救助隊じゃなかったとしたら？」

カレンは両腕を体に回した。「それもそうね。だったら、どうすればいいわけ？」

「たぶん、いい場所を知っていると思います」

カレンはいぶかしげに眉を吊り上げたが、彼女が問いただすより先に、アノラックの中から甲高い音が鳴り響いた。突然の物音に、カレンの体がびくりと震える。カレンはアノラックのジッパーを下ろし、携帯型の無線機を取り出した。基地を脱出する前に配ったうちの一台だ。

「……聞こえるか？　応答してくれ」

「グレイの声だ！」そんなことはありえないと思いつつも、ジェイソンは叫んだ。

カレンがジェイソンに無線機を手渡す。

ジェイソンはボタンを押した。「ピアース隊長？」

「ジェイソン、どこにいるんだ？　無事なのか？」

ジェイソンが自分たちの置かれた状況を伝えると、グレイからも分離した氷からの脱出劇について簡単な説明があった。しかし、グレイたちはその場から動けない状態で、ジェイソンたちと同じく、敵が間もなく戻ってくるのではないかと恐れていた。

「スキードゥを二台派遣すれば、彼らを連れてくることができるわ」カレンが提案した。

ジェイソンはうなずいた。

だが、ジェイソンを正面から見据えたカレンの顔には、疑いの表情が浮かんでいる。「だけどジェイソン、本当にいい避難場所を知っているの？」

ジェイソンは暗がりに目を向けた。これといった特徴のない氷が広がっているだけだ。

〈断言できればいいんだけど〉

午後五時二十二分

アノラックを着ていても体が震える状態の中、グレイはスキードゥのハンドルに体がくっつかんばかりの低い姿勢を取っていた。顔の下半分を覆う厚手のウールのスカーフは、半ば凍ってしまっている。手袋をはめた指が、寒さでハンドルと一体化してしまったかのように感じる。

痛みをこらえつつ向かい風にかろうじて目を開けながら、グレイは渦巻く霧を弱々しく照らし出すスキードゥのヘッドライトの先を一心に見つめた。前を走るのはカレン・フォン・デル・ブリュッゲが運転するスキードゥで、その姿を見失うまいとする。基地の指揮官がもう一台の無人のスキードゥを牽引して駆けつけてくれたのは、一時間前のことだ。彼女のスキードゥには負傷したバーストウが、グレイの後ろにはコワルスキが乗っている。

グレイは向かうべき場所をカレンが知っていると信じるしかなかった。どうやら先行しているジェイソンたちの残した跡をたどっているらしい。ジェイソンは残りの隊員たちとともに、霧に覆われたブラント棚氷のさらに奥へと向かっており、ウェッデル海からは離れつつある。敵が発見できないほどの距離を置くことができればいいのだが。

〈うまくいけば、やつらは俺たちが全員死んだと思うかもしれない〉

前方を走るスキードゥが唐突に速度を落とした。考え事をしていたグレイは危うく追突しそうになったが、ブレーキをかけて何とか衝突を回避する。そのまま十メートルほど走ると、カレンのスキードゥの減速理由が暗がりの中から姿を現した。

前方に巨大な暗い影が立ちはだかっている。氷原の間から平らな頂上を持つ山が出現したかのような光景だ。さらに近づいていくと、影の細かい部分が明らかになる。見上げるような高さのスキー、大きな青いモジュール、一台のジョン・ディアのトラクター。

破壊された基地から切り離されていたモジュールだ。

敵による襲撃の直前、ジェイソンはこのモジュールがトラクターに牽引されて霧の中に消えるのを目撃していた。ハリーⅥ研究基地の本体に意識を集中していた敵は、移動中のこのモジュールを見落としていたかもしれない、そうジェイソンは考えたのだ。

〈坊やの予想は当たったようだな〉

暗がりを通して見る限り、モジュールに被害はなさそうだ。近くには一台のスノーキャットと、数台のスキードゥが置かれている。カレンはスキードゥを走らせ、そのすぐ隣に停めた。グレイもその並びに停止させる。

高さのあるモジュールの後部ハッチが開き、ジェイソンがその先にある小さなデッキに出てきた。デッキに通じる梯子を指差しながら手招きしている。だが、そんな合図は不要だった。開いたハッチから温かい空気が白く噴出するのを見れば、わざわざ促されるまでもない。

一行は暖かな屋内への期待を胸に足を速めた。外の気温は氷点下三十度にまで下がっているうえ、夜が更けるにつれてカタバティック風が強まっている。風による冷却効果のせいで、体感的には骨の髄まで凍りつくような寒さだ。

グレイはバーストウが梯子を上るのに手を貸した。イギリス人操縦士はスキードゥから投げ出された時に腕を脱臼しており、応急処置で元に戻すことはできたものの、まだ痛みが残っていて力が入らないようだ。少し手間取ったものの、全員が無事にモジュール内に入れた。

グレイはハッチを閉めて南極の冷たい外気を遮断し、室内の温かい空気に浸った。凍りついた顔の皮膚が融けていくかのように感じる。凍傷のおそれはあるものの、少なくとも鼻の先端の感覚はある。

グレイはモジュールの中心部に向かった。居室用のモジュールらしく、寝室、共同のバスルーム、運動用のスペースに分かれている。外の凍結した世界の単調さを埋め合わせるため、あらゆるものが原色で塗られていた。冷え切った鼻の通りがよくなるにつれて、グレイは壁板からスギの香りが漂っていることに気づいた。これもまた、植物や緑がない印象を和らげるための心理的なトリックだ。

グレイたちはテーブルと椅子の置かれた中央の小ぢんまりとした共用スペースに集まった。救出された隊員のうち、何人かはショックと疲労のためか、すでに寝室で休んでいる。残った隊員たちは壁に寄りかかって立っているが、一様に表情は暗く、不安がありありとうかがえる。

〈それも当然だろう〉

ジェイソンが口を開いた。「ジョン・ディアに追いつくことができたんですよ。トラクターの運転手は、僕たちがすぐ後ろから続々と姿を現したから、ぞっとしたと思いますけど。まあ、後を追うのは簡単でした。この中に入ってから、モジュール内の発電機を作動させたというわけです」ジェイソンは建物内部の照明を指差した。「ただし、残念なことに、無線で外に助けを呼ぶことはできません」

コワルスキがジェイソンの背中を力強く叩いた。「おまえがこの場所を見つけてくれたというわけか。葉巻一本分の価値はあるな」その言葉が嘘でないことを示すために、コワルスキはアノラックの内ポケットからセロハンに包まれた葉巻を一本取り出し、ジェイソンに手渡してから、周囲を見回した。「ところで、この中で吸ってもいいのかな?」

「いつもならだめだけどね」カレンが答えた。「でも、状況が状況だから、例外を認めてもいいわよ」

「だったらここでも何とかやっていけそうだ」そう言い残すと、コワルスキはその場を離れた。一人で静かに一服する場所を探すつもりだろう。

グレイはより現実的な問題に目を向けた。「食料と水の状況は?」

「モジュール内に食料はありません」ジェイソンが答えた。「トラクターの運転手が持っていた分だけです。万が一、身動きが取れなくなった場合に備えて数日分を用意していたみたいですが、それだけではとてもこの人数には足りません。でも、水の方は問題ないと思います。雪や氷を融かせばいいだけですから」

「そういうことなら、今ある食料を配分するしかないな」グレイがカレンの方を見ると、指揮官は青ざめて疲れ切った顔で椅子に座り込んだところだった。「さっき起こったことだが……氷の塊を吹き飛ばしたあの爆弾は、ずいぶん前からあそこに埋められていたに違いない。いったいどういうことなんだ？」

「推測で答えることしかできないけれど、爆弾は基地が移動してくるずっと前から、あの氷の中にドリルか何かで埋め込まれていたに違いないわ」

「そんなことが可能なのか？」

「それほど難しいわけじゃない」カレンは考えを展開した。「私たちがハリーⅥ研究基地を海の近くに移したのは三カ月前のことで、その目的は南極大陸の氷床の融解が加速しつつあるという気象学者たちの研究を完成させるため。基地の移動については丸一年前に予定が立てられて発表されているし、新しい所在地の座標も公開されているわ」

グレイは今の情報を整理した。「つまり、事前にその情報を得ていた人物ならば、簡単に今回の罠を設置できたし、基地を意のままに破壊することもできた」

「そういうこと。でも、それだけでは理由の説明にならないわ」

「おそらくハリントン教授の研究と関係があるに違いない。君たちの基地は教授のグループが研究を行なっているドローニング・モード・ランドの入口としても機能していた。何者かが教授の秘密施設を孤立させようと企んでいたなら、ハリーⅥ研究基地の存在を消すことがその重要な第一歩となる」

カレンの顔からさらに血の気が引いた。

グレイは訊ねた。「ハリントン教授が何に取り組んでいるかは知らないのか？」

カレンは首を横に振った。「知らないわ。でも、あそこで行なわれている何かに関して、噂すら伝わってこないという意味ではないけど。失われたナチの基地を発見したとか、核兵器の秘密実験場とか——言っておくけど、核実験に関してはあなたの国が一九五八年にここで実施しているのよ。それはともかくとして、話はどれも憶測の域を出ないわ」

真実が何であれ、人の命を奪おうとするだけの価値があるのは確かだ。

〈おそらくこの先も命が狙われる〉

グレイは三角形の窓の向こうに目を向けた。「見張りを置く必要がある。モジュール内の四方に一人ずつ。それと少なくとも一人、空を監視しながら外を巡回する人間も必要だ」

カレンがテーブルから立ち上がった。「交替で見張りを配置するわ」

「あと、もう一つ」カレンがテーブルを離れる前に、ジェイソンが口を開いた。油じみの付いた作業着姿の男性を指差している。「カールはジョン・ディアの中にいてもいいと言っています」

男性がうなずいた。トラクターの運転手に違いない。

「運転席には暖房が備わっています」ジェイソンは付け加えた。「モジュールを牽引して位置をずらしながら、沿岸部から流れ込んでくる霧の外に出ないようにすればいいんです。そうすれば、隠れ続けられるでしょうから」

なかなか賢い計画だ。しかし、いつまで持ちこたえられるだろうか？

それよりも大きな懸念がある。〈誰が最初にこのモジュールを発見するのか？〉

午後十一時四十三分

真夜中が近づく頃、ジェイソンはアノラックを着込み、手袋、スカーフ、ゴーグルを用意した。日付が変わって最初の見張り役を割り当てられている。厳寒の気候の中で一人が長時間にわたって外に立つことを避けるために、見張り役は毎時零分に交替する。自分の番に備えて仮眠を取ったものの、不安が頭から消えず、ジェイソンは休んだ気になれなかった。

〈この先の寒い六十分間を考えると、気が重いのは言うまでもないし〉

装備を着用すると、ジェイソンはハッチに向かった。ジョー・コワルスキがハッチ脇の壁に寄りかかっている。火のついた葉巻を奥歯に挟んでいるが、見たところかなり長い間くわえているようだ。

「少し眠っておいた方がいいですよ」ジェイソンは声をかけた。シグマの爆発物専門家は午前一時にジェイソンと見張りを交代する予定だ。

「眠れねえんだよ」コワルスキは葉巻を手でつかみ、赤い先端をジェイソンの方に向けた。「外に出たら気をつけろよ。聞いた話だが、クロウはおまえにかなり期待しているみたいだからな。こんなところで死ぬんじゃないぜ」

「そんなつもりはないですよ」

「そこなんだよな。おまえがどんな『つもり』だろうとも関係ない。ケツに嚙みついてくるのは、いつも予期していない何かだ。いきなりガツンとやられるんだよ」

ジェイソンはぶっきらぼうな言葉の裏に隠された教訓を理解してうなずいた。前を通り過ぎようとした時、コワルスキの太い指の間に小さな写真があることに気づく。ジェイソンはそこに写っている女性の顔をのぞこうとしたが、大男は素早く写真をしまった。

ジェイソンはハッチを引き開けながら、コワルスキの言葉は任務の危険を伝えようとしたわけではなく、恋愛の落とし穴について述べたものなのではないかと思った。

しかし、寒さが顔面に襲いかかった途端、そんな思いはジェイソンの頭から吹き飛んでしまった。強風にあおられて危うくデッキから転落しそうになる。ジェイソンはふらつきながら梯子にたどり着き、氷の上に下りた。基地の研究者の一人が、巨大な支柱の風下側で縮こまるように立っている。

男性はジェイソンに歩み寄り、肩をぽんと叩くと、厳しい寒さに震える声で伝えた。「異常なしだ。凍え死にそうになったら、カールのトラクターに乗って暖を取るといい」

さらに二言三言、言葉を交わした後、男性は梯子を上り、温かいベッドのあるモジュール内に戻った。

ジェイソンは腕時計を確認した。

〈あとたった五十九分じゃないか〉

ジェイソンはできる限り風を避けながら、モジュールの周囲をゆっくりと歩いた。夜空を見上げ、接近する飛行機の明かりが見えないか目を凝らす。だが、上空は真っ暗なままだ。はるか彼方の沿岸部から流れ込む氷霧《こおりぎり》のせいで、星すらも見えない。唯一の光は南の方角にぼんやりと見える黄色い明かりで、ジョン・ディアの居場所を示している。ジェイソンはその明かりを目印代わりに巡回を続けた。

しばらくすると、風の音が耳から離れなくなり、まるで頭蓋骨の内側で吹き荒れているかのような気がしてきた。目の錯覚のせいか、あるはずのない光が暗がりの中に見える。まばたきをしたり目をこすったりすると、その光が消える。

モジュールの周囲をもう一回りしたジェイソンンは、トラクターの運転席に乗ろうかと考えた――暖を取るためではなく、暗闇の単調さとカタバティック風の絶え間ない咆哮《ほうこう》から逃れるためだ。だが、大きなモジュールの陰から離れ、黄色い光に向かって足を踏み出した時、ジェイソンの目は西に当たるはるか左手の方角に浮かぶ別のほのかな光をとらえた。

まばたきをしたものの、鈍い光は消えるどころか、今度は暗闇に光る二つの目と化した。うなりをあげる風の音の間に、低いエンジン音が割り込んでくる——それに続いて、氷を踏みしめる音も聞こえた。

一呼吸置かないうちに、ジェイソンはその光が目の錯覚などではなく、風の中をモジュールに向かって接近してくる巨大な何かだということに気づいた。

ジェイソンは無線機を手に取って口元に当てた。「こちらで動きを確認。氷上を西の方角から巨大な乗り物が接近中」

「了解」モジュール内の見張りが応答し、ほかの隊員たちに情報を伝えた後、再び無線に向かって語りかけた。「こっちからも見えるぞ！」

ジェイソンは無線機を口に当てたまま、一本の支柱の陰に隠れた。「カールにライトを消すように伝えてください！」

数秒後、温かい黄色の光が消えた。残る明かりは近づきつつある二本の光線だけで、急速にその大きさと明るさを増している。ジェイソンは接近中の車両の大きさを戦車と同等だと推測した。キャタピラが氷を踏みつぶす音のせいで、その印象がいっそう強まる。

モジュールのハッチの開閉音が聞こえる。グレイとコワルスキが梯子を駆け下りてきた。二人が手にしている拳銃を目にして、ジェイソンはようやくアノラックの中にある自分の武器に思い当たった。

「こっちです！」ジェイソンは二人に呼びかけた。

二人が駆け寄ってくる。

グレイは別の油圧式の支柱を指差した。「広がるんだ。姿を見せるな。やつらを接近させる。降りるまで待ってもいい。敵意を持っている兆候が見られたら、暗闇を利用して地上でのゲリラ戦に移る。バーストウとカレンが屋根の上にいて、残った最後の二挺のライフルで俺たちを援護してくれる」

計画を理解したジェイソンがうなずいたのを合図に、グレイとコワルスキは相手に気づかれないよう低い姿勢で走りながら、それぞれ別の支柱の陰に移動した。

乗り物の前進速度が落ち、エンジン音の調子も変わった。

四十メートルほど離れた地点で停止する。

風にあおられた霧が動くと、奇妙な光景が目の前に広がった。極地用の車両は大きさも見た目も特大の戦車そのものだ。両側の巨大なキャタピラは、ゾウの背丈よりも高さがある。キャタピラが支える装甲バスのような車体の上には、タグボートの操舵《そうだ》室風の物体が載っている。

室内は明かりがついていて、人の動きらしきものも確認できる。

操舵室の扉が開き、その周囲を取り囲むデッキの上に暗い人影が姿を現した。風の咆哮を通して、叫び声が聞こえる。かき消されてしまっているために内容は聞き取れないが、問いただしているかのような口調だ。

別の人物がデッキ上の人影に何かを手渡した。

話し手の声が急に大きくなったので、手渡されたのはおそらく拡声器だろう。「私たちはあなた方の送った無線を傍受しました！　あなた方が困っていることを知っています！」

話しているのは女性で、訛りから推測するにイギリス人のようだ。グレイからカレンへの無線の内容を聞いたに違いない。

「あなた方の移動した跡をたどって助けにきました！」

グレイが姿を隠したまま、拡声器なしでも伝わるような大声で叫んだ。「君は何者だ！」

「私たちはアレックス・ハリントン教授の代理の者です。アメリカ人のグループと落ち合うために移動中に、攻撃があったとの知らせを受けました」

ジェイソンは驚きを覚えつつ、可能性に頭を巡らせた。ペインターから事前に聞いていた話では、教授が派遣した人たちは飛行機でハリー研究基地に来るということだった。しかし、基地が襲撃されたとの情報を聞いて、いったん引き返してから陸路を使用したということなのだろうか？

「急がないといけません！　アメリカ人のグループがここにいるのなら、今すぐ我々と一緒に来てください」

「それで君はいったい誰なんだ？」グレイが重ねて訊ねた。もっとはっきりとした証拠を欲しがっている。「君の名前は？」

「私はステラ……ステラ・ハリントンです」

ジェイソンははっとして息をのんだ。確か任務ファイルの中にあった名前だ。相手の次の言葉が、ジェイソンの予想を裏付けた。

「教授は私の父です――父は深刻なトラブルに見舞われています！」

15

四月二十九日　太平洋夏時間午後七時五十五分
カリフォルニア州ハンボルト＝トワヤブ国立森林公園

〈もうこれ以上、注射針を刺されるのはたくさんだわ……〉

ジェナは新たに拡張された患者隔離室の中を歩き回っていた。すでに十二時間近く、ここに隔離されている。

ＣＤＣから派遣されたチームは、格納庫内の当初の隔離施設に複数の病室を新設した。片側の窓の向こう側には、意識のないままベッドに横たわるジョッシュの姿が見える。ジョッシュは午後に二回の発作を起こし、不安定な状態が続いている。

ジェナは自分の病室内から、ジョッシュが再び一連の検査を受ける様子を見守った。看護師が体を横向きにして支えている間に、医師が脊椎穿刺《せきついせんし》を行なう。外部に解き放たれた何かのせいで、ジョッシュが敗血症を起こしているのはほぼ確実と見られている。しかし、これまでに耳にした話では、医師たちはいまだにジョッシュの組織や血液中から感染ウイルスを抽出できずにいるらしい。

ウイルス特定のために、ジェナも繰り返しサンプルを採取されている。

独房も同然の病室の反対側の窓からは、隣の部屋にいるサミュエル・ドレイクが見える。ジェナと同じように院内着姿でベッドに腰掛けるドレイクの顔も、機嫌がよさそうには見えない。ここに到着してすぐ、二人は全身を徹底的に洗浄されるという屈辱的な扱いを受けたうえに、加圧式ネブライザーを通してエアロゾル化した強力な広域抗菌薬を吸引しなければならなかった。あのヨセミテの小屋で感染因子を吸い込んでしまっていた場合に備えての措置だ――ただし、薬に効果があるかどうかはまだ誰にもわからない。

〈何もしないよりはましなんだろうけど〉

その後、ジェナとドレイクは綿棒や注射器でありとあらゆる体液を採取された。二人ともこれまでのところ、最初の十二時間でジョッシュに見られた高熱や筋肉の震えなどの症状は現れていない。そのため、ジェナとドレイクはあの小屋での感染を免れたのではないか、そのように医師たちは判断していた。それでも、念のための措置として、二人は今日いっぱい隔離される予定になっている。その間に症状が出なければ、晴れて解放されるはずだ。

問題なのは「されるはず」の部分だ。

現時点では確かなことなどほとんどない。

ただし、それにも例外がある。

ジェナは壁の手前で踵を返し、再び室内を戻り始めた。不安がジェナを突き動かし、心をかき乱し、長い時間じっと座っていることも、ベッドに横になっていることもできない。ヨセミテを調査したチームの中には、運命がほぼ定まりつつあるメンバーがいる。

〈ニッコ〉

ジェナの相棒は暗い格納庫の反対側に位置する研究室の建物群に移送された。リサはニッコの面倒をきちんと見るし、自分の研究室内の犬小屋に入れておくからと請け合ってくれた。だが、ニッコはすでに高熱を発し、嘔吐《おうと》や下痢の症状が出ているという。

〈かわいそうなニッコ……〉

ジェナはすぐにもこの部屋を飛び出し、ニッコのもとに駆けつけたかった。慰めてあげるだけでもいい。愛していると伝えるだけでもいい。怒りと悲しみが心の中で争い、胸が痛む。ニッコが苦しみながら寂しさに耐えているなんて考えたくない。ジェナはどこにいるのかと、不思議に思っているに違いない。見捨てられたと信じているに違いない。けれども、ジェナにとって何よりもつらいのは、ニッコを失ってしまう可能性があることだった。

「そんなに歩いていると床に跡がついちまうぞ」

振り返ると、インターコムのボタンに指を当てたドレイクが窓の向こうに立っていた。

かすかに笑顔を浮かべているが、ジェナの心の痛みを察しているのか、どこか寂しげにも見える。

ジェナは窓に歩み寄り、インターコムの通話ボタンを押した。「そばにいてやればいいんだけど」

「気持ちはわかるが、リサができる限りのことをしてくれているはずだ」ドレイクの視線がジェナの背後にある窓の方に向けられる。「彼女だって今回の件では個人的にいろいろ抱えているんだし」

ジェナは罪悪感を覚えた。リサは肉親の命がかかっているのに、こっちは犬のことを心配している。パークレンジャーの一人として、正しい観点からすべてを見つめ直す必要があるのかもしれない。結局のところ、ニッコは犬にすぎないのだから。

けれども、ジェナはそんな考え方を受け入れられなかった。

自分にとって、ニッコは弟も同然の存在だ。

「俺たちが待っている間にできることは」ドレイクは声を落としながら続けた。「いったい何を相手に戦っているのかを突き止めることだ。あのとんでもない研究施設で何が合成されていたのかわかれば、ジョッシュやニッコが生き延びられるチャンスも高くなるんじゃないのか」

格納庫を揺るがすような雷鳴を耳にして、ジェナは危険にさらされているのがジョッシュとニッコだけではないことを痛感した。嵐の範囲はついにモノ湖にまで達し、山間部ではすでに雨が降り始めている。クロウ司令官の話によると、緊急対応チームがヘリコプターから下流の川や干上がった川床に土嚢《どのう》を大量に投下しており、感染の拡大を阻止しようと試みているという。

ただし、完全に封じ込められると考えている人間などいない。

土嚢作戦が当初は功を奏したとしても、そんな間に合わせのダムでいつまで食い止められるだろうか？　それに水の流れを止めたとしても、病原菌がこの一帯の地下の帯水層にまで浸透し、地下水を汚染してしまったとしたら？

ドレイクの言う通りだ。

ジェナは親指で通話ボタンを押し続けた。「でも、その微生物だか何かをより詳しく知るうえで、私たちにどんな手伝いができるというの？　ただでさえ、ここに閉じ込められた状態なんだから。唯一の直接の手がかりだった工作員も死んでしまったし」

「だったら、間接的な手がかりを探したらどうだい？」ドレイクが提案した。

ジェナは大きく深呼吸をしながら、不安と焦りを抑えつけようとした。研究施設は爆破され、ヘスは誘拐されて行方不明のままだから、望みは絶たれたとしか思えない。これまでにわかっている範囲では、ヘスとともに作業をしていた研究者たちは、爆発が起きた時点であの施設の中にいた。唯一の頼みの綱がエイミー・サープリーだったのだ。

〈時間があれば、ほかの手がかりが見つかるかもしれないけど〉

けれども、ジェナたちにはその時間がない。

「何か見落としていることはないだろうか？」そう訊ねながら、ドレイクも必死に頭を絞っている。

ジェナは頭の中でこれまでの出来事をすべて振り返った。ビル・ハワードが受信した最初のSOSから、遺体袋に密閉されてヘリコプターで運ばれていくエイミー・サープリーの死体に至るまで。現在、格納庫の反対側にあるBSL-4の研究室では、エイミーの死体の徹底的な調査が行なわれている。

ジェナは目を閉じ、この四十八時間に起きた数々の恐怖を一つ一つ思い浮かべた。ビル・ハワードから無線であの連絡を受けてから、まだ二日しかたっていないなんて、とても信じられない。

〈連絡……〉

目を開いたジェナの顔には、動揺の色が浮かんでいた。

「ジェナ？」ドレイクが声をかけた。

「ペインター・クロウに連絡を取らないと！　今すぐに！」

午後八時十二分

たまたまその時、ボズマン大佐のオフィスにはペインター一人しかいなかった。周囲一帯の緊急事態に対応するための司令部となったこの部屋に、これほど静かな時間が訪れるのは珍しい。ここ二日間、政府、軍、警察関係の機関の関係者がひっきりなしにこの場所に押しかけ、ペインターはその対応に追われた。ありとあらゆる組織の人間を相手に、なだめたり、指示を出したり、相談を受けたりしなければならなかった。

こうした事態が発生した場合の常で、状況は瞬く間に混乱の極みに陥った。だが幸運にも、過去にシグマに対して恩義のある大統領が直接に介入し、ペインターをこの現場の長に任命して特別な権限を与えてくれた。

〈しかし、それを喜んでばかりもいられない……〉

ペインターは各機関の手綱《たづな》を引き締めつつ、一つのチームとして動かすことで精いっぱいの状態だった。頭で考えている時間はほとんどなく、とっさに対応し、問題が燃え広がらないうちに消火することに追われていた。

そのため、これは台風の目のようなものだと意識しながらも、ペインターはこのつかの間の静けさを利用することにした。

〈格納庫に行ってリサの様子を見てこないと〉

最後に彼女と会ってから、もう何時間も経過している。だが、窓を挟んで話をするだけで、抱き締めてやることはできない。すでにリサは見る影もなくやつれていた。彼女をそんな状態にまで追い込んだ原因が何かはわかっている。ジョッシュの容体は悪化の一途をたどっているうえ、効果的な治療方法は今なお見つからないままだ。

ペインターは言葉を尽くしてリサを慰めようと心に決め、椅子を引いた——それと同時に、部屋の扉が開く。ペインターの補佐官に任命されたジェサップという名前の若い海兵隊員が姿を見せた。しわ一つない制服と帽子を着用して、背筋をぴんと伸ばした女性だ。

「クロウ司令官」女性隊員が告げた。「パークレンジャーのベックさんから電話が入っています。緊急の用件だとか」

「つないでくれ」

ジェナとドレイクとは二人がヨセミテから戻った後、短い時間だったが話をした。これまでのところ、二人とも健康状態に問題はなく、感染していないものと考えられている。いい知らせであることに間違いないが、そのほかは芳しくない話ばかりだ。南極大陸にいるグレイのチームからも、イギリスの基地に到着したとの一報があって以降、連絡が途絶えている。大規模な太陽嵐のせいで南半球各地の通信網に影響が出ているとの報告が入っているため、キャットは今のところあまり心配をしていない。

グレイからは間もなく連絡があるはずだと信じるしかない。

今の問題は……

ペインターは電話に出た。「クロウだ」

「司令官！」ジェナの声からは動揺がうかがえる。「たった今、重要かもしれないことを思い出しました」

ペインターは思わず姿勢を正した。「教えてくれ」

「あの小屋に着いた時、扉を開ける前に、最後の助けを求めるエイミーの声を聞く前に、中で携帯電話が鳴っているのを聞いたんです。その後でいろいろなことが起きたから、すっかり忘れていたんですが」

「小屋に備え付けの電話ではなくて、確かに携帯電話だったのか？」

「間違いありません。彼女の様子を探るために誰かが電話をかけたのではないでしょうか。共犯者、あるいは雇い主かも。そこまでは何とも言えませんが」

「しかし、それはありえない。小屋が封鎖される前に、中にあったサープリーの携帯電話や私物を回収し、すべてを徹底的に調べた。携帯電話の通話記録についても、君が話したような外部からの連絡があったかもしれないことを期待して、私が自ら調査した」

「それで結果は？」

「重要なものは何も見つからなかった。身内や友人への通話記録が残っていただけだ。しかも、直前の二十四時間、あの携帯電話は一切使用されておらず、電話をかけた形跡も、電話がかかってきた形跡もない。たとえ彼女が電話に出られなかったとしても、かかってきた記録は回線の使用履歴に残っているはずだ」

　電話の向こうからはしばらく言葉が返ってこない。「あれは彼女の携帯電話の音に間違いありません」やがてジェナはきっぱりと断言した。「何者かが彼女と連絡を取ろうとしていたんですよ」

　このパークレンジャーの判断に信頼を置くようになっていたペインターは、ジェナの言葉を信じた。「専門家にもう一度あの電話を調べてもらうように手配する」

　ジェナの言う通りで、通話記録が何らかの方法で消去あるいは破棄されていたとすれば、そのような行為の裏には重大な理由が存在するはずだ。その場合には、最後の通話を試みたのはサープリーの仲間の一人、あるいは裏で糸を引く人間だとの可能性が高くなる。

「君のおかげで新たな手がかりが見つかるかもしれない」ペインターは認めた。

「よかったです。もし何かがわかったら、私もその調査に参加させてください」

　電話の向こうで、ジェナ以外の大きな声が同じ思いを伝えた。ドレイク一等軍曹だ。「私も加えてください！」

　ペインターにも力になりたいという二人の思いが伝わってきた。ジェナの犬の身に降りかかったことを考えれば、いてもたってもいられないのだろう。

「まずはどんな手がかりが得られるかだ」ペインターは明言を避けた。

「我々は感染していません！」ドレイクの叫び声が聞こえる。「絶対に行きますからね！メスを使ってあちこち切り裂いてでも、ここから脱出しますよ！」

ペインターは二人の強い決意を理解した。会うたびにリサの目に浮かんでいた決意と同じだ。しかし、どれほどの決意をもってしても、十分ではない場合もある。たった一つの道しか開かれていない場合もある。

〈つらく難しい選択を迫ることになるかもしれない〉

午後八時二十二分

「ドクター・カミングズ、犬は安楽死させるべきだと思うがね」

リサはドクター・レイモンド・リンダールの方を振り返った。防護服に身を包んだ米軍開発試験コマンドの局長は、ハスキーが収容されているステンレス製のケージの前にしゃがんでいる。

ケージの中で脇腹を下にして横たわっているニッコは、呼吸が浅く、点滴につながれていた。落ち着かせるための軽い鎮静剤のほか、嘔吐を抑制する鎮吐剤《ちんとざい》、数種類の抗ウイルス薬が投与されている。

それにもかかわらず、犬の容体は悪化する一方だ。

「彼は苦しんでいる」リンダールは立ち上がり、リサの顔を正面から見た。「その方が犬のためにもなる。それに今の感染レベルで検死解剖を行なえば、初期段階におけるこの病気を理解するうえで大いに役立つ。またとない機会ではないか」

はらわたが煮えくり返るような怒りを覚えたものの、リサは努めて冷静な声で応じた。

「患者の臨床症状を監視しながら、様々な治療に対する反応を検証することでも、多くのことを学べるはずよ」

リンダールはあきれた様子で目をぐるりと回した。「ここで相手にしているのが何者なのかをもっと理解しないことには、当てずっぽうに治療法を試しているのと同じだ。資源と時間の無駄の極みとしか思えん」

リサはリンダールとニッコのケージとの間に立ちはだかった。

局長はため息をついた。「私としても君に命令などしたくないのだよ、ドクター・カミングズ。もっと聞き分けがいいと思っていたのだが」

「あなたの命令は受けない」

リンダールは威圧的な眼差しを浮かべた。「私は軍からここの研究室に対する全権を委任されている。それに君だって、弟さんを救うために医師としてできる限りのことをしたいと思っているのではないかね?」

リサは相手の物言いにかちんと来た。「あなたの提案には医師としても人としてもまったく納得できないわ」

「感情が医師としての判断を曇らせるようなことがあってはならない」リンダールは反論した。「科学に感情の入る余地がないというのは必然だ」

「この研究室から力ずくで連れ出されない限り、患者には指一本触れさせないから」

エアロックが解除される音で、ニッコの運命に関する結論は先送りにされた。二人が振り返ると、ウイルス学者のエドムンド・デントが、このチームの遺伝学者ドクター・ヘンリー・ジェンキンズを伴って室内に入ってきた。亜麻色の髪をしたドクター・ジェンキンズは、まだ二十五歳の若さながら天才の呼び声が高い。

フェイスマスクの下のエドムンドの表情から、悪い知らせであることは察しがついた。

「君に直接伝えた方がいいと思って」ウイルス学者は切り出した。「君の弟さんの最新の検査結果だ」

エドムンドが何を知らせにきたのかを理解し、リサは胃に不快感を覚えると同時に、かすかな安堵の思いも浮かんだ。弟の容体に関する知らせをずっと待ち続けていたのだ。

「ジョッシュの血液中からはいまだに活発なウイルス血症を発見できていない。それはいい兆候なんだが、彼の最新の脳脊髄液《せきずい》のサンプルを分析してみた」

エドムンドは遺伝学者に向かってリサのコンピューターを指し示した。ヘンリーがコンピューターにログインし、ジョッシュの治療ファイルを呼び出す。一瞬、弟の顔写真が画面に表示された。運転免許証の写真で、笑顔を浮かべたジョッシュの顔は、登山から戻った直後に撮影されたため日焼けしている。

その姿にリサは胸が詰まった。

だが、弟の顔はすぐに電子顕微鏡写真に入れ替わった。

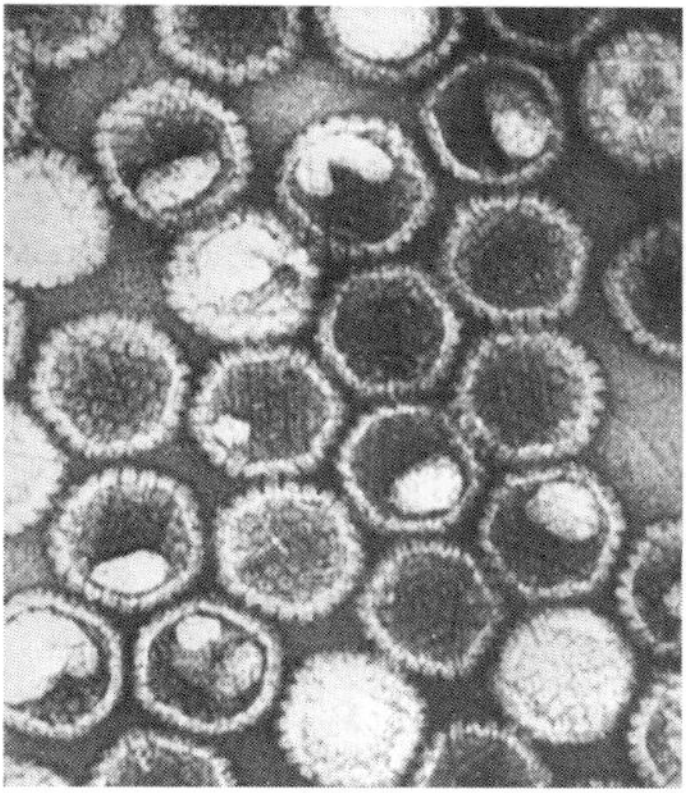

密集したビリオンが写っている——研究室の超遠心分離機にかけた弟の脳脊髄液の沈殿

物から採取されたものだ。リサも敵の特徴的な形状は一目でわかるようになっていた。

だが、弟の笑顔と目の前に表示されている恐怖とがどうしても結びつかない。涙があふれそうになる。言葉が出てこない。

エドムンドはそんなリサの苦痛を察したに違いない。「ジョッシュの病状の進行がこれほどまでに遅い理由は、ウイルスが脚の神経束から中枢神経系まで移動しなければならなかったためだと思う。狂犬病ウイルスがたどるルートと似ている。血中にウイルスが存在しない理由も、ウイルスを検知するまでに時間がかかった理由も、それで説明がつく」

ヘンリーがその意味を詳しく説明した。「あなたが現場で弟さんの脚を切断した際、脚の血管系およびリンパ系に侵入し始めていたウイルス粒子が、その後の出血によって外に押し流されたのでしょう」

「しかし、末梢神経には残った」エドムンドが補った。「一部のウイルス粒子が、切断前に脛骨《けいこつ》神経、あるいは総腓骨《ひこつ》神経にまで達していたに違いない。そこからゆっくりと中枢神経系にまで広がったんだ」

リサの顔面は蒼白になっていた。

エドムンドが腕にそっと触れた。「それでも、今の話が示しているように、現場での君の素早い判断のおかげで弟さんは貴重な時間を手にすることができたんだよ」

エドムンドが罪悪感を和らげようとしてくれているのは理解できるが、リサは厳然たる事実を受け入れなければならなかった。

〈ジョッシュの左脚をすべて切断するべきだった〉

だが、義足を装着した時に脚が動かしやすいように、リサは弟の膝関節を残してやろうとした。何事に対しても積極的な弟に、元通りに近い生活を取り戻すチャンスを与えてやりたかったのだ。

〈さっき聞かされたばかりのリンダールの考え方に徹してさえいたら〉

あの時のあの現場で、感情が医師としての判断を曇らせてしまったのだ。そのことが今、ジョッシュの命を脅かしている。

そんなリサの気持ちを紛らそうと考えたのか、エドムンドはコンピューターの画面を指差した。「もう一つ、ヘンリーはこの人工的な怪物の正体に少し近づいたんだ」

リサは絶望感を振り払おうとした。思い悩んでいても、ジョッシュのためにならない。

ヘンリーが説明を始めた。「このチームの分子生物学者とともに、ビリオンの人工のカプシドの内側に潜む何かの遺伝子解析に取り組んでいました」

リサは内側に頑丈なグラフェンファイバーの膜を張り巡らせた球状の蛋白質の殻を思い浮かべた。あのかたい外殻の内部には、何が隠れているのだろうか？

「ウイルスのサンプルを液体に浸して遠心分離器にかけ、核酸を分離しようとしました。核酸が構成するのは――」

リンダールがいらだった様子で手を振りながら、話を遮った。「そんな基本的な仕組みは今さら教わるまでもない、ドクター・ジェンキンズ。我々は生物学の勉強を始めたばかりの学生ではないのだ。いいから君が発見した情報を教えたまえ」

エドムンドが顔をしかめながら局長をにらみつけた。「ヘンリーはその情報を得るのがいかに難しかったかを説明しようとしているんだ。そのことが彼の発見と大いに関係してくる」

「何が難しかったというの？」リサは訊ねた。

ヘンリーがリサを見つめた。太い黒縁の眼鏡をかけた亜麻色の髪の遺伝学者は、まだ少年と言ってもおかしくないほど幼く見える。「DNAを抽出しようという最初の試みは失敗しました。それればかりか、ジフェニルアミン法で測定しても、DNAをまったく検知できなかったのです。ほかの方法を使用しても、結果は同じでした」

「RNAは？」リサは訊ねた。

ウイルスは二つのカテゴリーに分類することができる。遺伝情報としてデオキシリボ核酸、すなわちDNAを持つウイルスと、リボ核酸、すなわちRNAを持つウイルスだ。

「RNAも見つけることができませんでした」ヘンリーが答えた。

「そんなことはありえん」リンダールはいらだちをあらわにした。「だったら、何が見つかったというのだ？」

ヘンリーの視線がエドムンドの方に泳ぐ。エドムンドは自信なさげな遺伝学者に代わって答えた。「彼と分子生物学者はある種のＸＮＡを発見した」

リサは理解できずに顔をしかめた。

エドムンドが説明した。「ビリオンのかたい殻から核酸を抽出することに成功したものの、彼らはデオキシリボースもリボースも発見できなかった。遺伝情報の根幹を構成していたのは、異種の物質だったんだよ」

「Ｘは xeno の略です」ヘンリーが言った。「『外来の』という意味です」

「ただし、『地球外の』という含みはないよ」エドムンドが付け加えた。「我々はこの遺伝物質が人工的に造られたものだと考えている。科学者たちは十年以上にわたって様々な種類のＸＮＡの合成実験に取り組んでいて、研究室内ではこれらのＸＮＡがＤＮＡと同じように、複製したり進化したりすることも実証されている」

「でも、このビリオンの場合は何が違うの？」リサは訊ねた。「この遺伝分子にはデオキシリボースやリボースの代わりに何が含まれているの？」

ヘンリーは下唇を噛んでから答えた。「まだ検証を行なっている途中ですが、これまでに微量のヒ素と、極めて高濃度のリン酸鉄が検出されています」

〈ヒ素とリン酸鉄……〉

眉間にしわを寄せたリサは、ヒ素を好む細菌が泥の中から発見されたという情報を聞きつけ、ドクター・ヘスがモノ湖を訪れたという話を思い出した。何か関係があるのだろうか？

「しかし、こうしたものを使ってヘスは何を作り出そうとしていたのだね？」リンダールが訊ねた。「このプロジェクトの目的は何だというのだ？」

エドムンドは肩をすくめた。「まだ推測するだけの材料も足りない。ただし、各地の研究所で合成された既存のXNAには、ある重要な共通点が一つある。いずれも環境の悪化に対してより耐性があるんだ」

〈言い換えれば、より丈夫だということ〉

「あの外殻と同じだな」リンダールがつぶやいた。「道理であいつを破壊できないわけだ」

「今のところは、ですよ」ヘンリーが反論した。「あの謎の分子を構成しているのが何なのかをつかめれば――つまり、このXNAのXが何を表しているのかを突き止められれば、あいつを殺す抗ウイルス剤を生成できるだけでなく、感染者の治療法も見つけられるはずです」

リサは格納庫の向こう側にいるジョッシュを思いながら、小さな希望を抱いた――まだほんの小さな希望にすぎないが。

「もう一点、XNAに関して重要かもしれないことがある」エドムンドが引き継いだ。「これは生命の起源と関係してくる。XNAの複製および進化の能力に関する現在の研究から、かつて地球上にはDNAやRNAよりも古い、現代の世界にはもはや残っていない古代の遺伝系とも呼ぶべきものが存在していたのではないかとする考え方が生まれている」

リサはその可能性とそのことが持つ意味を考察した。「ドクター・ヘスの研究の中核を成していたのは、遺伝子操作の力で現在進行中の大絶滅から逃れる方法を探すことだった。人工生命に関するこの実験も、そのことと関係があったんじゃないかしら？　環境汚染に耐えられる、あるいは地球温暖化を生き延びられる、そんなXNAに基づいたより丈夫な生態系を構築したい、そう彼は考えていたんじゃないかしら？」

「かもしれないな」エドムンドは認めた。「彼を問いたださないことには確かめようがない。彼を発見できれば、の話だが。しかし、この問題に関してあと一つだけ、ヘンリーが憂慮していることがある」

「それは何だね？」リンダールが訊ねた。

ヘンリーが全員の顔を見た。「このビリオンは人の手によるものではないように思うのです……少なくとも、まったくの人工物というわけではありません」

「どうしてそう思うの？」リサは質問した。

「これまでのところ、完全に機能するXNAの合成に成功した研究者は誰一人としていません。それを成し遂げるために必要な要素が天文学的な数になるためです。たとえドクター・ヘスの能力をもってしても、そこまで飛躍的な進展は不可能だと思うのです」

リンダールは画面上に表示されたままになっている顕微鏡写真を指差した。「しかし、彼は成功した。これが証拠だ」

ヘンリーは小さく首を横に振った。「そうとは限りません。彼が一足飛びに成功できたのは、ひな形のようなものを使用したからではないでしょうか。異質な何かを——生きたXNAを発見し、ここにあるような型に流し込むことで、自然生物学と合成生物学の交配種とでも言うべきものを合成したのだと思います」

リサはゆっくりとうなずいた。「あなたの言う通りかもしれない。ヘスは極限環境生物に並々ならぬ関心を抱いていた。世界各地で一風変わった生物や奇妙な生物を探し求めていたわ。たぶん何かを発見したのよ」

〈だから誘拐されたのだろうか？〉

「その何かを突き止められれば」エドムンドが続けた。「Xが何を表しているかがわかり、今回のごたごたの状況を一変させるきっかけになるかもしれない」

リサの無線が音を立て、個人用チャンネルからペインターの声が聞こえてきた。ペインターの声にリサの気持ちは高ぶった。わかったばかりの情報を——つらい情報と希望の持てる情報の両方を分かち合いたい。

「新たな手がかりを得られたかもしれない」リサが口を開くより先に、ペインターが切り出した。「ジェナからエイミー・サープリーの携帯電話をもう一度よく調べてほしいという要請があった。どうやらサープリーとのやり取りをなかったことにするために、かなりの手間と技術をかけて彼女が契約したプロバイダーの通話記録を抹消した人間がいたようだ。しかし、完全に消し去ることはできないし、深く探るべき場所と方法を知ってさえいれば見つけ出すことができる」

「何がわかったの？」そう訊ねながら、リサは三人から距離を置いた。

ペインターの説明が返ってくる。「記録を再構築した結果、サープリーへの通話は南アメリカから発信されていたことを突き止めた。ブラジル北部にあるロライマ州の州都ボア・ヴィスタからだ」

リサはニッコのケージの前にひざまずいた。ハスキーが顔を上げ、うつろな目でリサを見つめる。ニッコが一度だけ、しっぽを振った。

〈その調子よ〉

「手がかりが消えてしまわないうちに」ペインターが続けた。「私が自らチームを率いて調査に赴く。常にボズマン大佐と連絡を取るようにするつもりだ。私が不在の間は彼がここを取り仕切る」

ペインターに同行したい、ペインターのそばにいたいという思いはあるものの、ハスキーのつらそうな瞳を見ながら、リサは自分のいるべき場所がここだと決意した。リンダールの言葉が脳裏によみがえる。

〈感情が医師としての判断を曇らせるようなことがあってはならない〉

あのような過ちは決して繰り返さない。そう思いつつも、一方で心配が募る。ペインターとの通話を終えたリサに、疑問が重くのしかかった。

〈いったい何が、あるいは誰が、ブラジルでペインターを待っているのだろう？〉

16

四月二十九日　アマゾン時間午後十一時三十五分
ブラジル上空

真っ黒な雲の下にまたしても稲妻が走り、はるか下の暗い森が閃光で照らされるのを見て、ドクター・ケンドール・ヘスは座席に座ったまま思わず首をすくめた。雷鳴がヘリコプターを揺るがし、小さな機体の窓に雨が斜めに叩きつける。

機体前部では操縦士がスペイン語で悪態をつきながら、嵐の中でヘリコプターのバランスを保とうとしていた。見張りの大男もケンドールと一緒に後部座席に座っているが、こちらは雷に動じる様子もなく、窓の外を見つめている。

ケンドールは湧き上がる恐怖をのみ込みながら、同じように振る舞おうとした。額を機体側面の窓ガラスに押し当てる。稲光が照らし出したのは、眼下に果てしなく広がる緑色のジャングルだけだ。ほぼ一日中、この熱帯雨林の上空を南西方向に飛び続けている。給油のために一度だけ着陸したが、ジャングルの木々を伐採してカムフラージュ用のネットをかぶせてあるだけの、ごみ捨て場も同然のような場所だった。

〈どこに連れていくつもりか知らないが、相当に辺鄙《へんぴ》なところだろう〉

二度と都会を目にすることができないかもしれないと思うと、絶望感がこみ上げてくる。

ここは南アメリカ大陸のどこかで、おそらくまだ赤道よりは北のはずだ。だが、それ以上のことは皆目見当がつかない。昨夜、誘拐犯たちは小さな町の郊外にセスナ機を着陸させた。ケンドールは波形トタン屋根の掘っ立て小屋に連れていかれたが、そこには水道が通じておらず、土の上に置かれたマットレスで寝るように指示された。セスナから小屋までの移動の間はフードで顔を覆われていたため、町の名前を確認することもできなかった。だが、外の通りから聞こえた声は、スペイン語や英語も混じっていたものの、ポルトガル語が大半を占めていた。

その事実から、ケンドールは自分がブラジルの、おそらく北部の州のどこかにいるのだろうと当たりをつけた。しかし、それ以上の情報を集める間もなく出発の時を迎えた。翌日の日の出とともに乗せられたのがこの小型ヘリコプターで、かなりの年代物らしく、満足に飛べるとはとても思えなかった。

それでも、ここまで無事に飛行を続けている。

再び激しい稲光が雲の下を照らす。その光が地平線の近くに映し出したのは、ジャングルの上にくっきりと突き出た影で、緑の海を航行する黒い戦艦のような形をしている。ケンドールは背筋を伸ばし、その影をもっとよく見ようとした――マテオもその影を目にして、床の上の荷物をまとめ始めた。

〈あそこが目的地なのだろうか？〉

ヘリコプターが飛行を続ける中、雨脚は弱まってきたものの、雷は治まる気配を見せず、稲光が走るたびに前方に見える山の詳細が明らかになる。

前方の影は間違いなく山だった。ジャングルからそびえる切り立った断崖は千メートル近い高さがあるだろうか。濃い霧に覆われた頂上部分は平坦な形をしていて、いちばん低い雲のさらに上にある。

ケンドールはこの変わった地質構造を知っていた。南アメリカ大陸のこのあたりに特有の地形だ。こうした見上げるような高さがある古代の砂岩の塊は「テプイ」と呼ばれ、ブラジル北部からベネズエラおよびガイアナに広がる熱帯雨林や湿地帯の中に点在しており、その数は百を超える。最も有名なロライマ山は標高が三千メートル近くあり、台地状の平坦な頂上の面積は二十五平方キロメートル以上に及ぶ。

前方に見えるテプイはそれよりもかなり規模が小さく、大きさは四分の一くらいだろう。

しかし、今からはるか昔、これら数多くのテプイは一つの巨大な砂岩の地塊としてつながっていたと言われる。大陸が分かれて移動する過程で、古代の地塊が分離し、雨や風による侵食を受けた結果、離れ離れになった台地群と化しながらも、今もなおその高みから地上を見下ろしているのだ。

　ケンドールは今までこうしたテプイを訪れたことがなかったが、変わった生命体を研究するうちにこの地形のことを知るようになった。テプイは地球上で最古の地形の一つに数えられており、先カンブリア時代にまでさかのぼるその歴史は、これまでに発見されたほとんどの化石よりもさらに古い。長い年月にわたって隔絶されていた空に浮かぶ島とでも形容するべきこの地形では、その頂上だけにしか生息していない固有の動植物種を見ることができる。ジャングルの奥地にあるうえ、急峻《きゅうしゅん》な断崖に囲まれているため、これまで人間が一度も足を踏み入れたことのない頂上も少なくない。地球上に残された数少ない未踏の領域であり、今もなお手つかずのままの自然が残っている。

　ヘリコプターは高度を上げ、強風にあおられながらも山に向かって飛行を続けた。空から見る山は暗い禁断の地で、人が触れてはならない存在のように思える。

　機体が頂上の上空に近づくにつれて、テプイの表面は遠くから見ていた時ほど平らではないことが明らかになった。頂上の中心部には大きな池があり、ヘリコプターの航空灯の光を反射している。南側の岸からあふれた水が頂上の平原の低い部分を下り、はるか下の鬱蒼《うっそう》としたジャングルとは比べ物にならないほど丈の低い木々の森の中に流れ込む。池の北の岩場は雨と風に削られて無数の亀裂や洞窟から成る迷路と化しており、スポンジ状の濃い緑色の苔やゼラチン状の藻類に覆われた石柱が林立する様は、この世のものとは思えない。岩の裂け目にはランやアナナスが咲き乱れ、霧に覆われた魔法の庭園のような趣を醸し出している。

航空灯で頂上を照らしながら、ヘリコプターが池の近くにある平地に向かって降下を開始する。その時ようやく、ケンドールは人が生活している気配を認めた。比較的大きな洞窟に目を向けると、中からあふれ出てきたかのように入口を完全にふさぐ形で壮麗な石造りの建物があり、バルコニーや切妻屋根のほか、大きな温室まで備わっている。建物の表面は周囲に合わせてすべて濃い緑色に塗られていた。

家の並びには柵があり、中にアラブ種の馬が二頭いるほか、その近くには緑色に塗られているもののどう見ても場違いな数台のゴルフカートが並んでいる。建物の先には高さのある風力タービンが設置されているが、石柱の間に見事なまでに溶け込んでいた。

〈人目を忍んで暮らしている人間がいるようだな〉

その人物が、傘をさして近くに立っている。

ヘリコプターのスキッドが接地すると、ケンドールの見張り役の大男がキャビンの扉を開け、外に飛び降りた。頭上で回転するローターを気にして、背丈のある体を折り曲げている。周囲には数人の男たちがカムフラージュ用のネットを手に、エンジンが停止したらすぐにヘリコプターを隠せるように待機していた。見張りや操縦士と同じく、男たちも一様に肌の色が濃く、丸みを帯びた顔つきをしている。おそらく同じ部族の出身者なのだろう。

選択の余地がないため、ケンドールも霧雨の煙る頂上に降り立った。熱帯雨林のむせ返るような暑さとは対照的に、標高の高い地点の雨は冷たく、体が震える。ケンドールは十一年前に死んだとばかり思っていた男に歩み寄った。

「カッター・エルウェス。死んだにしては、ずいぶんと血色がいいな」

実際のところ、ケンドールが最後に会った時と比べて、カッターは体調も機嫌もよさそうに見える。あれはもうずいぶん前、ニースで開かれた合成生物学会でのことだ。あの時のカッターは、自分の論文がケンドールの同僚たちからあまり評価されなかったことに対して、顔を真っ赤にしながら若さに任せて怒りをぶちまけていた。

〈あの時、どんな評価を期待していたのだろうか?〉

目の前にいるカッターは健康そうで、落ち着き払っていて、黒髪の下からのぞく鋼《はがね》のような青い瞳からは静かな決意がうかがえる。しわ一つないリネンのズボンをはき、白いシャツの上にベージュのサファリベストを着用している。

「我が友よ、君は疲れているようだ……それに濡れている」カッターは自分の傘を差し出した。

ケンドールは怒りを覚え、申し出を無視した。

カッターは気分を害した様子もなく、傘を自分の頭の上に戻した。何も言わずに背中を向ける。客人がついてくるものと思っているようだし、ケンドールもそれに従った。

〈ほかに行く当てもない〉

「ここまではかなりの長旅だったんじゃないかな」カッターが言った。「もう遅いから、そこにいるマテオが君を寝室まで案内するよ。簡単な夕食と熱いコーヒーをナイトテーブルに用意してある。コーヒーはもちろん、カフェイン抜きだ。明日は長い一日になるぞ」

ケンドールは足を速め、見張りの大男が後ろにぴたりとついているのを意識しながら、この家の持ち主の隣に並んだ。「君はあんなに多くの人を死なせた……いや、殺した。私の友人や同僚たちを。そんなことをしたくせに、私の協力を期待しているのであれば……」

カッターは手を振ってケンドールの言葉を遮った。「細かい話は明日の朝にしようじゃないか」

二人は四階建ての建物の入口となる二重扉をくぐり、広大な玄関に足を踏み入れた。床には手かんなをかけたブラジルマホガニー材が使用され、天井は高いアーチ状になっており、壁にはフランスのタペストリーが飾られている。エルウェス一族の資産を知らない人間が見たら、この家を秘密裏に建設するためにかかるであろう途方もない金額の出どころを疑問に思うはずだ。

ケンドールは周囲を見回しながら、この場所には何かが隠されているはずだと考えた。カッターは財力や富の蓄積に情熱を傾けたことがない。彼の関心は常にこの地球という惑星にあった。当初は熱心な環境保護論者として、一族の富を数多くの保護対策に割り振っていた。しかし、この男は頭脳明晰でもあり、メンサのIQテストでは天才の中の天才とされる数字を記録している。父親はフランス人だが、カッターはケンブリッジ大学とオックスフォード大学で学んだ。オックスフォード大学は彼の母親の母校であると当時に、ケンドールが初めてカッターと出会った場所でもある。

卒業後、カッターは高い知能と巨万の富を武器に、科学界の民主化を目指した草の根運動を創始し、世界各地に教育目的の研究所を設立した。その多くは遺伝子操作やDNA合成といった、当時まだあまり注目されていない領域に踏み込んでいた。遺伝コードへのハッキングを嬉々《きき》として行なう若き起業家たちが集まったいわゆる「バイオパンク」の世界において、カッターは瞬く間に教祖的な存在となっていく。

カッターはまた、環境政策の全面的見直しを激しく主張することで、大勢の支持者を獲得した。時がたつにつれて、アースファーストや地球解放軍のような過激な団体ですらも保守的に思えるような主張を展開するようになる。支持者たちは彼のカリスマ的な性格や揺るぎない使命感にひかれた。カッターは市民的不服従と大規模な抗議運動を支援していく。

しかし、すべてを一変させる出来事が起こった。

カッターの背中を見つめていたケンドールは、彼が左半身をややかばいながら歩いていることに気づいた。セレンゲティ国立公園で密猟者の取り締まり活動を行なっていた際、カッターは一頭のライオンに、保護しようと努めていたその相手に襲われた。彼は死にかけた——手術台の上で一分間ほど、心臓が停止したらしい。回復には長くつらい時間がかかった。

そうした文字通り身を削られるような恐ろしい経験をすると、多くの人はそれを口実にして運動から離れるものだが、カッターは以前にも増して深くのめり込むようになった。ライオンの激しい怒りから——大自然の牙と爪の具現化から生還したことで、それまで以上の情熱を注ぐようになったのだ。だが、この出来事はカッターを変えた。環境問題を考えることに変わりはないものの、その活動は諦観《ていかん》の境地が強く打ち出されたものとなる。彼は同じ志を抱く仲間を集め、「ダークエデン」という新たなグループを結成したが、その目的はもはや保護ではなく、世界の崩壊を運命だと受け入れてそれに備えること、さらにはそれを促し、進行中の大絶滅の先にある新たな創世記へと、新たなエデンへと目を向けることに変わった。

その当時、カッターの行動はより過激になり、支持者たちも狂気じみた動きを見せるようになった。結局、彼は欠席裁判を経て複数の国で複数の罪状により起訴され、逃亡生活を余儀なくされる。飛行機が墜落したのは、そうした当局の手から逃れようとしていた時期に当たる。

今になって振り返れば、カッターの死は当局の目を欺《あざむ》くための偽装で、ダークエデンの大いなる計画の一部だったのだ。

〈しかし、この男は何を企んでいるのだ？〉

カッターの後ろについていくと、見事な石造りの階段が上に向かって延びている。一人の女性がその階段を下り、二人の方に近づいてきた。質素な白のシフトドレスが、女性の艶のある茶色い肌を際立たせるとともに、豊かな曲線を引き立てている。

カッターの口調が穏やかになる。「ああ、ケンドール、私の子供の母親を紹介しよう」カッターの差し出した手を取り、女性は最後の一段を下りた。「こちらはアシュウだ」

女性は小さくお辞儀をしてから、カッターの方に向き直った。黒い瞳がランプの光を浴びて輝いている。ものやわらかな声でカッターにささやく。「チュ・フェ・ユンヌ・プロメス・ア・トン・フィス」

ケンドールは頭の中でフランス語を翻訳した。

〈息子に約束したでしょ〉

「ああ、わかっているよ。客人の案内が終わったら、すぐに彼の相手をするから」

女性はやわらかそうな手の甲でカッターの頬に優しく触れてから、マテオに向かってうなずいた。「ビアンヴニュ、モン・フレール」

女性は踵を返し、階段を上った。

ケンドールは顔をしかめながら、マテオを見上げた。

〈フレール〉

兄弟。

ケンドールはすぐ脇に立つ大男の傷跡だらけの容貌をうかがった。目を見張るような女性の美しさからは、この二人が同じ両親から生まれたとは想像もできないが、改めてよく見ると、血のつながりがあるように思えなくもない。

カッターがケンドールの肘に触れ、廊下の先を指差した。「マテオが君を部屋に案内してくれる。また明日の朝に会おう。私は寝る前に大切な案件を抱えているんでね」カッターは昔と変わらぬ洒脱な態度で、肩をすくめてみせた。「愛しの妻が教えてくれたように……ユンヌ・プロメス・エ・ユンヌ・プロメス」

約束は約束だ。

カッターはアシュウの後を追って階段を上った。

マテオが手荒に肩をつかみ、その場から移動させようとする間も、ケンドールはカッターの背中から目を離さず、そこにあるはずの傷跡を思い浮かべた。その傷が彼を、精神的にも肉体的にも、大きく変えてしまったのだ。

〈なぜ君は私をここに連れてきたのだ？〉

すでにその疑問の答えは予想がついている。

ケンドールは戦慄《せんりつ》を覚えた。

午後十一時五十六分

トンネル内の砂岩の床に彫られた階段を下りるカッターの手を、小さな指が握り締めている。

「パパ、急いでよ」

いかにも子供らしい勢いでぐいぐいと手を引っ張る息子を見ながら、カッターは顔をほころばせた。まだ十歳のジョリの目には、見るものすべてが驚きに映る。むき出しの好奇心が、その整った顔立ちいっぱいにあふれている。丸みを帯びた容貌とコーヒー色の肌は母親に似ているが、澄み切った青い瞳は父親譲りだ。このあたりの呪術《じゅじゅつ》師たちは誰もがこの子の顔に手を触れ、目をのぞき込み、特別なものを持っていると断言した。マクシ族のある長老は、息子に対して最大限の賛辞を述べた。〈この子は雲一つない空を通して世界を見るために生まれた〉

それがジョリだ。

彼の青い眼差しは、常に新しい驚きを求めている。

親子が深夜に地下のトンネルを歩いているのもそのためだ。二人はカッターがテプイに――正確にはテプイの内部に作り上げた生物圏に向かっている。

このあたりにある砂岩の山の頂上付近には、悠久の時を経るうちにやわらかい岩盤が雨や流れ落ちる水で削られた結果、古い洞窟やトンネルが無数に形成された。ここの洞窟群は世界最古のものだとも言われている。そんな古代の地下通路は、来たるべきものを生み出す場としてうってつけの存在だ。

トンネルの屋根に設置されている裸電球が、前方の通路をふさぐ鋼鉄製の扉を照らし出した。電子錠に歩み寄ったカッターが首から下げたカードを使い、ロックを解除する。かすかな電気音とともに、手首ほどの太さのある三本のデッドボルトが動いた。

「さあ、いいかい？」カッターは腕時計を見ながら訊ねた。

午前零時の三分前。

〈完璧なタイミングだ〉

ジョリは待ち切れない様子でつま先立ちをしながらうなずいた。

扉を開いた先には別世界が――未来の世界がある。

カッターは息子とともに扉の外の足場に出た。空からは弱い霧雨が落ち、目の前の大きな陥没穴の深みに降り注いでいる。デッキ状の足場があるのは円柱形をした穴の入口から五メートルほど下の地点だ。陥没穴の内壁に沿って幅の広い通路が螺旋状に延び、テプイの頂上から穴の底まで通じている。この巨大な陥没穴の直径は三百メートルもあるが、ベネズエラのサリサリニャーマ・テプイの陥没穴と比べると五十メートルほど小さい。

小さいとはいえ、この密閉された生態系はカッターの目的に完璧なまでに合致している。

この穴は島の中にある島のような存在だ。

アーサー・コナン・ドイルが『失われた世界』の着想を得たのもこうしたテプイからで、彼は雲に浮かぶ島のようなテプイの頂上部分に先史時代の生物が生き残り、恐竜や翼竜の支配する世界が存在しているという物語を著した。だが、現実の方がヴィクトリア朝時代のSF小説よりもよほどスリルがある。カッターにとって、テプイの頂上はどれもが空に浮かぶガラパゴスで、種が独自の形で生存競争を繰り広げている進化の圧力鍋のような存在なのだ。

壁面を埋め尽くすかのように生い茂った植物は、雨や霧に濡れ、しずくを滴らせている。カッターは白い花びらを持つ小さな花を指差した。巻きひげのような形をした葉は微小な突起で覆われ、その先端部分では粘り気のある水滴が輝いている。

「この名前がわかるかな、ジョリ？」

ジョリはため息をついた。「そんなの簡単だよ、パパ。モウセンゴケだ。ええと、ドロ……ドロ……」

カッターは笑みを浮かべながら代わりに答えた。「ドロセラ属だ」

ジョリは何度もうなずいた。「アリや虫を捕まえて食べるんだよね？」

「その通り」

これらの植物はここで進行中の進化の戦争における歩兵のような存在だ。テプイの頂上では栄養分が不足しており、土壌も少ないため、それを補うために独自の生存戦術を編み出し、生きるために食虫性を持つようになった。モウセンゴケに限らず、タヌキモやウツボカズラ、さらにはアナナスの一種までもが、この空に浮かぶ島では虫を捕食するように進化している。

「自然は究極の改革者だ」カッターはつぶやいた。

〈しかし、時に自然には後押しが必要だ〉

午前零時ちょうどになると、やわらかい燐光《りんこう》が壁沿いに現れ、頂上から暗い底に向かって流れるように広がっていく。

ジョリが手を叩いて喜んだ。息子が見たがっていたのはこれだ。

カッターはクラゲの発光遺伝子をこのテプイに自生するごくありふれたランのＤＮＡに組み込み、二十四時間周期で発光するように操作した。単に美しいからという理由のほかに、夜間にこの非自然的な庭園の手入れを行なう作業者たちの照明代わりにもなる。

〈もっとも、我が創作物もこの段階になるとそれほど世話をしてやる必要もなくなったが〉

「見て、パパ！　カエルがいる！」

ジョリがつるにしがみついている黒い皮膚の両生類に触れようと手を伸ばした。

「こらこら……」カッターは注意しながら息子の手を引き戻した。

ジョリがこの陥没穴のカエルを見て、頂上に生息しているこのテプイ特有のカエルの仲間と間違えるのも無理はない。頂上の在来種オレオフリネラは跳ぶことも泳ぐこともできないが、滑りやすい岩の表面にしっかりつかまるために、足の指が向い合わせの形になるように進化した。

ただし、この中にいるのは在来種ではない。

「いいかい」カッターは息子に言い聞かせた。「この穴の中では気をつけないといけないよ」

このカエルの皮膚の内分泌腺には強力な神経毒が含まれている。世界最強の毒を持つ生物と言われるオニダルマオコゼの遺伝子配列から組み入れたものだ。少し触れただけでも、すぐに苦しみ悶えて死ぬことになる。

このカエルはほとんど無敵の存在だ――自然界ならば。

二人の話し声に反応して、カエルがつるをするすると登った。その動きが、別の生物の目に留まる。一枚の葉の下から、二枚の羽が現れた。開いた羽は手のひらを広げたくらいの幅がある。葉がかすかな羽音とともに茎から離れると同時に、巧みな擬態で隠されていた真の姿があらわになる。

コノハムシ科の昆虫で、「歩く葉」の名で呼ばれることもある。

ただし、この葉っぱは歩かない。

霧の中を羽ばたきながら、小さな足を小刻みに震わせ、音もなくカエルに向かって降下していく。

「パパ、やめさせて！」ジョリは何が起ころうとしているか感づいたに違いない。男の子によくあるように、息子もカエルに愛着を持っている。寝室に大きなテラリウムを作り、数種類のカエルを飼育しているほどだ。

ジョリはゆっくりと羽ばたく羽を手のひらで叩こうとした。しかし、カッターは息子の手首をつかんだ。改造された昆虫に刺されたところでちくりと痛む程度だが、制止したのは教育的な観点からだ。

「ジョリ、ジャングルの掟について、獲物と捕食者について、何を学んだかな？　そのことを何と呼んでいたかな？」

ジョリは頭を垂れ、つま先に視線を落としたままつぶやいた。「適者生存」

カッターは笑いながら頭をなでてやった。「よくできました」

カエルの背中に着地したコノハムシは、とがった足先を猛毒の皮膚の下に突き刺し、血を吸い始めた。息子と父が見つめるうちに、大きく広げた透明な羽が新鮮な血で赤く染まっていく。

「きれいだな」ジョリが言った。

〈いいや、それが自然だ〉

美しさは母なる自然が生き延びるための一つの方法にすぎない。ハチをおびき寄せるために甘い香りを放つ花も、ハンターを困惑させるチョウの羽もそうだ。自然界の目標はただ一つ。生き延び、次の世代に遺伝子を残すこと。

カッターは足場の端の手すりに近づき、深さ一キロ以上ある穴の底をのぞいた。数十メートルごとに生態系が変化する。陥没穴の入口近くは湿気が高くて温度は低い。穴の底では熱帯のような高温。その間を段階的に変化させることにより、進行中の自身の研究に合わせて、実験ゾーンや特殊な生態系を作り出すことも可能だ。階層に合わせて色分けされており、入口付近の薄い色が下に向かうにつれて濃くなり、各階層は生物学的および物理的な障壁によって隔てられている。

黒が示すのは、最深部に当たる最も危険な階層。

ランの発する光をもってしても、頂上から降り注ぐ有機物によって肥沃《ひよく》な土壌となった穴の底に生育する、暗く湿ったジャングルを目で確認することはできない。外部から隔絶されたジャングルは熱帯の実験場には最適の場所で、カッターの最大の創作物があの中に隠れ、日々成長し、自らの力だけで生き延びる術を学習している。

この地域の先住民たちは霧に包まれたテプイを恐れており、中に危険な精霊が潜んでいるとの言い伝えが昔からある。

今まさに、その言い伝えの通りになった。

ただし、現代の新しい精霊はカッターの手によって生まれ、来たるべき時に備えて設計された。カッターは足場の端に立ち、広大な陥没穴を見渡した。

ここは新しい世界のための、新しいガラパゴス。

〈人類の暴虐とは無縁の地だ〉


（下巻に続く）

〈シグマフォース〉外伝
タッカー&ケイン 黙示録の種子 上下
ジェームズ・ロリンズ/桑田 健[訳]

〝人〟と〝犬〟の種を超えた深い絆で結ばれた元米軍大尉と軍用犬——タッカー&ケイン。〈Σフォース〉の秘密兵器、遂に始動!

THE HUNTERS
ルーマニアの財宝列車を奪還せよ 上下
クリス・カズネスキ/桑田 健[訳]

ハンターズ——各分野のエキスパートたち。彼らに下されたミッションは、歴史の闇に消えた財宝列車を手に入れること。

タイラー・ロックの冒険①
THE ARK 失われたノアの方舟 上下
ボイド・モリソン/阿部清美[訳]

旧約聖書の偉大なミステリー〈ノアの方舟〉伝説に隠された謎を、大胆かつ戦慄する解釈で描く謎と冒険とスリル!

タイラー・ロックの冒険②
THE MIDAS CODE 呪われた黄金の手 上下
ボイド・モリソン/阿部清美[訳]

触ったもの全てを黄金に変える能力を持つとされていた〈ミダス王〉。果たして、それは事実か、単なる伝説か?

タイラー・ロックの冒険③
THE ROSWELL 封印された異星人の遺言 上下
ボイド・モリソン/阿部清美[訳]

人類の未来を脅かすUFO墜落事件! 全米を襲うテロの危機! その背後にあったのは、1947年のUFO墜落事件——。

シグマフォース シリーズ9
ダーウィンの警告　上
The 6th Extinction
２０１６年１１月３日　初版第一刷発行

著……………………………………………ジェームズ・ロリンズ
訳……………………………………………………………桑田 健
編集協力………………………………株式会社オフィス宮崎
ブックデザイン…………………………橋元浩明（sowhat.Inc.）
本文組版……………………………………………………ＩＤＲ

発行人……………………………………………………後藤明信
発行所…………………………………………株式会社竹書房
〒102-0072　東京都千代田区飯田橋２－７－３
電話　03-3264-1576（代表）
03-3234-6208（編集）
http://www.takeshobo.co.jp
印刷・製本…………………………………凸版印刷株式会社

ISBN978-4-8019-00890-1　C0197
Printed in JAPAN